# 乱灯 江戸影絵 上

松本清張

角川文庫 15288

# 目次

# 目安箱《めやすばこ》

享保《きょうほう》七年四月二十一日のことであった。

江戸城辰の口《たつのくち》にある評定所《ひょうじょうしょ》の門前に足早に寄ってきた浪人風の男がいた。彼は手にうすい本のようなものを持っていた。

評定所前の濠《ほり》の上にも、隣の伝奏《でんそう》屋敷の大きな屋根の上にも、初夏めいた午前の陽射しが溜《たま》っていた。

男は、木目の浮いた門の柱につり下っている四角な木箱を立ちどまって見ていた。縦一尺、横八寸、深さ一尺二寸ばかりのもので、表には「目安箱《めやすばこ》」と墨書してあった。上に穴があいていた。

男は、何んとなく左右を見ていたが、南側の細川越中守《えっちゅうのかみ》屋敷の海鼠塀《なまこ》が明るい陽を吸っている以外、そして、和田倉門の松の梢《こずえ》に風が渡ってかすかに葉を動かしているほかは、人の影は見えなかった。

評定所は、国事犯と、寺社、町方の両奉行所の管轄にわたっている訴訟を裁く最高権威の裁判所だが、今日は何も無いとみえ、門前の土手に腰かけて呼出しを待っている訴訟人の姿もみえなかった。

浪人風の男が、心を決めて目安箱に向って足を動かそうとしたとき、門の中から番人が出てきた。

その番人と眼が合ったので、男は、何んとなく出鼻を折られた格好でまた足がとまった。

「何ンですかえ？」

番人のほうから声をかけた。間近でなかったら、知らぬ顔をして黙って門内に引き返すところである。

「はあ。……目安箱はこれですな？」

と、分り切ったことをきいた。よくあることである。知らぬ者どうしがばったり顔を合せたとき、何んとなくその間の悪さを救うときに使う。

「左様」

門番も鼻白んだ表情で浪人を見ていたが、眼を彼の手もとに移して、

「上書《じょうしょ》をなさるのか？」

と訊《き》いた。

「はあ。これです」

男は小脇のものを揺って見せた。二十七、八とみえるが微笑すると、愛嬌《あいきょう》のある眼もとをしている。

「本をお入れなさるのか？」

門番は眼をむいた。

「本ではない。少し長いので手紙では書けなかったのです。それでこうして綴《と》じました。……いけませんかな?」

「いけなくはないが……」

「では、これへ入れます」

男は、綴じたものを、箱の上部にある穴へ突き込もうとした。

「あの、ちょっとお待ちなさい」

番人はとめた。

「何ンですか?」

「それには、あんたの住んでいる場所と名前は書き入れてあるでしょうな?」

「むろん、そうしています」

「念を押したのです。その記入のないものは没になりますから。さ、どうぞ」

番人が見ている前で、浪人は綴じたものを上から穴の中に入れた。木箱の底でわずかに音が鳴った。

――目安箱とは投書箱のことである。当代吉宗《よしむね》が将軍になってから、市井《しせい》の不平を聞いて行政上の参考にするために設置したのであった。

目安箱に綴じこみの分厚な投書をした浪人ふうの男は、これで済んだ、というように、そこに立っている番人の顔にほほえみかけた。

「よい陽気になりましたな」

事実、男の濃い眉《まゆ》のあたりに白い陽ざしが当っている。

番人はいったが、これはにこりともしないで、男の風采《ふうさい》をじろじろと見ていた。

背が高い。着ているものは年齢に似合わず渋いものだが、粗末でないところはそれほど生活に困っているとも思われない。しかし、お城の近くに浪人者がくると何んとなく番人は警戒的となった。由井正雪《しょうせつ》や丸橋忠弥《ちゅうや》の謀叛《むほん》があってからそれほど年代は隔っていなかった。

「左様……」

「ご門番」

男はやはり愛嬌のある眼を消さなかった。

「近ごろは、目安を入れる者が少くなったそうだが、どれくらいここに参りますかな？」

世間話をしかけられて、番人は迷惑そうな顔をした。

「月に、五、六人くらいです」

仕方なしに答えると、

「それは少い」

と、男は短く、強く吐いた。

「もっと、あっていいはずだがね。どうしてだろう、下々の者には不満が一ぱいあるんだがね。なぜ、黙っているのだろう」

ひとりで首を傾げていたが、

「公方《くぼう》さまがご覧になるのに張合いがないと思うがな」

と呟《つぶや》いた。

番人はいよいよ当惑して、

「済んだら、お帰り下さい」

と、むずかしい顔をした。

「帰る。そりゃ、帰るがね、ご門番、近く、この目安箱がご廃止になるという評判があるが、その通りですか？」

男はきいた。

「さあ……」

「下々のうわさでは、公方《くぼう》さまが目安箱の中からお取上げになるのは、おびただしい数のなかから一つか二つ……あとはお焼捨てになるので、がっかりして目安を入れる者が次第になくなったというのだが。公方さまのご択《えら》び方が、ちと厳しいのではないかな」

「とにかく、早くここを立ち去りなさい」

番人はにらんだ。将軍家の名を浪人がしきりと口にして批判めいたことをいうので、番人の顔色が蒼《あお》くなっていた。

「承知した。わたしの入れたぶんだけはお焼捨てにならないで頂きたいものです」

男は歩き出した。番人は、その背の高い後姿が、細川越中守屋敷の長い塀に沿って小さくなって行くのを見送った。

徳川吉宗が紀州から入って将軍を継いだのが享保元年八月、それから七年経っている。——のちに、享保の治といわれたくらい、世は治まり、将軍吉宗は、いま、名君の評が高かった。

吉宗が、なぜ名君との評判をとっているのか。

——彼は、家康の第十子、紀州徳川頼宣《よりのぶ》の孫に当る。母は、紀州家の家臣の女《むすめ》というが、素性ははっきりしない。

吉宗の父、光貞《みつさだ》が湯殿に入ったとき、その世話をする美しい湯番の女中がいた。その場でお手がつき、彼女がみごもったのが吉宗である。

吉宗は、紀州家の第三子として元禄《げんろく》九年の春に父光貞に連れられて出府、当時の将軍綱吉にお目見《めみえ》得し、従四位下、左近衛《さこんえの》少将に任ぜられた。十三歳であった。

彼は、兄二人があるため、江戸赤坂の紀伊邸に部屋住みの身を送っていたが、翌年の春、たまたま綱吉が紀州邸に来たときが機縁となって、越前丹生《えちぜんにゅう》で三万石の領主にとり立てられた。妾腹《しょうふく》の子で、部屋住みの彼が、十四歳で大名になったのだ。

幸運はこれだけではなかった。父が隠居してから、長兄が紀州家をついだが、間もなく病死、つづいてすぐ上の兄も死んだ。ここで自然の順序として吉宗が紀州家の太守《たいしゅ》となった。二十二歳。

彼は紀州でも善政を布《し》いて名君の名が高かった。内室は伏見宮《ふしみのみや》家から降嫁があったが、ほどなく死去した。吉宗は以後、正式な妻はめとらなかった。彼は、十年間に紀州家の庶政を改革し、質素倹約を行い、武芸、学問をすすめた。騎乗、鷹狩《たかがり》は彼の最も好むところだった。

彼の名は諸大名中に轟《とどろ》き渡った。

二度目の大きな果報が、紀州家をついだ十年目に彼の上にきた。七代将軍家継《いえつぐ》が死んで、その跡目が吉宗に回ってきたからである。

将軍といっても、家継は四歳でその職につき、数え年八歳で早死した。ほんとの小児である。

だから、家継のときは、側用人間部越前守詮房《そばようにんまなべあきふさ》がすべての後見役となって執政した。

ついでの話だが、詮房は、千代田城内に泊りきりで、五年間もわが邸《やしき》に一度も帰ったことがなかった。城内の奥には彼のために壮大な居室ができていたくらいだった。

しかし、これは彼が政務に精励したからではなく、家継の生母月光院《げっこういん》（家宣《いえのぶ》の側妾《そばめ》、お喜勢の方）との愛欲にふけっていたためだった。詮房は、幼い家継を始終懐の中に抱いて、さながら将軍の父親のようであった。彼は頭巾《ずきん》をかぶり、平服をきて、絶えず月光院に寄り添われて暮した。夜の吹上《ふきあげ》の庭を、両人が手をとって歩く姿はよく見られた。公然たるところは夫婦と同じであった。

幼い家継がこれを見て、「間部は将軍家か」と侍臣にきいたという話がある。詮房の勢威は絶頂で、綱吉時代の柳沢吉保《やなぎさわよしやす》のそれにも劣らず、井伊大老が、詮房には腰を折って指図をうけたという。

月光院と詮房の仲は、当然に大奥の風紀を乱した。近臣や侍医が宿直《とのい》した部屋を、朝、坊主どもが掃除すると、かんざしや笄《こうがい》が必ず落ちていた。前夜、長局《ながつぼね》から女中が宿直の男のところへ忍びこんでいたのである。

芝居役者を長持に入れて大奥へひき入れた江島《えじま》、生島《いくしま》の騒動もこの時期に起った。

家継が死んだのも、月光院の無知と、詮房の無責任によるようなものだ。

家継はひ弱い子で、暑くても寒くても病気をする。正徳《しょうとく》六年の早春、詮房は、家継をつれて庭に出て遊ばせたが、彼は例によって月光院との愉《たの》しみに時を忘れていた。

すると、家継が、くしゃみをした。それ、風邪をひいた、というので、月光院と詮房とは、すぐに家継を大奥に連れて戻り、厚い蒲団《ふとん》の中に頭から包みこんで寝かせた。

月光院はそれでも心配でならず、部屋の四隅に大火鉢を置いて、火をさかんに起した。室中は、さながら真夏のようになった。蒲団蒸しにされた家継は汗を流して苦しみ出した。

それ、汗がとれた、風邪は癒《なお》った、というので、月光院と詮房とは、また家継をつれて冷たい空気の庭へ出た。家継はたちまち悪寒して咳《せき》をつづけた。

これはいけない、というので、また家継は蒲団蒸しにされる。こういうことが何度かつづいて、家継の病状は危篤《きとく》になった。

それまで、止める医者はあったが、詮房の勢いにおそれて強くいう者はなかった。月光院と詮房とが家継を殺したようなものである。

将軍家が死んで子の無い場合、そのあとをつぐ候補者は、水戸、尾張《おわり》、紀伊の御三家から択《えら》び出されることになっている（三卿《さんきょう》の設定はこの後となる）。

家継の死後の銓衡《せんこう》では、尾張の継友《つぐとも》は病弱の理由で先《ま》ず落ち、水戸の綱条《つなえだ》と、紀伊の吉宗とに絞られたが、

「水戸殿が年長者である故」

と、吉宗は譲った。

しかし、詮房その他の老中《ろうじゅう》の意見は、

「紀伊殿は、神祖（家康）の曾孫《そうそん》であるから」

という直系の理由をもって吉宗に八代将軍が決定した。

と、いうふうになっているが、実は六代の家宣が、子の家継の病弱を知っていて、その次の相続は、

「紀州の吉宗――」

という遺言があったのである。吉宗の稟質《ひんしつ》は諸侯の間にとび抜けて高かったから、当然の人選であろう。

しかし、吉宗にとっては天から授かった最大の幸運であった。庶子《しょし》で、第三子だから紀州の田舎に若隠居して、本家から捨扶持《すてぶち》をもらってくすぶっていても仕方がないところである。せいぜいいっても、越前丹生の痩地《やせち》での小大名だ。三万石というが、実質は五千石しかない土地だった。

それが八年にして紀伊五十五万石の太守に、十年にして天下の将軍に上った。三十三歳。

吉宗は、将軍になっても、紀州からは四十人ばかりしか家来を連れてこず、在来使っていた三人の用人をそのまま使用人としたが、彼らには決して禄《ろく》をふやさなかった。文字通り使い走りだけさせて、決して政治に立ち入らせなかった。柳沢、間部のような側用人政治の弊害をよく知っていたからである。

吉宗は、将軍職をつぐと、すぐに間部詮房を側用人から辞めさせた。その他、側衆《そばしゅう》、小姓《しょうこ》、小納戸《こなんど》など前代の側近は全部その役から追放した。

吉宗は将軍になると、それまでの側近政治、老中政治を改革して、自ら親裁することにした。

彼は、側用人間部詮房などは免職したが、土屋相模守《さがみのかみ》以下の老中はそのまま留任させた。代が替ったため、クビになると思っていた老中たちは彼に感謝した。殊に、土屋は相当な食わせ者だったが、このために感激して忠勤を尽すようになった。

しかし、吉宗は彼らのいいなりにならず、むしろ彼らを試問して胆《きも》を冷やさせた。吉宗は、老中を重役として処遇せず、一介の課長くらいに視《み》て、自分の思うままにこき使った。

綱吉、家宣が公卿《くげ》風に憧《あこが》れていたため、宮中は万事が華美となり、大げさな形式主義になっていたのを、吉宗は改めて、簡素に徹しさせた。彼は夏は太布《ふとぬの》の帷子《かたびら》、冬は木綿の衣服をきて、袴《はかま》もつけずに、簡単な格好《かっこう》で老中たちと用談したから、綸子《りんず》の衣服をきた老中は赤面した。食膳《しょくぜん》には粗末な野菜を好み、飯は黒い玄米であった。

茶亭も吹上の庭には各所にあったが一か所しか使わず、家宣時代につくった華麗な金銀を粧《よそお》った四足門《しそく》はすぐ打ちこわした。

大奥《おおおく》に対しては、前代に乱れていた風紀を正し、大奥と中奥《なかおく》との境界を厳重にし、女中には衣装の質素を強い、彼女らの外出には、遊興場所に行くことを一切禁じた。門限もきびしく、午後四時以後の切手門《きって》からの出入はならず、もちろん、お切手なくして絶対に通れなくした。これは、江島、生島の騒ぎが大いに影響している。

吉宗は民治に最も力を注いだが、そのために将軍職をついだ一年後には、前《さき》に伊勢宇治山田の奉行だった普請《ふしん》奉行大岡越前守忠相《ただすけ》を江戸町奉行に抜擢《ばってき》した。

吉宗が、紀州にいるとき、伊勢の材木が紀伊の町に流れて行く紛争に、大岡が紀州家を恐れず、公平な裁判を行ったことを記憶していたのであった。

果して、大岡忠相の町奉行は江戸市民に大そう評判がよく、吉宗は自分の鑑定眼に満足した。

町奉行というのは、単に火つけ、盗賊を捕《つか》まえて吟味するだけではない。江戸の町役人を支配して治安に任じ、火災のときは消防を指揮した。道路や橋や、上水のことも掌《つかさど》った。月番のときはいろいろな公事《くじ》願いや訴訟をきいて裁断した。定例日には早朝から評定所へ詰めて、用が終ってから登城《とじょう》した。ここで老中から指示があれば、幕府の方針を市民に徹底させるようにする。違反者があれば摘発する。風紀を取り締り、無法者を隔離する。

――要するに、江戸町奉行は、今でいえば、東京都の知事と、警視総監と消防総監と、裁判長を兼ねているようなものである。「江戸の監察に最も怜悧《れいり》の人の勤め場で、訴えの裁判に決断の人」とあるように、幕府の他の多くの役人が世襲であるのに、町奉行だけは異っていた。

大岡忠相が町奉行になって四年目のある日だった。登城して御用部屋をのぞくと、老中土屋相模守が老いた顔を思案げにして、忠相を呼んだ。

「なんと越前、いい工夫はないか？」

「何でございます？」

「上様からおたずねで閉口している」

老中土屋相模守は屈託顔で、大岡忠相にこう話した。

「上様の仰せには、自分は将軍になってから民治には努めてきたつもりだが、まだまだ気のつかぬところがある。また、自分があまりに倹素の方針をとったので、百姓、町人の中には不平もあると思う。彼らの声をじかに聞く方法はないか、とわたしは訊《き》かれたのだ」

「ははあ」

「これは難題じゃ。下々の声をお上に達するには、町役人の手を経て、奉行所に行き、そこから御用部屋に届く。そういう方法しかあるまい。一応、そう申し上げたが、案の定、一ぺんに駄目じゃ。上様にはお笑いなされて、相模、町人からわしのところにくるまで何人の役人が間にいるのじゃ、と仰せられた。また、そのような手続をとれば、下民どもは役人の眼を恐れていいたいこともよういうまい、わしの耳に入るのは賞《ほ》め言葉ばかりになろうぞ、といわれた。全くその通りでこちらは返す言葉もなかった」

「…………」

「あの通りの御気性ゆえ、思いつかれたら、一向にお諦《あきら》めなさらぬ。やるからには、いい加減なことでは済まされぬご性質だ。さりとてお上にもよいお考えがないとみえるし、ましてや、わたしには知恵がない。……越前、何んとか工夫はないか？」

「はあ……」

といったが、忠相にもすぐには名案も浮ばなかった。

吉宗の思いつきはまことに結構だが、その下意上達が途中で阻まれたり、歪《ゆが》められたりするのは、吉宗自身が土屋にいった通りである。

たとえば、それを文書で奉ったとしても、責任上、途中の役人が披見《ひけん》するだろう、また、絶対に役人は見ない、といっても、数々の人の手を経ることを考えただけでも、庶民は半信半疑だし、気持が重くなる。そんなものを書く者はいまい。

その日は退《さが》ったが、忠相は二、三日考えた。

何とか庶民が書いたものが、直接、吉宗の眼にふれる方法はないか。

従来は、駕籠訴《かごそ》という非常手段があったが、これはもとより法度だ。禁を犯した者は死罪である。

下から上への意見具申は、それぞれ定まった伝達機関があり、それを飛び越えて出すことはできない。これも禁令だ。その秩序を乱さずに吉宗の意に副《そ》うようにするには、どうすればよいか。

ここで、忠相が思いついたのが、目安箱、つまり、投書制度である。

「うむ、それはよい工夫だが……どうも、ちと、駕籠訴に似ているな」

土屋相模守は渋ったが、吉宗にいうと彼は大賛成だった。

「それはいい、それなら、だれもが遠慮なしに書きたいことが書けるだろう。……その手紙は、わしが直接に封を破いて見る」

目安箱は、辰《たつ》の口《くち》の評定所前に置くことに決ったが、投書の内容については、弊害も考慮して、諸種の条件があった。――

目安箱に投書する内容については、吉宗の意見に副い、老中たちに大目付《おおめつけ》、目付、寺社、町両奉行、勘定奉行《かんじょう》などを加えて相談した結果、内容が次のような条件になった。
①　行政上、為《ため》になること。
②　諸役人に不正があった場合。
③　訴訟が永びいて、役人の怠慢がみられた場合。
④　私利私欲のため、または私的な恨みで他人を中傷する文はいけない。
⑤　自分には事柄がよく分っていないで、他人から頼まれて投書してはならない。
⑥　訴えごとについては、内容を具体的にし、飾りごとや、つくりごとをまじえてはならない。
⑦　住所と本名をちゃんと書くこと。無記名のものは採らない。

⑧　幕府の役人や、諸藩の家臣は投書の資格がない。これを冒すものは厳罰に処する。
以上のように定めた。

最後の一項は、対象があくまで庶民の声を聞くということにあったことと、幕府役人と藩士とは、それぞれ意見上申機関があるので、その秩序を乱してはならないからである。だから、浪人者は投書してもよいことになった。

目安箱は、式日の翌日、毎月二日、十一日、二十一日に評定所の門前に出す。投書はこの日の午前中までにして締め切り、錠をかける。この鍵《かぎ》は吉宗が直々《じきじき》にもって錠を開き、開封も彼が自らこれをなす。

吉宗は、この中から択《と》るべきものは択り、捨てるものは破棄する。別に規定にはうたわなかったが、優秀な投書者には褒美を与えて、他を奨励することにした。

これは、まさに名案であった。これによると、投書者は極めて気楽に意見を申し述べることができる。奉行所に出頭するように、家主同道とか、町名主《まちなぬし》同道とかいうわずらわしい手続も要らないし、他人に迷惑をかけなくて済む。

この新しい制度は、早速、日本橋の高札場《こうさつば》で札を立てて発表された。これが昨年、享保六年閏《うるう》七月二十五日のことである。

江戸市民はこの高札の前に黒くなって集り、

「ありがたいことだ。われわれの書いたものがじかに将軍さまのお眼にとまる。前代未聞のことじゃ」

と、どよめいた。

この発表は、江戸市民に衝動を与えずにはおかなかった。

「お役人や諸藩の士衆《さむらいしゅう》が除《の》けられているところがよい。さすがに名君の評判高い当上様じゃ。筋道はちゃんと立てておられる」

「こうなると、お役人もうかうかしてはいられない。賄賂《わいろ》をとっていたり、公事ごとに怠けていると、すぐにわれわれから苦情が将軍さまに行くからの。役人衆は、何をいわれるか分らないので、曲ったことができぬ。身に覚えがある役人は、夜もおちおち眠られまいて」

「ありがたや。将軍さまは、よい途《みち》を開いて下さった。さぞ、溜《たま》りに溜った江戸中の不平が目安箱の中に山になるであろうな。われらも一つ、その中身を読みたいものじゃ」

評判は大そうなものになったが、実質はどうであったか。――

吉宗は、この目安箱の反響にかなり期待した。実際、第一回の六年八月二日の目安箱の中は、あまりに投書が多くつまりすぎて取出し口をふさぎ、すぐには出せないくらいであった。

第二回の十一日もその通り、三回目の二十一日も変りはなかった。この状態は、ほぼ三か月くらいは同じ有様であった。

しかし、吉宗は、そのおびただしい数に比例して、投書の内容の期待外れの多いのには、少々落胆した。

まず、あれほどいっておいたのに、住所と名前を書いてないのが多い。これは開封せずに棄てた。

次には、個人間の中傷や悪口が多い。吉宗の期待は、行政上の欠陥を聞いてそれを参考とするのにあるが、その目的の線にはふれず、自分たちどうしの争いや、悪罵《あくば》が書かれてある。なかには夫婦げんかのしりを持ってゆく文章もある。金釘《かなくぎ》流でさっぱり読めないものもあるし、意の通じないのもある。

また、役人に対する非難はあったが、具体的な指摘はなく、漫然たる嘲罵《ちょうば》に終っているものが多い。要するに、建設的な意見開陳が少いのであった。

これら、不採用の投書は、次の目安箱を出すときに全部焼き捨てさせた。

もっとも、なかには、これはという意見の投書も無いではなかった。そういうものは、吉宗がそれぞれ所管の役人を呼んでこれを示し、制度の欠点を正すところは直すようにした。

のちのことだが、身寄りのない貧困者が病苦で苦しんでいる実情の投書を見て、小石川薬園の傍に養生所を設けさせたのもその好例である。

また、江戸は火事が多いため、要所には空地を設け、民家の藁《わら》屋根を禁じて瓦《かわら》ぶきの屋根にしたのも、赤坂に住む一浪人の投書から思いついたものだった。

しかし、このように公益のために書かれた内容のものは至って少かった。駄文が多く、採用率はまことに低かった。

それで、一般の関心も目安箱から次第に低調になってきた。

「何ンでえ、ちっともお取り上げにならねえじゃねえか」

ということになって、投書の山が焼かれることだけが噂に高くなった。由来、江戸っ子はのぼせやすく、飽きやすい。さしも人気集中の目安箱も、次第に数が減り、最近では、月に五、六通という有様となった。

ただ、その中で異彩を放った投書は、四谷《よつや》に住む山下幸内《こうない》という軍学者の上書である。これは大そう長い文章だが、要するに吉宗の質倹政策が金銀の偏在を来たして、世上が不景気になったことへの直言であった。

吉宗は、その遠慮のない批判だけを喜んで、山下に褒美を与えたが、政策は変えなかった。目ぼしい投書はこれくらいなもので、あとは目安箱も不景気となった。

「おっつけ止《よ》しそうなもの　目安箱と御台所《みだいどころ》」

というのが当時の落書《らくしょ》である。古女房と同じく、そろそろ廃物にしてよかろう、との意であろう。

# 怪上書

吉宗の朝は早い。夜明けとともに五時には起きる。

小姓《こしょう》が寝所に様子を見に来ていて、将軍が起きていると分れば小納戸《こなんど》など身辺の世話をやく者に合図する。洗面の次は茶、あとは欲しいときに食事を命じた。

食事は御膳所《おぜんしょ》で用意したものを器物に入れて笹《ささ》の間《ま》という部屋に運び、ここで御膳奉行の毒味があった。それがすむと御膳番の小納戸がうけ取って、汁物などは炉にかけて暖め、吉宗の前にさし出す。給仕するのは小姓であった。小姓といっても、芝居などに出てくる前髪の児《ちご》小姓ではなく、年配の者もいる。

食物は質素で、飯椀《めしわん》、汁、香のもののほかに野菜があるだけであった。食事が終らないうちに御髪番《おぐしばん》と称する小姓が髪を結った。その間に典医が脈を見た。これは内科だが、外科、眼科、鍼医《しんい》は三日目毎にくる。

朝食のあと、午《ひる》までは自由な時間であった。これは、表《おもて》で老中たちがその日の政務をみているからである。

ついでながら、城内でいう表とは政庁のことであり、中奥とは将軍の居住であり、大奥とは将軍夫人の私宅のことで、ここには女ばかりの使用人しかおかなかった。中奥と大奥とは厳重に仕切られ、大奥は男子禁制だが、将軍だけは、夫人またはお手つきの女中のところに休息に入った。

吉宗は、紀州にいるときにすでに夫人を失っているので、大奥には侍妾《じしよう》しかいない。侍妾は中﨟《ちゆうろう》という名で呼ばれたが、資格はどこまでも大奥の女中であった。

午後までの時間、吉宗は馬場に出て、「旦」と名づけた愛馬に乗り、軽く身体ならしの攻馬《せめうま》をすることもあれば、弓を引くこともあり、読書に過すこともあった。

彼は相当な学問好きで、若いころから大明律《だいみんりつ》を好んで読んでいて、三年前には儒者に命じて「明律訳義」を撰上《せんじよう》させている。これは中国、明《みん》代の基本的な刑法典だ。吉宗の学問好きを見て、公卿《くぎよう》や諸大名が続々と所蔵の古典を進呈していた。

近ごろでは、去年、松平加賀守（前田）に所望して手に入れた「法曹類林」や「為政録」を読んでいる。

昼は表で食事、小姓だけの給仕。やはり野菜が多いが、魚ではキスの焼物が付いたりする。

それが済むと休息の間に側御用取次《そばごようとりつぎ》を呼ぶが、このときは、小姓も小納戸もみんな席を起《た》つ。つまり、人払いの状態になるのだ。御用取次は、老中からさし出された伺い書を読んで聞かせる。書類が多いときは、御用取次も一人では間に合いかねるから、二人で読む。有馬氏倫《うじのり》と加《か》納久通《のうひさみち》とがそれで、彼らは、吉宗と老中部屋との連絡係だ。

吉宗は、その御用取次が読み上げるのをじっと聞いていて、

「いま一度、そこを読め」

とか、

「それでは分りかねる」

などといって、聞き直すことがある。これで老中の付けた意見通りに裁決になるのもあれば、ならぬのもある。ならないのは保留のまま老中に差し戻して、もう一度、老中たちに考え直させたりした。

これが、ふだんの日課の大体であった。

しかし、今日は四月二十一日、目安箱開封の日であった。ある意味で吉宗には愉《たの》しみのはずだった。

目安箱は、評定所の目安掛《めやすがかり》が門前からはずして、目付がこれにつき添い、御用部屋に持参した。

老中がそれを受けとって、側御用取次《そばごようとりつぎ》を呼んだ。この日は、土屋相模守《さがみのかみ》が、まず、箱の錠前に異状はないかを点検し、

「お箱が参りました」

と、御用取次有馬兵庫頭《ひょうごのかみ》に渡した。

吉宗の御用取次は、はじめ三人いて、小笠原主膳胤次《おがさわらしゅぜんたねつぐ》と、有馬次郎左衛門氏倫と加納角兵衛久通だったが、これらはいずれも吉宗が将軍になる直前に紀州家の当日番だったのをそのまま起用したのだ。つまり、吉宗は、特にだれという指名をせず、たまたま当番だった者を側衆《そばしゅう》に直しただけで、彼らに権力が生じないように心がけた。

このうち、小笠原が早く辞めたので、現在は有馬と加納だけになっている。

目安箱を土屋老中からうけとった有馬兵庫頭は、これを御用部屋の坊主に持たせ、将軍家の居間に近い土圭《とけい》の間《ま》にすすむ。ここで、箱は土圭の間坊主肝煎《きもいり》が交代して捧持《ほうじ》した。将軍途中から張番《はりばん》坊主というのが立ち出《い》でてこれに付き添う。

箱一つでも、将軍の居間に行くまでの通路には部屋部屋の坊主の受持、即ち、縄張があるから彼らを無視すると大変なことになった。部屋坊主（いわば単なる茶坊主）さえこの通り、官僚の権限争いはこのころからすでにどうにもならないものになっている。

こうして箱は、小納戸頭取の部屋に持ち込まれる。

そこからの目安箱の持参者は有馬兵庫頭自身となり、休息の間の下段中央にすすんで箱を置き、兵庫は少し退《さが》って吉宗に手をついた。

休息の間は、表にも大奥にもあったが、大奥の装飾の華美にくらべ、表は簡略であった。目安箱が現れると、吉宗の傍から小姓や小納戸などの側衆は全部立って出て行く。彼らは政事向きの用談場面には一切立ち会えなかった。

「お箱を持って参りました」

有馬が平伏していった。

「うむ。次郎左衛門、今日も少なそうか？」

吉宗は大柄な身体を脇息《きょうそく》から起した。彼の顔は真黒い色だった。眉《まゆ》も眼も太く、鼻梁《びりょう》は肥え、唇が厚く、すべての造作が一回り大きい。六尺に近い背丈と、筋骨たくましい身体をもっているから、老中どもは、まず、肉体的に彼から圧倒された。吉宗が、今日も少なそうか、と有馬兵庫頭に訊《き》いたのは、投書の数が激減している最近に失望しているからだ。

「いえ、今日のは、ちと、箱が重とうございます」

有馬は、吉宗をよろこばすようにいった。

「おう、そうか。それは愉しみだな」

吉宗は口もとに微笑を浮ばせ、懐を開き、肌着の襦袢《じゆばん》につけた守袋に添えた小さな錦《にしき》の袋をとり出した。

この袋の口を吉宗は開いて、中から銀造りの鍵《かぎ》をつまみ出した。目安箱の鍵は、こうして吉宗自身がいつも肌身につけている。

鍵が出たので、有馬は箱を吉宗の膝《ひざ》の前にすすめた。吉宗は、その鍵を錠に差しこんで、ぱちんと開いた。

有馬は黙って控えている。

吉宗は、目安箱の錠を外して蓋《ふた》を開いた。

とり出したのは、二通の投書だった。一通は普通の封書で、一通は——一通と呼ぶよりも一冊だ、二つに折った半紙が五、六枚こよりで綴《と》じられてある。それに文字が書き連ねてあったが、相当な達筆であった。

吉宗は、まず封書のほうから見たが、これは問題でないとみえて、すぐに破った。

次に、半紙綴じを取り上げたが、これは彼が期待したものらしく、身体を寛《くつろ》げて、ゆっくりと、最初の紙から眼を落した。

「恐れ乍《なが》ら、衆人、上様を賞《ほ》め奉り候条々のこと」

と第一筆にあるが、これは初めの題名らしい。

「一、法外の御物入《おものいり》をおとどめなされて、華美をおつつしみ遊ばされ候こと。
一、側用人《そばようにん》を廃されて、自ら御政道を御覧遊ばされ候こと。
一、紀州家より引連れられたる御家来衆に高禄《こうろく》を賜はず置かれ候こと。
一、御学問御好み候こと。
一、常憲院様（綱吉）以来の能狂言役者共を召放され候こと。ならびに、無役中より鷹《たか》匠《じょう》共お召出され候こと。
一、武技御励み候こと。
一、何ごとも大仰なる形式は嫌はれ、万事簡略に遊ばされ候こと。
一、目安箱御設置のこと。」
——ここまで、読んできた吉宗は、前に控えて低頭している有馬兵庫頭《ひょうごのかみ》のほうをちらりと見た。

以上は、吉宗に対する賞賛であった。彼が華美を正して贅沢《ぜいたく》を戒めていること、政道が親裁であること、紀州家から連れてきた家来にえこひいきをしないこと、綱吉などが淫《いん》した能狂言を廃し、それまで小普請組《こぶしんぐみ》に入れられていた鷹匠を元の役に直し、鷹狩《たかがり》、弓、騎馬などの武技に励んでいること、事大主義的な形式を簡素化していること、最後に、目安箱の設置は、庶民の言語を通開した功を挙げたものであった。

吉宗は、眉をかすかにひそめた。

だれしも、正面からほめられると、少し面映《おもはゆ》い。しかし、いま吉宗が顔をしかめたのは、その意味とは異っている。

――実は、これに似た文句が去年の投書にあったのだ。吉宗が賞詞を与えたことで江戸中の評判になった山下幸内《こうない》という浪人者の上書の冒頭が、これとそっくりの書き方であった。

（衆人ほめ奉り候品。一、紀州よりお供の面々へ過分の御加増なきこと。一、まいない、けいはく御嫌いのこと。一、法外の御物入りお停《や》め、御役人私欲ならざること。一、近代打ち絶えたる武器お見付け遊ばされたること……）

というのが、山下幸内上書の序文だった。

――評判をとった物に、真似をするやつが出てきた。

吉宗の不快はそれだったが、山下幸内のものは、このあとが吉宗の緊縮政策の徹底的な批判となっていたのだが……

この投書の場合はどうなのだろうか。――

吉宗は、上書のあとに書かれた文句を熱心に読んでいる。ときどき半紙を繰る音が、前に平伏している有馬兵庫頭の耳に聞えた。

有馬には吉宗の文字を追う時間がひどく長いものに思われた。それは普通の封書ではなく、綴込《とじこ》みになっている半紙五、六枚分を読み終えるのだから、かなりな手間ではある。それにしてもえらく時間がかかると思った。

やっと紙を繰る音がやんだ。吉宗は一語も発しない。有馬も吉宗から声がかからないから、そのままの姿でうずくまっている。

何が書かれてあるか、有馬にとっては興味のあることだが、吉宗から明かされない以上、一切分らないことだった。もっとも、吉宗がそういう投書を読んだあと、これはと思うものは、老中を呼びにやってここで見せたり、投書の趣旨に従って然《しか》るべく処置するよう指図することがある。

有馬は、その綴じられた長い投書の内容が、吉宗にとって相当興味を惹《ひ》いたものと察した。それが無価値だったら、一読しただけで、すぐ傍らにのけてしまうからである。今の吉宗は、それを読み終ったあともまだ何か考えている。それからもう一度さらさらと紙を繰る音がしたのは、彼が再読しているからである。頭を下げている有馬には、吉宗の表情が分りかねている。

去年の山下幸内の投書の場合は、吉宗が一読して、すぐさま老中を呼び入れ、それを回覧させ、かかる投書を得たればこそ目安箱を置いた甲斐《かい》があった、とひどく喜んだものだった。

その山下幸内の上書の内容は、吉宗にとってさほど参考とは思われなかったが、歯に衣《きぬ》を被《き》せないいい方が吉宗を喜ばしたのだ。およそ、上を憚《はばか》らず、直言をもって上書するところに目安箱の意義があるのだ。

山下幸内とは何者か、すぐさま探し出して褒美を取らせよ、と当時吉宗は欣喜《きんき》していったものだった。そのときも有馬は立ち会って様子を知っている。

しかし、今の吉宗はそのときほどの興奮もなければ、喜びの声も聞えない。どちらかというと、衝撃を受けたときのように、しばらく眼を閉じて考えていた。

有馬は、そっと顔をあげた。吉宗が褥《しとね》を起《た》ったからである。

吉宗は、その投書を持って御用の間に入った。

——休息の間から渡廊下つづきに楓《かえで》の間《ま》という八畳二間の座敷がある。この座敷のうしろに四畳半ばかりの小座敷があって、ここを御用の間といった。これは、作事方《さくじかた》でも絵図面には座敷の名前をつけていない。この一間には一個の簞笥《たんす》が常備してあって、この簞笥の中には、将軍自筆の書類や、大切な書面などが仕舞ってある。諸大名や、寺院などへ下げ渡される御判物《ごはんもつ》などもすべて、この簞笥の中に仕舞われてある。

楓の間は、いわば、吉宗が政務をみる執務室であり、ひとりで思考にふける部屋でもある。ここには何んびとも出入を許さなかった。——

普通の場合、上書の書面は、一旦《いったん》、御用の間の簞笥に納めて、そのあと老中どもに閲見《えつけん》させる。それをまた御用取次の手で返納したのち、吉宗の考えで焼くべきものは焼き、保存しておくべきものは再び簞笥の中に納めておく。それが通例だった。

有馬もそのときは、そういうことになると思っていた。しかし、あとで知ったのだが、その半紙綴込みの上書は老中どもに下げ渡されることはなかった。吉宗がひとりだけ閲覧して、あとは御用の間の簞笥に納めたままでいたのである。

上書には規則として投書者の住居と姓名が書かれてある。有馬は、かほどまでに吉宗の注目を惹いた投書者は誰であろうかと推測してみたが、もとより、彼に分ろうはずはなかった。

吉宗は、有馬に、

「越前を呼べ」

といった。有馬が去ってからも、まだ、何ごとか考えている。

それがかなりつづいたころ、大岡忠相《ただすけ》が入ってきた。有馬は、その場を遠慮して次の間に退《さが》った。

町奉行は午前十時に登城し、午後二時に退出する。裁判があれば、それから聴くことになっていた。

「越前、ちと探しものをしてくれぬか」

吉宗は微笑して言った。

「は。どういう……?」

「品物ではない。人間だ。……今日、久しぶりに目安箱に獲物が入っていた。その者の名前を申す」

と区切りをつけて、

「四谷《よつや》塩町に住む浪人、岩瀬《いわせ》又兵衛《またべえ》とある」

「岩瀬又兵衛……」

「変名であろうな」

と、笑った。

「どうじゃ、判るか？」

曖昧《あいまい》な話である。

「ただ、それだけでは、何んともお受けができませぬが」

忠相は、その文書を拝見できたらと言いたいのだが、目安箱の上書は吉宗だけが披見することとなので、それは口に出しかねている。

吉宗は、それも察して、

「そのほうに見せたいが、いまは、その名前の男だけを探してくれ」

「………」

「偽名とは思うが、案外、実名で当人がそこにちゃんと住んで居るのかもしれぬ。まあ、一応、念を入れてみるのだ」

「かしこまりました」

忠相は請け合って低頭した。

「近日中に必ず結果を言上《ごんじょう》に及びまする」

忠相が吉宗の前を退ると、座敷の出口に有馬兵庫頭《ひょうごのかみ》の顔が出た。

忠相が御用部屋の前までくると、その姿を見たらしく、老中の土屋相模守《さがみのかみ》が坊主に忠相を呼びとめさせた。

土屋は、眼鏡をかけて決裁書類に花押《かきはん》をしていたが、忠相が入ってくると、眼鏡をずり下ろして彼を見た。

「越前、お上の御用は、目安箱のことではなかったか？」

忠相は、土屋相模守から吉宗の用事のことを訊《き》かれたが、これは老中といえども答える筋合のものではない。

そのへんは適当に誤魔化《ごまか》して、ふと眼を逸《そ》らすと、視線の当ったところが御用部屋の末座で、そこに書類を見ている三十六、七歳くらいの人がいる。今年、大坂城代から老中になったばかりの松平左近将監乗邑《さこんのしょうげんのりさと》であった。

乗邑も、忠相の何気ない視線を感じたか、色白の顔を書類からあげて忠相をみた。乗邑のほうから何んとなく眼に会釈の表情をみせたのは、老中でも新参という気持があったからであろう。忠相のほうが九歳年上でもある。

折よく、そこに御用取次の有馬兵庫頭が土屋を呼びに来たので、忠相は土屋の追及を免《のが》れることができ、御用部屋を退出した。

（お上のおめがねにかなったというだけに、なるほど、左近将監という方は才知な人物らしい）

忠相は詰めている部屋に戻りながら、いま、会釈を交した松平乗邑の面長な顔を眼にうかべていた。常から人の顔を見なれている彼は、骨相といったものを自己流に心得ているつもりだった。

左近将監《さこんのしょうげん》の評判は高い。

この人が十五歳のとき、殿中で浅野内匠頭《たくみのかみ》が吉良上野介《こうずけのすけ》を斬りつけた騒ぎが起った。殿中総立ちとなって、雁《かり》の間《ま》の大名はじめ、帝鑑の間の大名総立ちとなって一人も座っている者がない。

みんなろうばいしている中で、年少の左近将監が一人動かず、各々お騒ぎなさるな、われわれは不時の事変があったときこそお上の御守りをする身ではないか、受け持ちたる席を立ちはなれて騒がれるのは心得がたし、と呼ばわった。この年少の彼の一言に諸大名は赤面してようやく静まった。

当時、吉宗は紀伊中納言だったが、この有様を見聞して、乗邑は若年ながら、物の役に立つ人物だと感心したといわれる。それかあらぬか、淀《よど》城主だった乗邑を下総《しもうさ》佐倉に移し、老中に抜擢《ばってき》したのは吉宗であった。

見渡したところ、現在の閣老には、これはと思う人物がいない。一癖ある土屋相模守も老齢を加えてきている。

（左近将監殿は、そのうち出頭人《しゅっとうにん》となる人）

忠相は、そう思っている。

二時に下城《げじよう》、屋敷に帰ったが、この月は非番なので裁判に立ち会うこともなかった。

用人の山本右京太を呼んで、

「与力《よりき》屋敷に使を出して、勘蔵《かんぞう》を呼んで参れ」

と、いいつけた。

女房の滝が顔を出したので、

「年寄はいるか？」

ときいた。滝が、在室していると答えると、茶室にくるようにと言った。

支度を脱いで、平服に着かえて茶室に行くと、七十ばかりの老人が全身に渋い皮膚を貼りつけて座っていた。

伊川申翁《いがわしんおう》といって、もと牛込《うしごめ》の町医者だったが、忠相《ただすけ》の遠い寄辺《よるべ》に当るので、この屋敷に引き取っているのだった。

「お顔色がさえぬが……」

伊川申翁は、茶碗《ちゃわん》を頂いてつぶやくように言った。

さきほどからそれを気づいていたのだが、霰釜《あられがま》の前に座った忠相が点前《てまえ》をしている間は、作法を守って見まもっていたのである。

「どこぞ、ご加減でもお悪いかな？」

七十だし、医業をやめて永くなるが、やはり医者らしい眼つきであった。

「いや、別段のことは……」

忠相は口辺にかすかな笑みを浮べているが、眼に屈託があらわれていた。

「それなら、重畳《ちようじよう》です」

申翁は筋張った手で囲った黒の楽《らく》茶碗の中で揺れている緑の茶をのむ。あごの下からのどにかけて無数の筋が浮いている。

それきり申翁は黙っていた。忠相も釜に水をさし、柄杓《ひしやく》でゆっくり湯を掻《か》いている。柄杓は忠相が自分でたのしみに竹をけずって作ったものだ。その忠相もあとは黙っている。

申翁は、こういうときの忠相の気持をよく知っているから、彼の思索を邪魔しないように控えていた。

忠相には変った癖がある。思案するときにはひとりではできないのだ。だれかが傍にいて、静かに雑談をしながら考える。しかし、この雑談は彼の思索を決して乱してはならないものだった。

いわば、そのときの会話は忠相には上の空のもので、言葉は口先で遊んで、気持とは離れている。

四囲を閉ざして、ひとりで端座し、想念にふけるというのは忠相の得手ではない。それはただ思案を閉鎖した世界に追い込むだけで、闊達《かつたつ》なひろがりに伸びなくなる。

話相手を傍において、とりとめのないことを口先で交しながら考える——そんなときにふいと妙計が浮んだり、迷っていた解決が出てきたりする。その意味では、傍に人は居ても、忠相は孤独の中にいた。

だから、その話相手の人間が大切になってくる。こちらが、相手を意識しすぎてはいけない。話はするが、相手が彼の思案の世界に侵入してきてもいけない。その間だけは、感情の交流が遮断されていなければならぬ。

普通でも、よくあることだ。人と話しているうちに、心がその会話からふいと離れてあらぬ方へ向ってゆく。そんなとき、いい考えがわいたりする。あれだ。忠相の場合は、意識してその環境をつくっている。

それには、話相手の人物がむずかしいが、忠相には、この伊川申翁が格好の人間であった。遠い身寄りだから気がねすることはない。老人だから悠長だ。こちらから話しかけないぶんには、いつまでも黙っていてくれる。話しても口数も少い。沈黙がつづいても退屈の様子は見せない。邪魔にならないことはとんと影法師のようである。

それには、この老人が忠相の気分をよく知っていてくれるからである。申翁は忠相の思索が自由なような雰囲気をつくってくれる。ころ合いを見計って、ごめん、といって隠居部屋に引き込む術《すべ》も心得ている。——忠相は、今まで、むずかしい訴訟の裁断案をこうして得たことが何度あったかしれない。……

「老人、四谷塩町のほうはよくご存じかな？」

忠相が、茶碗を拭《ふ》きながら、ふときいた。

申翁は首を少し斜めにした。

「さあて、あの辺は近ごろとんと歩いておりませんでな、どのように変ったやらよく分りませぬ」

老人は膝《ひざ》に手を置いて、あとをつぶやくようにつづけた。

「てまえが牛込で医者をしていた時分は、塩町あたりの患家《かんか》にときどき呼ばれたことはございますが、あの辺は御家人《ごけにん》衆が多うございますな。……御先手組《おさきてぐみ》、御持筒《おもちづつ》、御持弓《おもちゆみ》、伊賀衆、そういう御役の方々が集っておられます」

こんなことは忠相は百も承知している。中翁にもそれが分っていながらあえて口に出すのは、例によって忠相の思案を誘うような話をしたいからである。言葉が無意味なことで忠相の思索が自由にひろがってゆく。

中翁のそんなつぶやきは、忠相の思案の伴奏になっている。

「伝馬町《でんまちょう》、塩町……いずれも日本橋のほうから移されて、あそこに町づくりをさせられたのはだいぶん前のことでございますな。……あそこに西念寺という寺がございまして、てまえ患家があの辺の鉄砲坂というところに住んでおりました。鈴木様という御持組《おもちぐみ》の組頭《くみがしら》の宅へよく参ったもので……西念寺の坊主は面白い男で、あれはもう遷化《せんげ》したかもしれませぬのう」

こんなつぶやきは忠相の邪魔にはならない。

（お上は塩町の岩瀬又兵衛という者を一応たしかめてくれといった。偽名かもしれないが、ひと通り当るだけ当ってくれという意味だった。そのことでも分る通り、それは今日の目安箱から出た上書の差出人であろう。もとより、内容がどういうことかはお上もいわぬ。

こちらから訊《き》くこともできない）

忠相は、霰釜《あられがま》がかすかに鳴っている音を聞いて考えている。一方の耳ではときどき中翁のつぶやきが聞える。

「あの辺は組屋敷が入り組んでおりましてな、てまえ、患家を探すのにひところ苦労したことがございます。もう三十年も前のことでございますが」

――上書の差出人が塩町としたのは、何か特別に意味があるのだろうか。

人間はウソの住所を書くにしても、心の底に何かひっかかりのある地名をつい使う。以前に友人が住んでいた所だとか、他人から聞いて特に印象のあった土地だとか、そういうものが知らずに出てくる。

（上書を奉った岩瀬又兵衛という男は、その塩町にやはり何かの因縁を持っていたと思われる。だが、この偽名者の正体を突き止めるのは少々困難である。お上もそれをご存じで、一応当るだけは当ってみろといわれた）

上書の内容を吉宗がいわぬから、それだけ当人を探すのが困難である。上書の内容は相当吉宗の興味をひいたようである。しかも、それは老中にも示さないで、御用の間の簞笥《たんす》の中に奥深く仕舞われている。与力の小林勘蔵を呼びにやっているが、彼とてもこの探索は難物に違いない。――

忠相の思案顔の前に中翁はうずくまって、ぶつぶつつぶやいている。

# 同心思案

半刻《はんとき》ほど経って、与力の小林勘蔵が忠相《ただすけ》に呼ばれて羽織、袴《はかま》でやってきた。公用で奉行所に出勤するときは、継上下《つぎかみしも》だが、今は奉行に内談で呼びつけられているから平服であった。

この小林勘蔵というのは、もと北町奉行所付《づき》の者だったが、事務に通じているというので、忠相が町奉行になったとき、北町奉行の前任者であった松野壱《い》岐守《きのかみ》に頼みこんで、その部下としたのである。

当時、吟味《ぎんみ》にかけては、この小林勘蔵の右に出るものはないといわれていた。

——町奉行所付の与力には、いろいろと分担があった。名前をあげただけでも、年番方《ねんばんかた》、籾蔵掛《もみぐらがかり》、養生所見回り、牢屋《ろうや》見回り、町火消人足改《にんそくあらため》、詮議《せんぎ》方《かた》など二十数目ある。町奉行は江戸の民政を掌《つかさど》っているので、管掌が多岐《たき》にわたるのだが、この中で、裁判関係事務は、吟味方、赦帳撰要方《しゃちょうせんようがた》、人別《にんべつ》取調掛、例繰方《れいくりかた》などがそれに当る。

要するに、刑事事件関係の与力は吟味（審理）、同心は捕物（摘発、逮捕）と決っていた。いわゆる岡っ引と称する連中は、この同心の下についていた。

与力は二百石高で、総体で知行所を持っていたから、武士としてかなりの生活で、屋敷も三百坪の宅地をもらっていた。しかし、同心は三十俵二人扶持《ぶち》とされ、宅地も百坪だった。与力も同心も八丁堀《はっちょうぼり》に住んでいたが、与力がちゃんとした屋敷の構えであったのに、同心は町家《まちや》づくりの家に住んでいた。

大岡越前守忠相伝の資料によると、忠相が登用した与力は、加藤又左衛門（国学者加藤千蔭《ちかげ》の父）、小林勘蔵、上阪安左衛門、山本右京太などがある。

町奉行所付の与力（俗に町与力といったのは、他の役に付いた与力と区別したため）といっても、町奉行個人についていたわけではないので、町奉行でも気儘《きまま》勝手に命令することはできなかった。その代り、凡庸な奉行でも、与力のおかげで大過なくつとめられた。あたかも、官僚のおかげで、シロウトが法務大臣をつとまるようなものだ。

その代り、町奉行が出来がいいと、これらの下僚を自由に駆使して実績をあげることができた。逆にいうと、気に入った奉行がくると、与力もやる気を起すわけだ。忠相も、こういう下僚の助けなしには仕事ができないのである。

さて、忠相は、与力小林勘蔵が来たので、吉宗から命令された内容を打ち明けて相談をした。

「なにしろ、上様からお直々《じきじき》のお声がかりだからの。そんな人物は居りませぬ、あれは偽名でございました、とお答えすれば、それでも済むものの、上様のお気持を考えれば、そうはゆかぬ。……上様は、その者を探ってくるようにとのお心じゃ」

「はあ」

将軍家のお声がかりというので、勘蔵の顔もひきしまった。忠相は弾まない声である。

与力小林勘蔵も、忠相からそれを聞いて、考えこんだ。

「それは雲をつかむようなお話でございますな」

彼は顔をあげて忠相を見た。

「何んの手がかりもなしに、偽の住所と名前を書いた男を探すわけにはゆきませぬ。……しかし、上様が目安箱を開けて、それを仰《おお》せ出《いだ》されたからには、上書を奉った人間の素性に相違ございますまいが、その者の書いたことが、恐れながら、よほど上様のお心を動かしたとみえますするが？」

「そうだ、わたしもそう考えるから、何んとかたずね出せないものかと思っている」

忠相はうなずいて、

「その上書の内容も仰せ出されぬ。また、お見せ下さらぬから、その者の書いた筆跡も分らぬ。そちの申す通り、雲をつかむようなことだ」

といって、

「しかしながら、当代ご名君の上様のことゆえ、ただの座興や、思いつきでわたしに仰せ出されたとは思えぬ。このお訊《たず》ねの奥には深い意味があることと思う。わたしは、その上書の背後を知りたいのだ」

と、忠相は膝《ひざ》をすすめた。

「一ばんよい方法は、わたしが上様に願って、その上書を拝見するなり、内容をおたずね申し上げるなりすることだが、これはかなうまい。それなら、初めから拝見を許されている」

「……………」

「その目安を拝見出来ないというのはな、勘蔵、これはわたしの考えだが、上様が目安をご覧になったあとでお示しなさるのは、老中方と、三奉行だ。ところが、上様には、今度の上書に限ってこれをなさらなかった。その次第は、この老中、三奉行のうち、だれかにはお見せになりたくなかったのだという気がする……」

「……………」

勘蔵は耳をそばだてた。

「老中といっても、五人居られるからの。そのほか、寺社と町奉行……そのうちの一人でも目安を見せたくないお人が居られたとする。これは、一人でもいかぬ。たとえば、わたしだけが拝見したのでは、作法がくずれるし、他の方々への思惑もある。一人だけ除外はできぬのだ。上様のお気持をお察しすれば、その思召《おぼしめし》があったのではないか。だから、謎のようなお訊ねになったのだと思う」

忠相は、そういって微笑した。

「実は、その謎は、いま、屋敷に帰って気がついたのだ。年寄を相手に茶を飲んでいるときにな」

「さすがに御奉行様でございます」

勘蔵は、頭を下げた。

「いや、それから先は、そちの知恵をかりねばならぬ。どうだ、そちは、永く吟味に携わっているが、同心のなかに、この探索にふさわしい、これぞという人間はいぬか、あれば、その者に申しつけたいが」

「はあ」

小林勘蔵は、うつむいて眼を閉じていたが、

「恐れながら、それには……」

と、候補者を思いついたようにいい出した。

小林勘蔵の意見はこうであった。——

そのような調査には、定町回《じょうまちまわ》り同心が普通は適当である。定員は六名である。江戸市内を区域別に担当して巡回し、それぞれが馴《な》れた岡っ引を手先に持っているから、探索には長じている。

しかし、今度のことは犯罪捜査ではないから、彼らにそれをやらせるのは多少見当違いのことが起りそうである。

それよりも……

「吟味方下役《したやく》に香月弥作《かつきやさく》という男がおります。この者が適当ではないかと思われます」

と、勘蔵は進言した。

警務を掌る同心は、俗に三回りといって、定町回り、それを補佐する臨時町回り、隠密《おんみつ》回りに分れていた。隠密回りは、特高警察のような仕事をして、奉行直属であった。しか

し、これは後のことで、このころは、まだ定町回りの制度しかなかった。

「香月弥作……それはどういう男だ？」

忠相は訊《き》いた。

「はい。この者は一年前、てまえの下におりましたが、その執務ぶりをみますると、細心にして、よく注意がゆき届き、一つとして彼の調べたことに欠点はございませんでした」

この役は、罪人の犯罪の情状、断罪の擬案を収集記録し、他日の参考の資《もと》に供する。また、事に臨んで検討索例のことを掌る。……

「その記録の作り方を見ましても、おのずから彼の炯眼《けいがん》がゆき届いています。てまえも、その記録によってこれまで間違った罪案を何度か正したことがあります。かのようなことはほかの下役には見られませぬ」

小林勘蔵は説明した。

「およそ定町回りは、その仕事上、町内には精通していますが、今度のことはいささか事情が違うように思われますので、思い切ってこのような男を使ったほうが面白かろうと存じます。彼は公事訴訟にも細密な記録を作っておりますので、定町回りにはない神経の届きようもあるかと存じます」

要するに、探索専門の定町回りにはとかく神経の粗い男がいるので、民事訴訟のような方面にたずさわってきた香月弥作を使ってみたほうが、かえって面白さが出るのではないかというのである。

勘蔵はつづけていった。

「もし、弥作を使えば、これは御奉行が直々に指図されたほうがよろしかろうと思います。このことは与力を置かない町回り同心と同じようにみえますが、御奉行が直接の指揮をなさるところが違うのでございます」

忠相は聞いていてうなずいた。

「そちが推薦するなら、間違いはなかろう。一度、その香月弥作に会ってみようか」

「それがよろしゅうございます。……つきましては、その者をご採用になれば、定町回りではございませぬゆえ、小者《こもの》がついておりませぬ。これは心利《き》いたる者を、他の同心から譲らせるようにいたします」

小者というのは、岡っ引のこと。

「てまえ、それにも心当りの者がございます」


五月に入ると急に暑い。町を歩く犬も、陰を拾うようになった。

同心香月弥作は、四谷《よつや》塩町をぶらぶらと歩いていた。吟味下役として八年間つとめあげている彼は、いつも記録書類に埋まって暗い部屋で仕事をしてきた習慣のせいか、まぶしい陽の下に出ても、憂鬱《ゆううつ》げな表情は崩れなかった。二十七歳といえば、これからが働きざかりの年齢である。が、彼の顔にそんな精力的なものは見られなかった。

あまり上等でない夏羽織に袴《はかま》をつけて大小を差し、のそのそと歩いている野暮《やぼ》たいところは、どこかの藩の勤番侍《きんばん》が江戸を見物しているようである。

——俗に、八丁堀同心といえば、袴をつけない着流しで、紺足袋《たび》に雪駄《せった》ばきが決りで、一目でそれと分るのが特徴だった。髪の結い方も一風あって、しかも日髪《ひがみ》というしゃれようだった。博多帯《はかたおび》に羽織の裾《すそ》をちょっとはさみ、朱房の十手《じって》を帯のうしろに斜めにさしこんで町を回って歩く姿は、何んとも粋《いき》な姿であったという。

しかし、香月弥作の場合はおよそ八丁堀姿とはかけはなれている。それは彼が同心といっても町回りでなかったせいもあるが、忠相から、特に、

(隠密《おんみつ》に——)

といい含められたからで、一見して、奉行所手付《てつき》の者と分っては困るのだ。

(これは犯罪ではない。探り出して報告してくれればそれでよいのだ)

忠相にそう命令されている。

難儀な話だった。また、思いがけない役目変えでもあった。

聞けば、与力の小林勘蔵の推挙ということだった。香月弥作は、この小林勘蔵のもとに長らくついていて、その手腕と人柄とを知っている。吟味役与力も数人いるが、信頼できるのは、この人だけだと思っていた。

(いや、とにかく、やってみるんだね)

奉行に直々呼びつけられたあと、早速、小林の屋敷に行ったとき、勘蔵は明るく笑っていた。

（おまえさんならそれが出来るから、ご奉行にそうすすめておいたんだよ。なに、人間、何んでもやってみることだ。そんな機会は、長い生涯に、そうザラにはないからね）

激励されたのが、四、五日前のことだった。なにしろ初めての役である。奉行所の組織でも、こういう職制は今までになかった。文字通り、初役である。

なァに、気軽にやるんだね、と小林勘蔵は微笑していたが、さて、どんなことになるか。

――

（四谷塩町岩瀬又兵衛）

知らされたのは、ただ、それだけの名前である。目安の投書者だが、偽名らしいというのだ。……いや、偽名ということは、すぐに分った。塩町一帯の各組屋敷を、それぞれの組頭について調べたが、該当の人間はいないというのだ。

すっかり夏めいた陽射しの中を、香月弥作は歩いている。道ばたに菖蒲《しょうぶ》の葉が散っているのは、二日前が端午の節句だったからである。

塩町というのは、一、二丁目が四谷門前に濠《ほり》を隔ててあるが、これは町家である。三、四丁目はずっと離れて、甲州街道も内藤新宿《ないとうしんじゅく》に近い大木戸の手前になっている。その間には、麴町《こうじまち》、伝馬町《でんまちょう》、忍町《おしまち》などが、長くはさまっている。

香月弥作は、甲州街道をはさんだ南北二つの塩町の裏通りを歩いた。表側は町家である。裏側に御家人《ごけにん》が住んでいる。小役人の組屋敷もこの辺に多い。

持弓組《もちゆみぐみ》、持筒組《もちづつぐみ》、先手組《さきてぐみ》の同心屋敷は麴町の裏町からつづいているが、南裏塩町には大《おお》番組《ばんぐみ》の同心組屋敷がある。同心というのは、このように幕府の諸職や各奉行に付いている軽輩で、並高《なみだか》といって普通給与が三十俵二人扶持《ぶち》であった。これは楽ではない。楽でないのは、消費生活の膨張と、諸物価の昂騰《こうとう》とである。元禄《げんろく》時代には驕奢《きょうしゃ》だといわれたことも、このごろでは一般化してふしぎではなくなった。たとえば、旗本でも、夜具、具桶《ぐおけ》、挟箱《はさみばこ》を繻子《しゅす》、どんす、繻珍《しゅちん》の類《たぐい》を用い、挟箱に蒔絵《まきえ》の飾りをほどこすのも特別な例ではなく、普通のことになっていた。ところが、武士の経済生活を支えるのは、先祖から決った量の玄米か白米の支給だけだから、世上の物価高には追いつかぬ。

そこで切米《きりまい》（幕府は俵取りの家来には一年を三期に分けて米を支給した）を抵当にして、蔵米《くらまい》の札差《ふださ》し商人から前借したり、町人から金を借りたりして苦しい生活をつづけている。このころには、すでに町人の資力は武士階級の上に出ていた。

香月弥作が塩町裏の各組同心屋敷を歩くと、家の中ではしきりと内職をやっていた。暑い折で、戸も障子も開け放っているから、門外からでも植込み越しによく見える。庭に主《あるじ》がむしろを敷いて、小刀で竹を細く割《さ》いている家があるかと思うと、主が座敷に座って、割いた竹を骨にして紙をはり、女房が糊《のり》を練って凧《たこ》をつくっている家もある。提灯《ちょうちん》を張っている家もあった。

大番組、持弓組、持筒組、先手組といっても、戦場では大いに活躍する花形だが、平時では居住地でお城を警固《けいご》するというだけであったから、勤務はない。主人は暇な身体をせっせと内職に精を出し、家計の助けにしている。

もっとも、このような図も五、六年前にはあまりなかったものだ。武士の家内手工業は浪人のものと相場がきまっていたものだが、軽輩武士の貧乏がそれに近づいたのである。

（なるほど、聞いてはいたが、さかんなものだな）

弥作は、どこかに用事があるような格好で両側の家をじろじろ見ながら歩いた。好きこのんで他人の家をのぞきたくはなかったが、たとえ偽称であるにせよ、「塩町」と聞いた上は、無駄を承知で、一応、見回ってみなければならないのだ。

ある同心屋敷の前までくると、弥作の足がふいととまった。

その門前に下がった、

「杉山流鍼医　黒坂江南《くろさかこうなん》」

の看板の字に彼の眼が注がれていた。

軽輩といっても武家屋敷には違いない。それに「鍼医」の看板がかかっているのは奇妙にみえるかしれないが、これはこの屋敷で半分を鍼医者に貸しているからだった。家賃をかせぐ内職だ。実際の主人家族は裏側に引っこんで住んでいる。手内職の労働をするよりも、このほうがずっと気楽で収入も上る。

同心は百坪の宅地を賜っているので、家もかなり広い。だから、医者や儒者には体裁もいいから喜んで貸した。まさか、八百屋や魚屋に貸すわけにはゆかない。

麹町から伝馬町、塩町にかけて、医者や儒者の看板が出ている屋敷が多かった。それは、借りるほうで、町家が入りまじった区域だし、市ケ谷《いちや》にも赤坂にも近くて便利だったからである。どこの同心屋敷でも借り手があるわけではなかった。

ただし、上より賜った屋敷に他人を同居させ、家賃をとるのは正常なことではない。これまで禁止の布達もあったが、それが一向に聞かれないで改まらぬのは、軽輩武士の困窮のほうが性根をすえていたからである。

香月弥作が、

「杉山流鍼医　黒坂江南」

の看板に足を停めたのは、その違法が眼をとがめたからではなく、「杉山流」の文字から急にある連想がわいたためだった。

鍼針術《しんしん》は上代からあったが、その後消滅したのを桃山時代に名医といわれた曲直瀬道三《まなせどうさん》が「鍼灸要集《しんきゅう》」を著述し、寛永年間に杉山和一《わいち》が従来の鍼術に創意工夫を加えて弟子をひろめた。これが杉山流だが、弥作の連想は、むろん、そんな鍼医の来歴ではない。

上杉流――

「杉」の字からの連想だが、これは鍼灸には関係がない。勿論《もちろん》、上杉流は軍学である。

「上杉流軍学　山下幸内」

実際には無いこの看板の文字が弥作の眼に幻視のように映っている。

連想といっても、これは香月弥作の現在の任務に必然的な関連性がないでもない。

(四谷塩町　岩瀬又兵衛は目安の投書者である)

（山下幸内は去年、目安に投書して将軍家にほめられ、その評判は江戸はもとより京、大坂までも伝わった。彼も四谷に住んでいた）

かけはなれた思いつきではないのだ。だから、

（山下幸内は、いま、どうしているかな？）

という枝道に流れても、当人にとってはそれほどの飛躍ではない。

——山下幸内が将軍家から賞詞をもらったと伝わると、彼の門前には諸大名からの使者の駕籠《かご》がひきも切らなかった。昨日までは一介の浪人軍学者として、門前雀羅《じゃくら》を張っていたのが、朝から晩まで千客万来の大景気となった。いずれも、山下幸内を高禄《こうろく》を以《もっ》て召し抱えたいという勧誘ばかりだった。

山下幸内はその煩雑さにたまりかね、四谷の寓居《ぐうきょ》からどこへとも知れずに夜逃げしてしまった。世人、また彼の反骨を賞賛した。

——ここまでは、香月弥作も知っている。

なか八日ほどは何事もなかった。香月弥作は何もしなかったといっていい。

久しぶりに雨が降りだした朝、岡っ引の藤兵衛《とうべえ》が弥作の屋敷に姿を現した。

「よいお湿りでございます」

藤兵衛は、四十歳にしては老けてみえる顔を弥作の前に控え目な微笑でみせていた。

「うむ、いい雨だ。天気つづきで、せっかくの植木の葉が埃《ほこり》だらけで白くなっていたとこ

ろだ。今朝は、葉の色が見た目にも生き生きとしている」

厚い雲のため家の中は暗かった。樋《とい》を伝って流れる雨水の音がしている。

「どうだ、藤兵衛、少しは見当がついたか？」

弥作は、吐月峰《はいふき》を前にして煙管《きせる》を取り出した。

「へえ、どうにか山下幸内さんの居所だけは突き止められました」

「そりゃよかった」

弥作はほっとした顔で、

「やっぱりなれたものだな」

「その代り、五日ばかりはほうぼうに手を回して探し回りました。てまえの使っている若い者も総出でございました」

「そりゃそうだろう。で、どこに居る？」

「それがちっとばかり離れた所で……田端《たばた》村でございます」

「うむ、田端か。いろいろ人が訪ねてくるので、それをうるさがって逃げただけに、町なかではないと思ったが、やっぱり田舎に行っていたか」

「駒込《こまごめ》から岩槻《いわつき》街道を北に向いますと、藤堂和泉守《とうどういずみのかみ》様の下《しも》屋敷がございます。そのあたりは田圃《たんぼ》ばかりですが、町家もいくつか街道筋に並んでいます」

「あの辺だと、御鷹《おたか》部屋のある方角だな」

「おや、これはよくご存じで？」

「奉行所で訴訟事の文書を見ていると、たいていのところは見当がつく」

弥作は笑った。

「山下さんは、その辺の百姓家の裏を借りておいでです」

「なるほど、変ったお人だな。あれほど諸大名から引く手あまたの人気者だから、さぞかし思い通りの禄を望んで召し抱えられるかと思ったが、そんな場所に隠棲《いんせい》なさるとは今どき珍しい。して、やはり上杉流の軍学の看板を掲げていなさるか？」

「いいえ、もう、そんな派手なところはございません。てまえはお指図がないので山下さんには会いませんが、近所の評判を少し耳にして帰りました」

「なに、おまえが出向いてくれたのか？」

「子分からその報《し》らせを受けましたので、とりあえず、わたしはそこへ行ってみました。昨日のことですが、いや、もう、暑い道中には閉口しました」

藤兵衛は神田《かんだ》の佐久間町に住んでいる。神田から染井《そめい》の近くまでだと、ちょっとした日帰りの旅であった。

「山下さんは、どうして暮しているのだ？」

弥作はきいた。

「近所の話だと、なんでも、子供を集めて手習いを教えたり、若い者に剣術の稽古《けいこ》などつけているということでした。まあ、そんなことで暮しのほうは何んとかなるのでしょう」

「やはり人がうるさく訪ねて来ているか？」

「いいえ、それは無いそうです。……あれからもう半年以上になりますから。人の噂も七十五日、いや、はかないものでございますな」

一刻《いっとき》ばかり経つと雨がやみ、軒の下から晴間が見えだしてきた。

「ちょうどいい。藤兵衛、では出かけるとしようか」

「左様でございますね」

藤兵衛も煙管を筒に仕舞った。

「もう、おっつけ午《ひる》近くでございますから、今から出かけると、帰りは夜ふけになりますね」

「そうだな」

弥作は、女房のお陸《りく》を呼んで支度を手伝わせた。

「今夜はちと遅くなるかもしれぬ。そうだな、都合によっては泊ることになるかもしれない」

「どちらにお出かけでございますか？」

「土地の名前をいってもおまえは知るまい。飛鳥山《あすかやま》の近くだといったら分るだろう？」

「はい、それは」

と女房がいったのは、この飛鳥山に一昨年、お鷹狩《たかがり》のあった節、将軍家がこの地の風景が気に入って桜を移植させたことが評判になっているからだ。

弥作と藤兵衛はお陸に送られて家を出た。

中仙道《なかせんどう》も本郷《ほんごう》の加州屋敷を過ぎると、二つにわかれて、そのまま北に狭くなっている道が武蔵《むさし》岩槻に通じる街道である。

その辺に来たのがすでに八つ（午後二時）過ぎで、その追分で遅い午餉《ひるげ》をとり、あとは路《みち》を急いだ。

空は晴れたが、昨夜からの雨で路は泥濘《ぬかるみ》となっていた。ようやく駒込を過ぎると、風景はがらりと田舎になってくる。

街道筋には旅人相手の町家がぽつぽつと並んでいるが、ほとんど目につくのは百姓家だった。田圃を越して林が見える。その上をカラスが群れていた。陽はもう西に傾いて二人の影もかなり長くなっていた。

二人の姿を目指すようにして、百姓家の垣根から餌《え》さしの格好をした男が現れた。

「親分、おいでなさいまし」

「仙吉《せんきち》か」

藤兵衛はうなずいて子分を紹介した。

「旦那《だんな》、てまえが使っている手先でございます。おい、仙吉。香月の旦那だ、ご挨拶《あいさつ》しろ」

仙吉は頭の上に載せた手拭《てぬぐい》を外して腰をかがめた。彼はとりもちのついた竿《さお》を持っていた。

「実は、こいつを今朝からここに待たせておりますので」

藤兵衛がいった。

「仙吉、山下さんはいま家に居なさるかえ？」

「それが、親分、えらいことになりました。山下さんは昨夜のうちに転宅なすったそうで」

藤兵衛は眼をむいた。

「どうしたというのだ？」

「わっちもわけが分らなくて面食らっております。ここに着いたのが四つ半（午前十一時）でしたが、もう山下さんはもぬけの殻でした。百姓家にきいても、どこに行ったか分らねえというのです。……親分のほうにお報らせしようと思いましたが、入違いになってはいけねえので、ここで痺《しび》れをきらしてお待ちしていました」

山下幸内が再び夜逃げをした。

しかし、今度は前と違って、諸大名が召抱えにくるといった煩雑さはなかったはずだ。現に彼の居所をここだと突き止めるまで、藤兵衛は五日間も苦労している。

「藤兵衛、おまえたちが山下さんのことを近所に聞いて回ったとき、御用聞だということを打ち明けたか？」

「いいえ、それはできるだけ隠したつもりですが」

藤兵衛の顔にも不安が現れていた。

「その聞込みのときに、この仙吉のほか子分は何人いたんだ？」

「へえ、ほかには十太と平助でございます」

「それぞれ身なりは変えていただろうな？」

「へえ、そりゃもう……この仙吉が鳥刺《とりさし》の風体のように、平助は薬売、十太は羅宇替屋《らおかえ》に化けていました」

「少し拙《まず》かったな」

弥作はつぶやいた。

「は？」

「山下さんにすっかり知られたのだ。同じ日に、鳥刺、薬売、羅宇替屋と、こう揃いも揃って山下さんのことを聞いたというのは、これはどうしても当人の耳に入ってくる。不思議に思わないのがおかしいくらいだ」

「それぞれに手を分けてやったつもりですが、やっぱりいけませんかな？」

「手分けはしても、噂は一しょに山下さんに入ったのだ。こういう人間があなたのことを聞いていたとみんなが教えるからな。それで山下さんは逃げたのだ」

「しかし、旦那、おかしいじゃございませんか。ただそれだけのことで急に夜逃げをするなんてえのは？」

「そこだ。あの人は変っているよ。前の騒動で懲《こ》り懲《ご》りしているのだろうな。こいつはいけないと思って、前のような騒ぎにならない前《さき》に逃げ出したのかもしれぬ。しかし、行先が分らないとは困ったな」

「借りた家にも山下さんはどこに移るともいわずに出て行ったそうで。なにしろ、独り者の浪人ですから、その辺はまことに身が軽いわけでございます」

「逃げたなら仕方がない。せっかくここまで足を伸ばしたのだ。藤兵衛、その家に案内してくれ」

「かしこまりました」

弥作は歩き出した。西陽はあかくなり、一面の田圃《たんぼ》を色染めしていた。

その田圃の上に鶴が一羽舞い下りて歩いている。弥作は足を止めて、それに見とれた。

「御鷹部屋《おたか》から来たのだな」

この辺は将軍の鷹狩に備えて、鷹匠《たかじょう》同心の屋敷があり、鶴、雉子《きじ》、鶉《うずら》などが餌《えさ》を撒《ま》いて放し飼にしてある。この鶴もその場所から逃げて来たものらしいが、むろん、これを射つことも捕えることも禁制となっている。

放鷹《ほうよう》も好きな点、吉宗が家康の血を最も多く受け継いだといわれているところである。

百姓家は茂平《もへい》という男の家だった。

山下幸内が居ないと分ったので、こちらもはっきりと素性を明かした。茂平は五十がらみの男だったが、それを聞かされて不安顔になった。

「山下様がこちらに越してみえたのは、今から半年前でございます」

外がくれて、さなきだに暗い百姓家の中は、とうに行灯《あんどん》に火が入っている。その灯影《ほかげ》に映る茂平の顔には、正直そうなしわが深く刻み込まれていた。

「それまでは、なんでも小金井《こがねい》のほうに居られたとか聞いておりますが、詳しいことは分りません。ここに見えてからは名前を隠しておられましたが、そのうち、近所でもぼつぼつ、あれが目安箱でうわさになった山下様ということが知れ、手習いを頼む者がふえたり、若い衆は撃剣の稽古《けいこ》をしてもらうようになりました」

茂平は途切れ途切れに話した。

「その山下さんがこっちに越したとき、当人がじかに頼んだのかえ?」

弥作と並んで土間の上《あが》り框《がまち》に腰をかけていた藤兵衛は、出された渋茶をすすって聞いた。

「いいえ、ご当人ではございません。女の方が見えまして、この辺をしばらく聞き回っておられたようでしたが、とうとうわたしの所が頼まれたのでございます」

「女?　それはどういう素性だね?」

「見たところ、二十七、八くらいの、きれいなお方でした。山下様がお浜さんと呼んでいましたから、かなりお親しいのじゃないかと思います。その方は金杉《かなすぎ》のほうに住んでおられるとか聞いていました」

「そのお浜さんというのは、山下さんの何かになるのかえ?」

「いいえ、そうでもございません。お心安いようではありましたが、別に好いた仲だとかいうようなところはありませんでした。山下様も几帳面《きちようめん》なご浪人だし、その女の方も行儀のいい人でした」

「その女の人は、始終、ここに来ていたのか?」

「はい、ひと月に一度くらい」

「何をしに来たのだな？」

「別にどうということはありませんが、土産代りに重箱など提げてこられました」

「月に一度、山下さんにご馳走《ちそう》を食わせていたわけだね」

藤兵衛は笑い、

「では山下さんが昨夜《ゆうべ》越すときも、その女の人は来たのかえ？」

「昨夜はこられませんでしたが、昨日の昼に来ました」

「なに？」

横から弥作がいった。昨日の昼だと、この藤兵衛や子分たちが山下幸内のうわさを近所から集めているときだ。

「藤兵衛、おまえ、昨日、その女に気がつかなかったか？」

「一向に……」

藤兵衛は頭をかいた。

「なるべく、山下さんの居る家には来ねえようにしていましたから、つい……」

「ところで」

今度は百姓の茂平を振り返って、

「その女はどういう身なりでここに来ていたかね？」

「へえ、やっぱり浪人さんの御新造《ごしんぞ》のようでございました。なにしろ、このあたりも浪人さんが多うございますので」

百姓のいうことに嘘はなかった。実際、浪人は巷《ちまた》にあふれている。

浪人の激増は寛永ごろから急速になっていた。これは諸家の取潰《とりつぶ》しや改易《かいえき》がしきりと行われていたからである。当代になってそれは無くなったが、前代までに引きつづいた大名の改易は浪人人口をそのまま残している。

はじめは江戸の中心部にも彼らは住んでいたが、次第に生活難に追われて家賃の安い辺《へん》鄙《ぴ》に移るようになっていた。彼らは新規召抱えの希望と絶望と闘いながら、手内職でその日を食いつないでいた。

浪人の新規採用はほとんど見込みを絶たれたといっていい。それどころでなく、幕府をはじめどこの藩も財政困窮に陥り、扶持《ふち》の借上げなどを行って事実上の減俸を断行していた。

つい去年も、吉宗は旗本一統に対して切米《きりまい》の借上げをしているし、諸侯に対しては上米《あげまい》（貢租）を求めている。これは近年にない不作が原因でもあった。軽輩の御家人《ごけにん》が生活苦に追い込まれてゆくのは、それだけでも十分の理由があったのである。

いま、茂平の説明で浪人の女房らしいといったが、それも弥作の耳には不自然には聞えなかったのだ。

「また、その女が来るかもしれないから、来たときは名主の所にでもこっそりと届けておいてくれ」

そう言い残して、弥作は暗くなった表に出た。森の上には星が出ている。

「どうも、旦那《だんな》、しょっぱなからとんだドジを踏みまして」

藤兵衛は弥作に謝った。

「まあ、仕方がないだろう」

闇の中から提灯《ちょうちん》の灯《ひ》が現れて、さっきの仙吉が顔を突き出した。

「親分、何か分りましたかえ？」

「分るどころじゃねえ。とんだ恥をかいた。……仙吉、昨日、この辺をうろうろしているとき、浪人者の女房らしいのを見かけなかったかえ？」

「はてね？」

仙吉は首をかしげていたが、

「どうも、そいつは見逃したようですが、その浪人者の女房がどうかしましたかえ？」

「うむ、そいつが大事な女だったのだ……旦那、その女は山下さんとわけのある仲でしょうかねえ？　どうも、あの百姓には目利きができねえようでしたが」

「いや、そいつは、あの男のいう通りに考えてよいだろう。……おまえたちが山下さんの身辺を探っていたことが分り、山下さんはその女のすすめで夜逃げしたのだ」

香月弥作は、田圃から吹いてくる夜風に懐をひろげていた。

大岡忠相《ただすけ》は、吉宗に謁《えつ》して、四谷《よつや》塩町には「岩瀬又兵衛」なる者が居住していないことを言上した。

「そうか」

吉宗は、大きな眼を一瞬にあげて、長押《なげし》の一角を見た。そこには径三寸ばかりの花葵《はなあおい》形の釘隠《くぎかく》しが金色を光らせている。吉宗はそれに視線を遊ばせていたが、その思案は、忠相のその返事を予期してはいたが、改めて考えているといった表情であった。

不興ではないが、それほど上機嫌でもない。

吉宗がたずねたのは、四谷にこのような者が居るか、というので、それに対し、調べてみましても左様な者は見当りませぬ、という忠相の返事だから、これは至極当り前の問答であった。しかし、その裏は、表面の淡々としたものよりも深い意味を持っている。

吉宗は、そうか、と言ったまましばらく言葉を出さない。彼の思案がどこにあるのか分らないが、はなはだ物足りない表情は忠相から見てよく分るのだ。

このまま黙っていると、二人の間の話がつぎ穂を失いそうである。失ったら、忠相に投げかけた吉宗の糸がそのままぽつんと切れる。

そうなると、吉宗は他日、二度とこのことにふれにくいにちがいなかった。忠相はそれを察した。

「岩瀬又兵衛なる者は」

忠相はいい出して一気につづけた。

「偽名をもってお上を欺いたる不埒千万《ふらちせんばん》の輩《やから》でございますから、その者の詮議《せんぎ》をつづけとう存じます」

吉宗は視線を回して忠相の面上に注いだが、すぐには否《いや》とも応とも言わぬ。

また短い沈黙が流れた。

「越前……そちのいいようにしてくれ」

吉宗の声に心なしか安堵《あんど》の調子が出たように思われた。切れかけた糸はここでつながったのである。

「かしこまりましてございます」

忠相は頭を下げたが、そのまま退出するではなく、いや、その身ぶりを見せながら、

「恐れながら、お伺いしたき儀がございます」

と感情のない声で言った。

「岩瀬又兵衛なる者の書いた文章は漢文でございましょうか、それとも普通の和文でございましたでしょうか？」

吉宗は返事をしばらくためらっていたようだが、

「漢文ではなかったが、素養はあるようだな」

と一言いった。

「承りましてございます」

忠相は平伏して、休息の間から出口へ逆に膝行《しっこう》し退《さが》った。

――忠相が上書の文章を漢文であるか和文であるかを聞いたのは、心組みがあってのことだ。

これまで目安箱の投書はかなり吉宗の眼にふれているが、その中に関東の名主《なぬし》の子がある。これは漢文で記してあったため勘定《かんじよう》奉行などが読み得なかった。ただ勘定吟味役辻守《つじもり》参《かず》のみが読むことができた。吉宗は、これを珍重なることと称賛したものだ。

しかし、忠相が先刻、吉宗に聞いたのは、岩瀬又兵衛なる者の書いた上書が和漢の文体如何《いかん》にあるのではなく、相当な教養をもった者であるかどうかを伺ったのだ。吉宗もその意を察して、漢文ではないが、素養のある人間だと答えた。無教養な浪人者の手に成ったものでないことを示唆《しさ》したのである。

吉宗は、岩瀬又兵衛の実体探索を続行する忠相の意志に満足の様子を見せた。だから、忠相の質問は、せめて上書の一部による手がかりを求めた意味でもある。

(上様にはどうしてもあの上書をお見せにならぬ。老中《ろうじゆう》方の誰かと、寺社・町奉行の誰かに上書の内容が関係しているのであろう)

この考えは棄《す》て去れない。町奉行といっても忠相自身には心覚えがない。もう一人の相役は北町奉行諏訪《すわ》美濃守《みののかみ》頼篤《よりしげ》である。

次に、老中は、野州宇都宮の戸田山城守忠真《ただざね》、三州岡崎の水野和泉守忠之《いずみのかみただゆき》、濃州加納の安藤対馬守重行《あんどうつしまのかみしげゆき》、下総《しもうさ》佐倉の松平左近将監乗邑《さこんのしょうげんのりさと》。それに、前から引きつづいて老中部屋に座っている土屋相模守政直《さがみのかみまさなお》である。これは常陸《ひたち》土浦の城主である。

このうち水野忠之は去年勝手掛《かってがかり》を命じられた。いわば大蔵大臣である。

吉宗の緊縮政策は、もっぱら、この水野老中によって行われている。旗本の切米借上《きりまいかりあげ》にしても、諸大名に上米を課し、代りに参覲《さんきん》期間を半年に短縮したのも、慶長・正徳金銀以外の通貨の流通を禁止したのも、すべて水野忠之の政策である。

(できる人だ)

と忠相は思うが、その半面、忠之に対する旗本の不評判は蔽《おお》うべくもないのを知っている。それでなくても旗本の生活は苦しいのに、切米借上という事実上の減俸によって彼らの困窮は深まっている。吉宗としてはその犠牲の上に立つ、極端な倹約令で、底をついた幕府の金庫に金銀を貯蓄しようというのである。

忠相は、今日は御用部屋には寄らず、詰めている芙蓉《ふよう》の間《ま》に戻るつもりで廊下を歩いた。

(さて、上様がお見せになりたくない人物は、このうち誰であろうか)

すると、向うから、当の水野和泉守忠之が五十四歳の充実した老成さをやや小肥《こぶと》りの身体に漲《みなぎ》らせて歩いて来ていた。

忠相が気づく前に、水野忠之のほうから声をかけてきた。

「越前、世間は変りないか？」

厚い唇を笑わせて訊《き》く。訴訟の窓に映る世相を聞いているのだった。

別に——と忠相が答えると、忠之はうなずいたが、

「そうだ、土屋殿が近く御用部屋から退隠なされるぞ」

と言ったまま、向うに歩き去った。

忠相は水野忠之から、老中土屋相模守政直の退任を廊下で耳打ちされたが、忠相にとって土屋の退隠はそれほど意外ではなかった。貞享《じょうきょう》四年に御用部屋に入って以来、ずっと居つづけである。つまり、二代前の家宣時代から老中でいるので、いわば吉宗にとってはやりにくい老中にはちがいなかった。

新当主にとって古い番頭が煙たいようなものである。その上、土屋は高齢なので、彼の隠居は時日の問題となっていた。近ごろはとんと耳も遠くなっている。

間部詮房《まなべあきふさ》が側用人《そばようにん》として実権をふるっていたころは土屋もかなりくわせ者であったが、寄る年波には勝てず、到頭、退任を申し出たらしい。

しかし、土屋ひとりがのいても幕閣の勢力は大した影響はない。むしろ、忠相にとって大切なのは、老中が、

(あと、四人)

に絞られたことである。吉宗が目安を披露したくない老中の範囲が、五人から四人に減ったのだ。

忠相が下城《げじょう》して屋敷に戻ると、与力の小林勘蔵が来て待っていると用人が告げた。

「どうであった？」

忠相はすぐに聞いた。

「早速、記録を彼を通して取り寄せて調べましたところ、いや、うかつなことで、今さらおどろき入っております」

勘蔵は頭を下げた。

「どういうのだ？」

「山下幸内は、ただ野州小山《おやま》の浪人ということで、それ以外一切はっきりしたことが分っておりませぬ」

「やっぱりそうか」

忠相は脇息《きようそく》にひじをもたせて、片手をあごの下にやった。

「まことにうかつなことでございます。将軍家より御褒美をお下渡しになるとき当人の請《うけ》書《しよ》がございますが、これにも野州浪人山下とのみあるだけでございますし、彼の住んでいる町内の町役人どもの出した幸内の身柄につきましても、ただ野州浪人と書いてあります。……罪人ではなく、御褒美を頂戴《ちようだい》する当人でございますから、うかつにも詳しい身もとを探っていなかったのが大きな落度でございますな。いや、この手落につきましては、御奉行より伺うまでは、てまえも気づかなかったことでございます」

「そうか」

忠相は聞いていった。

「いや、人間はだれしもうかつはあるものだ。常識としてすぐに気づきそうなことが、案外、十人寄っても心づかぬことがある。あまりに当り前すぎると、盲《めくら》になる」

山下幸内の評判が高すぎたため、その身上調査をしなかったのが盲点だったことに改めて気づいたわけだ。

まさかと思っていたことが今になって狼狽《ろうばい》させた。

「香月弥作が今度のことで山下幸内を思い出さなんだら、これからもずっと彼の身もとを探ってみようという気持にならなかったかもしれぬな」

忠相は傍らの団扇《うちわ》を取り上げた。風がない。

庭の茂った松の木に蟬が来て鳴いている。

「勘蔵、そちは山下幸内という人物をどう思う?」

「どう思う……と仰せられますと?」

小林勘蔵は、山下幸内をどう思うかと訊かれて、その質問の焦点をとりかねて反問した。

大岡忠相は眼に複雑な意味を持たせ、ひざの団扇を遊ばせている。

「よいか。……まず、当人の素性がはっきり分らぬ」

「はあ」

「次には、幸内の書いた上申書の文句だ。これは上様を批判したものだが、いうところはなかなかしっかりしている。相当な教養の持主だ。実のところ、ご政道の痛いところを突いている。これには、室鳩巣《むろきゆうそう》も感心し、新井白石も、荻生徂徠《おぎゆうそらい》も写しを得て一見し、感じ入ったということだ。ただし、上書の内容は見当違いのところもあって上様は、その直言をお気に召したほかは、お取上げにならなかったが、とにかく学者が感服するほどの素養を幸内はもっていた。その者の身もとが明瞭《めいりょう》でないというのは、どういうわけだ？」

「…………」

「次に、その上書《じょうしょ》が上様の賞詞をうけると、山下幸内を召し抱えようとする大名が、彼の門前に押し寄せて、ひきもきらなかったという。しかるに、幸内は、それを嫌って寓居《ぐうきょ》を逐電したのは、どうしたことだろう？」

「しかし、それは……」

「彼が硬骨漢というのか。世間のうわさはそうであった。……ところが、当節、士道は地に墜《お》ちている。ことに、幸内は浪人じゃ。はやりもしない軍学の看板など掲げたところで、口に糊《のり》するのもようやくのことであったろう。……それが召抱えに誘いの諸侯の使者が殺到したというのに、幸内が逃げたというのはいかなる次第か。ちと、偏屈にすぎないか？」

「…………」

「世間は、彼のその行動をほめそやした。学者も称揚した……どうやら、このへんにわれらの迂闊《うかつ》があったようだ」

忠相は団扇の手をとめた。

「勘蔵、そなたはどう思う？」

小林勘蔵は眼を閉じて考えている。彼には、忠相の言葉が氷を解かす水のように心に少しずつしみこんできた。

「お言葉、ごもっともと思われますが、それなら、山下幸内なる人物は実在していなかったのでございましょうか？」

問い返す小林勘蔵も半信半疑だった。

将軍家から賞詞を受け、江戸中の評判となった幸内が、実際は架空の人間ではなかったかと忠相は言いたげである。幸内の身元不明、現実離れした彼の行動、しかも上書の内容のもつ非凡な論理性、権威をはばからぬ直言——こういうところから、忠相のその意見が構成されている。だが、勘蔵は、昼間に亡霊の話を聞かされたような心地になった。

「勘蔵、岩瀬又兵衛なる者は幾歳ぐらいであったかな？」

「されば、評定所の番人の見たところでは、年のころ二十七、八、色白で、面長な、背の高い男であったと申しております」

「山下幸内はどうだ？」

「これはもとより多勢の人間が彼を見ております。年は三十半ば、大きな体格の男でございます」

神田の藤兵衛の所に仙吉が朝早く顔を出した。

「親分、お早うございます」

仙吉は両国の三味線堀《しゃみせんぼり》で女房に髪結《かみゆい》をやらせている。岡っ引の使う手先は親分から貰《もら》う手当だけではやってゆけないので、たいてい女房に小間物屋、風呂《ふろ》屋、駄菓子屋などをやらせていた。しかし、こういう仕事だから、ときにはあまり公にはできない臨時収入があった。

ついでながら、小者《こもの》といわれる町奉行所付の者はそれぞれが気の合う同心のもとに付いて手札をもらっていた。これは身分証明のようなものである。

「ほかの者はまだ来ませんかえ？」

仙吉は訊いた。

「うむ、まだ誰もつらを出さねえ。おめえはいつ田端村から帰ったのだ？」

「昨夜《ゆうべ》遅うございました。いい筋を掴《つか》んだので、早えとこ親分に報《し》らせようと思いましてね」

藤兵衛は子分たちに田端村一帯の探索にかからせている。それは、山下幸内に一か月に一度重箱を運ぶ女を突き止めるためだった。この仙吉もその一人だったが、彼はほかの手先が報告にこないのを知ると、誇らしげにいった。

「親分、例の浪人者の女房らしい女にどうにか当りがつきました」

「そいつは大手柄だ」

藤兵衛は湯呑《ゆのみ》を畳の上に置いた。

「どこの浪人の女房だ？」

「親分の言う通り、あんまり遠くから来た女じゃねえと見当をつけたのが、やっぱり当りました。金杉《かなすぎ》のほうに住んでいるなどとはとんでもねえ。ただ、浪人の女房と思い込んで探したので、なかなか骨を折りました。十太も平助も、それで手間がかかってるにちげえありません」

「浪人の女房ではないのか？」

「浪人のはてにはちげえありませんが、今では鍼医者をやっております」

「鍼医だと？」

「へえ、駒込《こまごめ》の妙正寺の近くに住む了玄《りょうげん》と名乗る男が鍼医をやっております。その妹が年の頃といい、顔つきといい、山下さんの所に行っていた女にそっくりです。……女房とばかり思っていたのが、ここでもちょっと見当違いをしていたわけです」

「妹か。……おめえ、山下さんが借りてた家の百姓茂平に首実検をさせたかえ？」

「そこに手抜かりはありません。あっしは茂平を連れて、その了玄の所に鍼の療治を頼みに行きました。それが昨日の夕方のことです。なにしろ、茂平は百姓仕事のため昼間をいやがるので、どうしても夕方になりました」

「それはそうだろう。それで、その妹に面を突き合せたか？」

「ところが、その日に限って妹の顔が見えねえのです。了玄は四十年配の色の黒い男ですが、それとなく妹のことを聞くと、なんでも、親戚《しんせき》に不幸があって八王子のほうに行ってると話しました」

「八王子？」

「それもどうだかよく分りません。親分、あっしはやっぱり、その妹が山下さんの逃げた先に世話を焼きに行ったんじゃないかと思いますがね」

「了玄という鍼医はどんな奴だ？」

藤兵衛は仙吉に訊《き》いた。

「へえ、今も言ったように色の黒い四十年配の鬼瓦《おにがわら》のような顔をした奴です。鍼医のくせに、威張った口の利き方をするのは、根が侍だからでしょうね。杉山流の看板をかけていますが、それも本当だかどうだか分りません。近ごろは、杉山流が雨上りの筍《たけのこ》のようにふえましたから。なに、田舎者相手ですからいい加減な野郎かもしれません」

仙吉は報告した。

「了玄の生国《しょうこく》はどこだ？」

「近所のうわさでは、飛騨《ひだ》のほうだということです。これも了玄が自分で言ったことでしょうから、あんまり当てにはできません」

「了玄はいつごろ、駒込に来たのだ？」

「まだ五か月ぐらいしかならないそうです。親分、山下さんが田端村に来たのが半年前ですから、一か月おそいだけです。これをみても、了玄は山下さんとつながりがありそうです」

「うむ。……で、了玄の近所の評判はどうだ？」

「それが案外にいいのです。まあ、腕のほうは何んとか誤魔化《ごまか》せたのでしょう」

　仙吉は、了玄に好意をもっていないようだった。

「それなら、どこかで鍼医の修業をしているのだろう。了玄は駒込にくる前に、どこに居たといっていたかえ？」

「それが八王子だということで……。妹を八王子の親戚にやったというのも、そのへんの辻褄《つじつま》を合せたのでしょう」

「あの百姓の茂平は、重箱を運んできていた女は、佳《よ》い顔をしていたといっていたな。了玄が、おめえの言うように鬼瓦みてえに醜男《ぶおとこ》なら、ちっとばかり下足の札が合わねえようだが」

「なに、兄妹といっても、世間体だけかもしれません。了玄には女房も子供もいませんから。四十男に二十七、八の年増《としま》じゃ何をしていたか分りません。そういえば、山下さんとの仲も勘ぐれば妙にも思えますね」

「妹は、いつ八王子から帰ってくると言っていたかえ？」

「あと、三、四日までかかるといっていました。……八王子の何処かと、よっぽど訊こうと思いましたが、あんまり聞いても、気づかれそうなので、惜しいところで引き上げました」

「おめえ、本当に気づかれなかっただろうな？」

「大丈夫です。わっちは、その妹が帰り次第、百姓の茂平に首実検させようと思いましたが、こいつは、わっちが出るよりも、親分に行ってもらったほうがいいと思いましてね。妹が帰るのが、二、三日先ですから、まだ日はゆっくりあります。そう思って、昨夜のうちに、田端からとんで帰りました。どうです、親分、行ってくれますかえ？」

「うむ」

藤兵衛が考えていると、表の格子戸が開く音がして、女房のお仙と話している子分の十太の声が聞えた。

「おや、十の字が戻りましたね」

十太が入って来たが、そこに仙吉が座っているのを見て、おやという眼をした。

「おめえ、帰ってたのか」

「うむ、昨夜のうちに親分に報《し》らせることがあって帰っていたのだ。おめえこそどうした？」

仙吉は十太の興奮した顔に訊き返した。

「おれも親分に大急ぎで報らせることがあって戻ったのだ。……親分、お早うございます」

「そんなあいさつはどっちでもいい。何かあったのか？」

「へえ。実は百姓の茂平が死にました」

「何ンだと？」

横で仙吉がびっくりした。

「いつだ？」

「昨夜のうちです」

十太は藤兵衛にむかった。

「五つ（午後八時）ごろ、茂平が近くの川の中にはまって死んでいるのを通りがかりの百姓が見つけて引き上げたのです。茂平は夕方にいったん家に帰ってまた出かけたそうですが、そのときに川に落ち込んだにちがいありません」

「しまった」

仙吉が横からいった。藤兵衛には、その声が自分の叫びのように思えた。

「親分、そいつはわっちが了玄のところに茂平を連れて行って、戻ったあとだと思います」

「十太、茂平は自分で川に落ちて死んだのか、それともほかの者に水の中に突っ込まれたのか？」

「その辺のところはまだ分りません。わっちはその変事を聞いたので、早速、夜通し歩いて報らせに帰ったのです。御検視は今朝からはじまって、もうどっちかにはっきりとしていると思います」

「親分」

仙吉が藤兵衛の顔を見上げた。

「茂平は殺されたんじゃないでしょうかね？」

「うむ、まだ何ンとも分らねえ」

藤兵衛の予感としては仙吉の言葉に近い。折も折という気持がある。

——仙吉は鍼医の了玄のところに茂平を連れてゆき、その妹に首実検をさせようとしたが、相手が留守なので果さないで帰った。茂平の死はその夜の出来事だ。同じ変死でも、当人が足を踏みすべらして川に落ちたという事故死とは思えなかった。

「親分、こうなったら、おまえさんもこれから田端村に出向いてもらうんですね」

仙吉は言った。

「うむ、あの辺の御用聞はだれの縄張か知らねえが、ひとつあいさつをして仏の顔を拝ませてもらうかな」

田端村は行政面では関東郡代《ぐんだい》伊那半左衛門の所轄であった。代官所には関八州見回りという出役が付いている。町奉行所手付《てつけ》の岡っ引には支配筋が違っていた。

「当人が死んだとなれば、今さら汗をかいて田端に急ぐこともあるめえ。おれはちょっと香月の旦那《だんな》のところへこれを報らせに行ってくる。おめえたちはおれが戻ってくるまでここで待っていろ。……おい、お仙、二人に酒を出してやれ」

香月弥作と、藤兵衛と、それに子分の仙吉と十太とが田端村に着いたのは、午後三時ごろだった。

水死した茂平のことで、代官所付の見回り同心と面倒な交渉をしなければならないと思っていたが、行ってみると、すでに茂平の死体は彼の老母に引き渡されていた。検視の役人は茂平を単純な溺死とみたのである。

茂平の家では、近所の者が集ってごたごたしていた。夕方出棺して土葬にするというので、葬式の準備など忙しくやっている。

香月弥作は藤兵衛と一しょに死人の枕もとに座り、焼香を済ませたあと、白い布をそっとめくった。茂平の死顔は溺死の特徴をよく現していた。

死人の横には、七十ばかりの老婆が赤い眼をしょぼしょぼさせて座っていた。ほかに家族らしい者は居ない。

「へえ、茂平の家は、あの婆さん一人でしてね。女房は五年前に死んで、子供は居ません。あとに残されたあの婆さんが可哀想です。出来ることなら倅《せがれ》と代ってやりたかった、と愚《ぐ》痴《ち》っていますが、もっともだと思いますよ」

藤兵衛の問に近所の男はそう答えた。

「すると、茂平は母親と二人きりだったのか？」

「へえ。その母親も眼が悪くて、耳が遠うございましてね」

「茂平は、自分で炊事をしていたのか？」

「いいえ、ときには、あの婆さんがぼそぼそと支度をしていたようです」

「ここに山下さんという浪人者が部屋を借りていたはずだが、その人は自炊だったのだな？」

「へえ、山下さんはご自分でやっていました」

「おまえは、月に一度、その山下さんに重箱を提げてくる女を見なかったかえ?」

「いいえ、わたしは一度も見たことがありません。なにしろ、昼間は田に出て忙しゅうございますから」

藤兵衛は同じ質問を近所の者に聞いてみたが、なかにはおぼろに印象のある者もあったが、ほとんどが分っていなかった。女の人相をはっきり言う者がいない。百姓の昼間は忙しいのだ。

「香月の旦那、これはおかしゅうございますね。耳は遠くて、眼の悪い婆さんしか居ない茂平のところに山下さんを世話したというのが、そもそもいわくがありそうですね。茂平が死んでみると、その家で女のことをよく知ってる者が居ないわけです。眼の悪い婆さんじゃ仕方がありませんからね」

「おれもそれを考えていたところだ」

香月弥作も代官所に向いながら言った。

「もし、茂平にしっかりした家族が居れば、茂平が居なくとも、その女のことが、人相だけでなく、山下さんとはどんな様子だったかが分るわけだ。茂平が死んだ今、その手づるが無い。藤兵衛、茂平はおれたちにもっといろいろなことを教えてくれる人物だったかもしれぬな」

「そうすると、茂平は殺されたというわけで?」

「まだ分らぬ」

香月弥作は木陰を拾った。

「藤兵衛、みんなぞろぞろとつながっていても仕方がない。仙吉と十太にはつづいて聞込みに当らせろ」

香月弥作は、代官所付の役人と会ったが、答は明快だった。

「茂平は、ありゃ水死ですよ。川から引き上げた死体は水を一ぱい飲んでいましたからね。ほかに傷はありません。疑うところは無かったです」

香月弥作はそれに礼を述べて、次に茂平の死体が上ったという川を教えられて向った。川といっても幅五、六間《けん》ぐらいで、この辺の田の灌漑《かんがい》用となっている。しかし、底は深そうだった。一方の川土手には細い路《みち》がついている。茂平の家からは二町ぐらい離れていた。

「この土手の路を真直ぐに行くと、どこに行くのだろう？」

香月弥作は扇子を陽除《ひよ》けにかざして田面《たのも》の彼方《かなた》を見た。平野のはては明るい光線にうすれていた。

「さあ、隣村にでも行くのでしょうかね」

横から藤兵衛が答えた。

「駒込のほうへ行く方角とは違うな？」

「へえ。あれはこっちです」

「反対か。……藤兵衛、茂平の死んだときの着物を知っているか？」

「仙吉が鍼医者の了玄のところへ連れて行ったままのなりです。裏の物干にその着物が干してあったと、仙吉から聞きました」

「おれもそう聞いた。茂平は仙吉と別れて駒込から家に戻ったとき、普段のなりに着更《きが》える間もなく、すぐにだれかに呼び出されたのだ。たしかに水死には違いないが、ことによると、その呼び出したやつにうしろから突き落されたか、投げ込まれたかしたに違いない。こいつは他人に殺されても区別がつかないからな」

「もし、そうだとすると、山下さんのことをうるさく聞かれるのが困る人間がやったのでしょうかね？」

「突き詰めてゆけばそうだが、了玄の妹に茂平を会わせたくなかったやつが殺《や》ったのかもしれぬ。茂平の口から、そのあとどんなことがしゃべられるかしれないからな」

「旦那、こいつはドジを踏みましたかな。大急ぎで仙吉を連れて駒込に行ってみましょう。なんだか、いやな卦《け》が出そうですね」

路を元に戻ると、その仙吉と十太とに出遇《であ》った。

「親分、この近所で聞きましたが、茂平が出て行ったときの様子を知っている者はありません。また婆さんに聞いたら、耳が遠くて難儀でしたが、これもよく覚えていないらしいです」

「水音はどうだ？」

「それも聞いた者がいません。なにしろ、村とは二町ばかり離れているので聞えなかったのかもしれません。運悪く通りがかりの者も無かったようです」

「そうか。まあ、そんなところでここは引き上げよう。仙吉、おめえ、これからすぐに了玄とかいう鍼医者のところに香月の旦那をご案内しろ」

「こうなると、了玄が怪しゅうござんすかえ?」

「まだどっちとも分らねえが、ことによったら、その鍼医は今ごろどろんをきめこんでいるかもしれねえな」

「畜生」

仙吉は口惜《くや》しそうに叫んだ。

駒込に着いたとき仙吉が先に走って行ったが、間もなく顔を真赤にして戻ってきた。

「親分の目利きの通りです。鍼医の了玄は昨夜《ゆうべ》のうちに居なくなっています」

「やっぱりそうか」

「こうなると分ったら、昨夜、わっちが引き上げてこずに、ずっと了玄を見張ってるところでした。どうも、とんだヘマをやって申しわけありません」

仙吉は面目なさそうに頭を下げた。

「まあ、そいつは仕方がなかろう。おめえも耳寄りな手がかりを早くおれのところに報《し》らせようと思ってしたことだ。……とにかく、そこに案内しろ。……旦那、どうも、重ね重ねドジつづきで面目ねえことです」

「悪い目の出るときは、つづくものだ。藤兵衛、あんまり気にするな」

「へえ。その代り、わっちも腹が立ってきましたから、これからはやります」

藤兵衛はしわの深い顔に闘志をみなぎらせた。

了玄の家は岩槻《いわつき》街道沿いの妙正寺の横からはいった藁《わら》ぶきの狭い家だった。表に戸が閉《た》ててある。寺からは法華《ほっけ》のうちわ太鼓の音が聞えていた。

「いま、家主を呼んできます」

仙吉は間もなく三十四、五の朴訥《ぼくとつ》そうな男を連れて戻った。

「おめえが鍼医者に家を貸した人か？」

藤兵衛が訊《き》くと、その男はおどおどしていた。

「左様でございます」

「了玄が引っ越すことは知っていたかえ？」

「へえ。なんでも、都合が出来てよそに移ると了玄さんが申されて、急なことだと、実はわたしもびっくりしておりました」

「その了玄のことで、ちっとばかり家の中を調べたいのだ。戸をあけるぜ」

藤兵衛は仙吉と十太に言って雨戸を繰らせた。

家の中は、がらん洞になっている。残っているのは役にも立たないがらくたばかりだった。

「早いわざを見せたものだ」

藤兵衛は、仙吉と十太にいいつけて、家の中を探させたが、手がかりになるようなものはなかった。

「家主」

香月弥作は呼んだ。

「了玄は、五か月前にここに移ってきたというが、その前はどこに住んでいたといっていたか？」

「はい、なんでも八王子ということでした」

正直そうな家主は、落度をとがめられたように、縮んでいた。

「八王子とはずい分遠くから移ってきたものだな」

弥作は笑った。

「了玄のところには、よく人が来ていたか？　いや、鍼灸《しんきゆう》の客でもよいが、この辺の百姓ではない人間だ」

「了玄さんの鍼灸の治療をうけにくるのは、このあたりの百姓ばかりでした。何しろ、こんな田舎でございますから」

家主は、香月弥作の問に答えた。

「うむ、了玄は夜などどうしていた？」

弥作はまた訊いた。

「あまり外などには出なかったようです。酒が好きなので、妹御《いもうとご》を相手に晩酌をしておりましたようで……」

家主の返事に、藤兵衛が口を出した。

「毎晩、晩酌の相手をさせる妹とは、どういうのだね。容貌《きりよう》は兄貴に似ねえよい女だったそうじゃねえか？」

「へえ」

「顔がよくて、年増《としま》で、晩酌の相手ができるようじゃ、了玄は果報な妹をもったものだ。おい、家主さん、おめえの考えはどうだえ？」

家主には、藤兵衛の質問の意味が分ったらしく、

「そういえば、妹御は人の前にあまり顔を出さないようでした。了玄さんが療治から客のあしらいまでひとりでやっていました」

と自分でも首をかしげていた。

「了玄は妹を人に見せるのが惜しかったのかもしれねえ」

藤兵衛はあざ笑った。

「その妹は、名前は何ンというのだえ？」

「了玄さんは、お弓と呼んでいましたが」

「お弓か。それも本当の名前かどうか分らねえな」

「了玄のところに同業の者がきていた様子はなかったか？」

弥作が質問を代った。

「さあ、それはなかったと思いますが」

「四谷の黒坂江南《こうなん》という鍼医の名前を聞いたことがあるか？」

「いいえ、存じません」

家主は首を振ったが、藤兵衛はびっくりしたように弥作の顔を見た。

何を訊いても家主の答弁は要領を得なかった。

「親分、目ぼしいものは何ンにもありません」

家の中を捜していた仙吉と十太が藤兵衛の傍に寄ってきた。彼らの両手はほこりだらけになっていた。

「そうだろう、証拠を残して出るようなやつじゃねえ」

「鼠の糞《ふん》のような艾《もぐさ》の使い残りが残っているくらいです」

十太は手の上のものをひろげて見せた。枯れた笹の葉の切れ端に灰色の艾がのっていた。艾を笹でくるんで保存していたものらしかった。

「そんなものじゃ仕方がねえな」

藤兵衛が捨てさせようとすると、

「まあ、こっちに出してみろ」

と、弥作はほこりにまみれたそれを十太の手から受け取り、少しの間ながめていたが、懐紙を出して包むと、たもとの中に入れた。

「藤兵衛、行こうか」

「へえ」

藤兵衛は、家主に礼をいい、弥作と街道へ出た。妙正寺の法華太鼓は、まだ鳴っていた。

「旦那《だんな》」

藤兵衛は駒込から本郷《ほんごう》に向って歩きながらいった。

「これからは、了玄を百姓茂平殺しの疑いで行方を探すことになりますが、むだだと分っても、一応、八王子には当ってみることになりましょうねえ？」

「うむ。当人の口から出たのだから、手当だけはしておかねばなるまい」

弥作は片頬に西日を受けていた。

「移った先で、鍼医をしていると、そこから手繰《たぐ》れば造作はないわけですが、やっぱり当分は商売を休むでしょうね？」

「ほかの仕事に替っているかもしれぬな」

「あっしもそう思います。さっき十太があの家で艾の残りを見つけましたが、商売物を残しておくようじゃ、了玄は鍼灸を止《よ》しにするつもりでしょう。了玄もそれくらいは用心するでしょうから」

藤兵衛は、そこで気づいたように、

「旦那は、さっきの家主に、四谷の何とかいう鍼医者の名を知っているかと訊いておられましたが、あれは何か了玄と係《かか》わりがありますかえ？」

と、弥作の横顔にきいた。

「なに、思いつきまでだ」

弥作は苦笑した。

「先日、塩町を歩いて、杉山流の黒坂江南という名前の鍼医の看板を見かけたから、つい、口に出たのだ。了玄も杉山流、同業なら、了玄のところに来ていたかもしれぬとふと思ってな」

「ああ、そういうことですか。あっしは、何だと思ってびっくりしました。しかし、杉山流は当節の流行ですから、鍼医はみんな勝手に名乗っているようです」

「了玄が仕事を変えて、もぐったとなると、藤兵衛、これからの探索が難儀だな」

「こうなったら根気で参ります。必ず、了玄と、あの女を挙げます」

藤兵衛は力んだ。

「了玄とその女が兄妹かどうかおれも疑わしいが、了玄が田端村に近い駒込に移ってきたのが、山下幸内さんの転居より一か月遅いところをみると、少くとも山下さんとは前からの連絡がありそうだ。両方で消えたのが四日の違いだし、山下さんに家を貸した百姓の茂平は水死している。それが、山下さんに対するわれわれの調べが迫ったとたんだから、これにはかくれたいわくがありそうだな」

「了玄のもとにいた女は、了玄の女房だと思います。表向きは、妹ということにして、山下さんに近づけ、利用しようとしたのじゃないでしょうか。近所や治療をうけにくる客にも、ろくに女を出さなかったのは、兄妹が偽だとばれるのを恐れたからじゃありませんかねえ」

「それにしては、その女が山下さんのところに一か月一度の顔出しでは回数が少いようだな」

「そうですね。けど、茂平を夕方に呼び出したのは、その女に違いありません。だから、茂平はすぐに釣られて、さびしいところに安心して行ったのです。そこを隠れていた了玄が出てきて、茂平をうしろから川に突き落したのでしょう」

「そうかもしれない」

香月弥作は、藤兵衛の茂平殺しの推測にうなずいた。

「おまえのいう通りで、つじつまが合うようだ」

「まず、間違いないところだと思います」

藤兵衛はいくらかうれしそうだった。

「仙吉が茂平を連れて治療客に化けて了玄のところに行ったとき、了玄は早くも仙吉の正体を見抜いております。それは、了玄が四日前に、山下さんから、われわれ御用筋の調べが身の近くにせまったことを知らされ、山下さんを夜逃げさせたあとだからで、勘づき方が早かったのでしょう」

「うむ」

「仙の野郎が、しきりと了玄に妹のことをきくので、茂平とは会っていない了玄も、これは女の首実検に茂平をつれてきたとさとったのだと思います。そこで、茂平を殺す気になった。それだけ茂平には山下さんについていろいろと知られているし、女を通じて了玄と山下さんとのつながりが明るみに出ても困る。茂平さえ殺せば、あとは耳や目の悪い老婆だけですから心配はないと思ったのでしょう。もともと、そういう者しかいない家を探して四谷を逃げ出したのですからね」

「しかし、山下さんはそこでは近所の子に手習いも教えていたし、若い者には剣術のけいこもつけていた。近所には山下さんの暮し方は分っていたわけだ」

弥作はさえぎった。

「その通りですがね。けど、そりゃ、昼間のことでさ。夜はだれも来やしません。重箱を運んできた了玄の女も、そんなけいこごとが終った七つ(午後四時)刻《どき》からあとだったというじゃありませんか」

「それじゃ、いっそ、山下さんは手習いの師匠をしなければよかった」

「それでは、旦那、近所に怪しまれます。いくら公方《くぼう》さまから御褒美を頂いた浪人だといっても、浪人には違いありませんからね」

「おまえのいう通りだ。では、了玄は山下さんの夜逃げと一しょにどうして逃げなかったのだろう?」

「了玄のはじめの考えは、あくまでも山下さんとは係わりのない体裁にしたかったから、日をずらせていたのですよ。まあ、一か月くらいは遅らせたかったのでしょうな」

「ところが、仙吉が茂平をつれて乗りこんだものだから、了玄があわてたのです。いわば仙吉の功名が茂平を了玄に殺させたようなものです」

藤兵衛は嘆息した。その仙吉は、十太と話しながら、ずっと後から歩いてきているので、この言葉が耳に入らず、のんびりした顔つきをしていた。

「けど、旦那。あっしには、どうも不思議でなりません。了玄は人を殺さなければならぬほど、どうして山下さんを隠し回っていたのでしょう。そのつながりには、どういうからくりがあるのでしょう？」

「さあ、それは、おれにもさっぱり分らぬ」

弥作も憂鬱《ゆううつ》な顔で答えた。

「とにかく、おまえは了玄の行方を探してくれ。八王子のほうの手当の結果は、四、五日くらいで分るだろう。無駄にきまっているが、まあ、顔を出してくれ」

# 以貴《いき》小伝

吉宗は、風呂《ふろ》に入っていた。――

白い湯気が広い湯殿にこもっている。湯殿は間口二間《にけん》、奥行二間三尺で四方はハメ板、天井ともすべて檜《ひのき》の糸柾《いとまさ》で、板の間は檜の厚板、風呂は白木の楕円《だえん》形の丸桶《まるおけ》となっている。夕方のうす暗い湯殿で、暖かい白いもやに包まれて湯に浸《つか》っているのはいい気持のものだ。湯気を通して上り湯の燭台《しょくだい》の灯《ひ》が湯気ににじんで光っている。その傍には、吉宗の上りを待って小姓《こしょう》の影がぼんやりとうずくまっていた。

湯に浸っていると、うっとりとした気分のなかで、ふいと想念が浮んでくる。想念は、そのまま散ることもあるし、凝集することもある。日中の忙しいときには思いもつかなかった考えも出る。

しかし、今の吉宗の考えているのは、いま湯の中で浮んだという性質のものではなかった。前から持ちつづけてきている思案である。いわば屈託だった。それも、岩瀬又兵衛の名で目安箱から出てきた投書を読んでからである。

内容については、老中たちにも、三奉行にも明らさまにはいえない。いずれは打ち明けねばならないが、まだその決心がつきかねていた。関係者の中に、老中の一人の名前が見えるからだった。

わずかに大岡忠相《ただすけ》にはその一端らしいものを謎のようにしてもらした。忠相は、「岩瀬又兵衛」なる偽名者を、上をあざむく不埒《ふらち》者として捜索するといった。それもいい。そこから一つの方向が出るかもしれない。

もし、忠相がこれはと思える報告をしたら、それに示唆を与えて思うような方針にすませてもよいと思う。しかし、厄介で、微妙な問題をはらんでいるから、軽率にはできぬ。こちらも忠相の進み方に合せて、一しょに考えねばならぬ。

ことは、今年から西《にし》の丸《まる》に入らせた大納言家重《いえしげ》に関連している。吉宗の長子で去年までは長福丸といっていた。世子《せいし》として次代将軍職を嗣《つ》ぐ使命を背負わせていた。だからうかつにはだれにもいえないのだ。口をすべらせると、どのような大事をひき起すか分らぬ。臆病《おくびょう》にならざるを得ないではないか。——

吉宗は秩序を大事にするほうだった。前将軍まではそれがかなり乱れていた。それを権《ごん》現様《げん》(家康)のころまで回復するのに彼は懸命になっている。秩序正しければ幕府の重みは千鈞《せんきん》である。倹約令によって、経済面からもそれを補強しようとしている。

うかつに投書の内容をもらして、それに危機を呼んではならない。一つ間違えば、実際にその危険を招くだけのものを現在ははらんでいる。

それなら、偽名の怪文書のことは放っておくか。——それができない。投書の内容は、吉宗にそれを無視できない重大性をもっていた。

それで屈託が晴れない。

吉宗が思案に飽いたとき、湯気の白い視野に一人の若い女の顔が浮んだ。黒瞳《くろめ》の大きい、ふくよかな頰が特徴であった。——今から十五年前に死んだ女だ。

吉宗は、しばらくその幻を眼前に追っていたが、首を一つ振ると、ざぶりと風呂から立ち上った。

湯殿から出た吉宗は、そのまま大奥《おおおく》へ入った。中奥《なかおく》から大奥の間は杉戸で仕切られていて、そこをお錠口といって鈴が下っている。鈴番という者が控えていて、鈴のひもをひいて鳴らし、将軍のお成りを大奥に報《し》らせる。杉戸の向う側の廊下には大奥の女中がお成りを迎えている。ここから吉宗は完全に女の世界に入ってゆく。彼は年寄の出迎えをうけてお鈴廊下を歩き、お小座敷というのにつく。

このお小座敷は十二畳敷で、南東北に極彩色の絵襖《えぶすま》を閉《た》て、天井と小壁は、地白に金泥《こんでい》の菊唐草形が匍《は》っている。

吉宗がここに入ると、総白無垢《そうしろむく》の衣装に髪を櫛巻《くしまき》にした中﨟《ちゆうろう》が座っていた。横には御用の中﨟がやや退《さが》って控えていた。西側に緞子《どんす》にへりを金襴《きんらん》でとった蒲団《ふとん》が二枚重ねでのべられている。

総白無垢の服装をした女は、近ごろ吉宗の寵愛《ちようあい》しているお咲の局《つぼね》だった。町家の娘だが、三年前に奉公して、まだ子供をもうけていない。吉宗は、御用の中﨟の捧《ささ》げてくる茶をのみ、そのお咲と対座した。

御用の中﨟というのは、将軍の添寝《そいね》をしない女中で、これはお清《きよ》と呼ばれ、普通の大奥女中の上位者である。

吉宗がここに来るまで、先着の女たちには次のような順序があった。

長局《ながつぼね》からその夜の御用の中﨟が先に立ち、一間遅れてお咲の局が静かに廊下をあゆみ、そのうしろに三の間の女中がお咲の局のふだんの衣装を持って従う。二人の中﨟がお小座敷に入ると、その夜当番の年寄がお咲の局の髪を解《ほど》いて改める。これは、将軍家の身体近くに添っていると、髪の中にどのような凶器が隠されていないともかぎらないという注意からである。その改めが済むと、また元の通りに三の間の女中がお咲の局の髪を櫛巻に直し、座に退って将軍の来るのを待つ。

将軍が侍妾《じしよう》の中﨟と寝《やす》むときは、もう一人の介添の御用の中﨟も共に将軍の脇に臥《ふ》すことになる。つまり、将軍を真中にして、右側の側《そば》近くに侍妾の中﨟が横たわり、御用の中﨟は二人に背中を向けて臥すのである。そして、その夜の将軍家と侍妾との様子を逐一観察して、翌日、これを年寄に詳しく報告しなければならない。

年寄は奥女中の総取締で、表の老中格に匹敵していた。

たとえば、昨夜はこれこれのお話があり、上様にはこれこれのお戯れがあったなどと一切を話す。どちらも迷惑な話だが、これが「義務」になっていた。

これは、添寝の中﨟が将軍家の寵愛をたのんで、むつごとの最中にとんでもない請願をしたり、他の女中の中傷をしたりするのを警戒したためである。

翌朝、お咲の局に付き添って一しょに臥していた御用の中﨟が、年寄に昨夜の次第を報告することになった。

年寄は、部屋に使っている私用の女中の数でも七、八人はいた。そういう使用人を一切遠ざけて、年寄は、御用の中﨟と会った。

「昨夜の御模様は、こういう次第で……」

と、中﨟は将軍家とお咲の局とのお睦《むつま》じきありさまを話した。

ただし、御用の中﨟は一切背中を向けて横たわっていたので当事者の声だけしか聞いていない。

普通だったら、両方で笑うところだが、ことが将軍家に関するので、話すほうも聴くほうも至極謹厳な表情であった。これは職掌としての義務なのである。

もっとも、年寄は男子を知らぬままに大奥に一生御奉公して年とってきたから、男女間の情事に対しては好奇心が強かったであろう。素知らぬ顔をしながらも、心臓を速めるときもあったに違いない。

「左様な次第で格別なこともござりませなんだ」

中﨟があっさり報告を終ると、

「さようか。ご苦労であった」

と、年寄も軽くうなずくところで、このときの「義務」は済んだかにみえたが、中﨟がふと妙なことを言葉にはさんだ。

「上様がお咲の局さまへの仰せに、そなたの素性に間違いはあるまいな、とおききになれていられました」

「素性？」

年寄はそれを聞きとがめた。

「はい。お咲の局さまにもその意が分りかねて、どのようなことでございますか、とお問い返しなされると、上様には、いや、なんでもない、素性のことでは当人にも分らぬことがあるからの、と仰せられ、お話はそれきりになりました」

「はて」

年寄は首をかしげた。

「お咲さまは、日本橋の太物《ふともの》問屋次郎兵衛のむすめ御、はじめ三の間のお女中として御《ご》奉公に上ったのがお眼にとまり、旗本松平内蔵介《くらのすけ》どのの養女としてお側《そば》づとめになったのだが……これは素性がはっきりしているがの」

「それは、わたくしも存じておりますので、ふしぎに承っておりました」

「当人にも分らぬことがある、とのお言葉は？」

「さあ」

「どういうおつもりであろうかの」

「おおかた、おむつごとのお戯れに出たのかも分りませぬ」

ここの会話もそれきりになった。年寄の不審も軽かったとみえ、尾をひくようなことはなかった。

それよりも、年寄には別な用件が胸にあった。

「これ、明日は深徳院様の御命日、御法事の用意をそなたから皆の者に頼みますぞ」

「心得ておりまする。……けれど、早いものでございますなァ、去年、御十三回忌が営まれましたのに……」

深徳院とは、世子家重の生母のことである。

吉宗は、奇妙に「女房運」に恵まれなかった。

正夫人は、伏見宮から降嫁があって理子といったが、宝永七年に亡くなった。子はなかった。池上《いけがみ》の本門寺におさめて、寛徳院といった。

以下は側妾《そばめ》になるが、紀州家家臣大久保八郎五郎忠直の女《むすめ》は末子といった。これが正徳元年十二月に男子を生み、長福丸と名づけた。吉宗が、まだ赤坂の紀州藩邸にいるころである。長福丸が家重だ。

末子はそれから二年後の正徳三年十月に死んだ。池上本門寺に送って、深徳院といった。しかるに、家重が西の丸に移ってからは、世子の生母というので、深徳院だけは、去年上野の寛永寺に遷《うつ》しかえた。本門寺には供料米《くりようまい》五百俵が与えられている。

おこんの局というのがいた。紀州家家来竹本茂兵衛の女だが、これが第二子を生んだ。小次郎といって家重より五歳下だが、これがのちの田安宗武となる。

おこんは享保《きようほう》八年、二十九歳で死んだ。本門寺に葬って本徳院という。茂兵衛も失《う》せたので、その子がいま旗本になっている。

お梅の局というのがいる。享保四年に吉宗の第三子をもうけたが、この子はすぐに死に、六年に第四子を生んだ。小五郎というが、のちの一橋宗尹《ひとつばしむねただ》である。お梅は小五郎を生むと間もなく死んだ。上野に送って深心院という。

こうして、四人の吉宗の「女房」が死んでいる。そのほか、死んだ侍妾がいたかもしれないが、子を生んでいない女のことは知られていない。この時代は、子を生まない女は人格が認められていないのである。子をもった妾《めかけ》だけが名前を残した。

以上は、徳川氏代々の夫人のことをかいた「以貴小伝《いきしょうでん》」に拠《よ》った。

なお、同書には夭折《ようせつ》しないで、長寿を保った側妾《そばめ》として、おくめの局を挙げている。芳姫を生んでいるからだが、芳姫はすぐに死んでしまった。嬰児《えいじ》のわずかな生命《いのち》でも、子供を生んでいれば、ちゃんと記録に残されている。

「以貴小伝」には記載はないが、子のできない側妾に、

おさめ

お咲

おはる

およし

の四人がいる。おさめは、京都の医者の女である。お咲は、江戸日本橋の町家の娘、おはるとおよしは、吉宗の生母の浄月院の腰元だった。

吉宗の生母が、そもそも父紀州光貞の側妾で、彼は庶子というところから、兄二人が生

きているころは、紀州邸で、ずいぶん肩身の狭い思いをして暮してきた経験があった。

吉宗の心痛は、お末の局が産んだ世嗣《せいし》家重にかかっている。

家重は小さい時から虚弱であった。麻疹《ましん》も重かった。風邪をよく引くし、病気にかかると長引く。頭部が大きく手足が細い。このプロポーションは尋常でない。吉宗ははじめこの子は育たないかと思った。

ずいぶん医者にもかけた。医者は当代一流の名医が御典医となっている。ご心配はいりません、と法印橘宗仙院が保証したが、とにかく生命には別条なく育った。しかし、顔色はいつも青白い。大きくなっても、頭部が胴体に比較して大きいのは変りなかった。眼はいつも落ち着かなく動いている。

幼児の時から絶えずむずかっていた子だったが、大きくなってもその癇症《かんしょう》はおさまらなかった。何かせきこんでものをいうときは首を振る癖がある。

また、この子は言葉がはっきりしなかった。何を言っているのか、さっぱり聞き取れない。はじめは、育ちが遅いのかと思ったが、そうではなく、十歳を過ぎても発音がはっきりとしないのだ。

吉宗が会っても、わが子ながら言葉の意味が取れなかった。側に仕えていた傅役《ふやく》が、一応、それを自分の言葉に改めて申し上げなければ、言語不通という状態だった。

それに、家重は武芸が嫌いだ。家の中に引っ込んで外に出たがらない。あんまり女たちに囲まれて女性化したのかと思い、なるべく表に出して武骨な近習《きんじゅ》を付けてみたが、てんで男たちを嫌ってしまう。

おとなしいと言えばおとなしい。することも貝合せとか、スゴロクだとかいった女のすることに興味をもつ。彼の前で剣術、槍術《そうじゅつ》、馬術など見せても、てんで長くは辛抱できず、すぐにあくびをして居眠りをはじめる。

小さい時は、よくひきつけを起したものだった。そのたびに典医が夜中に召された。癇症が強くなっているのは、そのひきつけの後遺症ともみられる。

八歳の時、近習が馬に馴《な》れさせようと思い、仔馬《こうま》を曳《ひ》き入れて、彼を抱えて背中に乗せたが、まるで虎の背中に乗ったように恐怖し、真青になって泣き叫んだ。

吉宗は、長福丸といったこの子が自分の後継ぎになるかと思うと、暗澹《あんたん》たる気持だった。

しかし、順序は変えられない。

おこんの局の産んだ小次郎は、万人が賞《ほ》めそやすほど出来がいい。性格がまるきり兄とは違っていた。同腹の子ではないからと言えばそれまでだが、あまりに差異が大きすぎる。

長福丸十四歳で、今年から西の丸に入れたが、これはほとんど将軍の後継ぎとして決定的なものだった。

ところが、最近、吉宗に妙なうわさが伝わってくる。

家重が自分に付いている奥女中に手を付けているというのだ。まだ十四歳の彼が女に戯れたと聞いて、吉宗も暗然となった。

稚《おさな》い時から女のふんいきの中で育ったためか、異常に早熟だったのだ。

西の丸に居る家重に比べて、おこんの局の腹から出た小次郎はどうであるか。この子は五歳違いの兄とは人物が全く対蹠《たいせき》的だった。彼は幼い時から利発で、その言動はしばしば側近をおどろかした。この小次郎がのちの田安宗武であるため、ここで宗武の人物について書き残されたものを紹介したい。ただし、これはずっとのちのことであるから、この小説の本筋には関係ない。ただ彼の人となりを読者に知っていただくためである。小次郎は吉宗が最も寵愛《ちょうあい》していた子で、文武の道もとりわけよく教えていた。享保十四年、彼が成年のときには吉宗みずから髪を剃《そ》った。十五のとき、吉宗が読書力を試してみると、論語二十編を滞りなく暗記していたので、吉宗は驚嘆し、葵紋《あおいもん》の付いた刀飾の具を与えて賞した。

こののちも宗武は武芸を怠るところなく、鉄砲の技は小納戸《こなんど》松下恵助が伝えて、少しも怠り給うなとて、盛暑酷寒といえども修業させた。十五年十一月、吹上《ふきあげ》でその技を試みたときには、その手練の見事さに吉宗は賞し、舟軍《ふないくさ》の戦法も習うべしとて、天地丸という軍船の模型を与えた。

十六年二月、木根川で自ら鉄砲を射て鴨《かも》三羽、白鳥一羽を得て吉宗に進じ、十七年正月、同じ所で弓を持って雁《かり》と鵜《う》を射て吉宗を喜ばせている。

十九年四月、志村で吉宗の狩に従っていたが、そのときの宗武のいでたちは竹笠《たけがさ》、細袖《ほそで》、四布の袴《はかま》に脚絆《きゃはん》をつけてかいがいしかったので、今日の装いいかにも古雅なり、と吉宗に賞せられた。また、打毬《だきゅう》の際も宗武は烏帽子《えぼし》直垂《ひたたれ》を着し、行縢《むかばき》をはく古式の服装だったので、吉宗はいたく興じたという。

寛保《かんぽう》元年には吉宗から孔雀《くじゃく》の羽で織った陣羽織を賜り、また、紅葉山で並み居る大名の中でも宗武の進退がわけてりりしく、その日彼のつけていた螺鈿《らでん》の剣、麝香《じゃこう》の野太刀《のだち》も古風に見えたとて吉宗にほめられた。

宗武は文武の道は何ごとも深く極め、殊に古典に通じ、雅楽を好み、音律にもあまねく通暁していた。彼は有職故実《ゆうそくこじつ》に通ずると共に国学をも学び、国史をはじめ、諸家の日記をよんだ。吉宗は彼に考古探求の資《もと》にせよと春日験記《かすがけんき》などの古画を集めて宗武に与えたりなどした。

宗武には、「古事記詳説」「玉函秘抄《ぎょっかんひしょう》」「服飾管見」「軍器摘要」などの著述があり、国学は荷田在満《かだのありまろ》、賀茂真淵《かものまぶち》を侍講とし、その和歌は万葉の古調に情を叙《の》べて、そのほうでも大家であり、実朝《さねとも》に比されている。

宗武の事蹟《じせき》は「三藩譜略」に見えているところだが、その和歌については明治のころに正岡子規が「実朝と宗武とは気高くして時に独創のところある相似たり。但し、宗武のほう覇気《はき》やや強きが如《ごと》し」と言って歌人宗武を高く評価している。

こうざっと見ても、宗武がいかに吉宗の性格をそのまま継いでいるかが分る。殊に将軍の嗣子《しし》として決定されて、いま西の丸にいる家重に比べると、宗武の幼少時である小次郎の存在が、いかに万人に俊秀に映っていたかは容易に想像できる。

家重は、西の丸の奥にばかり引っこんでいた。

西の丸は本丸の規模をやや小さくしただけで、表と奥とがきびしく区別されていたことはいうまでもない。この奥が女たちだけの特別世界であったことも本丸と同じである。

十四歳の大納言家重が目下寵愛しているのは、中臈《ちゅうろう》お千勢である。次には、お菊と、お澄とがいる。むろん、家重よりは年上の女ばかりで、お千勢は二十一歳、お菊は十九、お澄は二十二歳であった。

家重の早熟は、この三人の女中に手をつけさせている。十四というと、少年の性の目ざめがあるころだが、家重の体質の異常さは、奥女中の脂粉の香にとりまかれて寝起きしているうち、一足とびに男になってしまっていた。

しかし、知能は低い。侍講がいくらすすめても本を読むことをしない。いや、理解ができないのだ。本城の一郭に住む異母弟の小次郎が室鳩巣《むろきゅうそう》について勉学しているのとは大違いであった。論語の四角い文字の行列を見ただけでも顔をしかめて投げ出した。

侍臣があまりすすめると、家重は癇癪《かんしゃく》を起して、家来を打擲《ちょうちゃく》したりなぐったりする。本をその顔になげつけ、まわりに当り散らし、ときには真青な顔色になって本を裂いたりした。

小刀を抜いて、柱に切り込むこともある。畳を切り裂いたりすることも一再ではなかった。癇癪の発作が起ると、まるで狂人のようで、手がつけられず、近侍も彼に近寄れなかった。

近ごろは酒も飲むようになった。奥に引っこんでいると、女たちばかりだから、彼の意のままになる。気に入らないことを言う者は一人も居なかった。彼は甘やかされて育ったわがままを、ここでは精いっぱいに発揮した。

なにしろ、次の将軍であるから、女中たちもチヤホヤする。身体が丈夫でないので、ことさらに大事にされた。

一体、この年ごろの少年は年上の女に一種のあこがれを持つものだ。彼の場合は、大奥にほかに男が居ないから、女たちに大切にされるし、すぐそれが女への直接行動となった。何をしようと、自分に逆らう者は居ない。

要するに、家重の場合は、知能と本能とがアンバランスになっている。女どもの臭《にお》いにむせかえるような男禁制の奥に暮しているから、精神状態も異常になっている。

家重が一ばんこわいのは、本丸に居る父親の吉宗だった。ここからは再三使いが来て、やれ、奥にばかり引っこんでいては身体のために悪いの、少しは外に出て武術のけいこをせよだの、思い切って遠くに行き放鷹《ほうよう》せよだの、うるさく言ってくる。

彼も父将軍の命令だから、あまり言うことを聞かないとやはり恐ろしい。そこで、五度に一度はいやいやながら表へ出て撃剣の真似ごとをするが、それもほんの僅《わず》かで、すぐにやめてしまう。そんなことをしているよりも、多勢の女どもに取り巻かれて好き勝手なことをしたほうがよっぽどたのしいのだ。それで、今日は頭が重いとか、風邪を引いたとか、身体に熱があるとか、いろいろ逃口上を設けて、何とか苦痛を免《のが》れようとしている。

すると、本丸から、父将軍のお言いつけだと言って御典医がお脈拝見に差遣《さしつか》わされてくる。それから、お見舞として老中のだれかがくるが、これが家重にとって一ばん嫌なことだった。

吉宗が西の丸に苦言を運ばせるのは、若年寄松平能登守乗賢《のりかた》であった。

家重は能登守が来たと聞くと、顔色を変える。

だが、能登守は面をおかしてあえて忠諫《ちゅうかん》する型ではなかった。人物は温厚で気が弱い。いわば吉宗から、

「大納言殿に、このように言ってくれ」

と頼まれて、そのままを取り次ぐだけの人間だった。それでも家重には、父親の命令だと思うと、能登守が苦手である。

能登守の忠言はいつも決っている。彼に嫌いなことばかりをすすめに来るのだ。それで、能登が来たというと、頭が痛いとか、熱があるとか言って会うことを避けている。

間に入った典医も吉宗に報告するのに弱った。家重が仮病を言い立てていることは分りきっているが、まさかそのまま報告することもできない。

ただ、都合のいいことに家重は虚弱だから、病気らしい点を挙げれば、いくらでも口実はできた。

すると、最近になって吉宗が医師に、

「大納言殿は気鬱症《きうつしょう》なのではないか？　そのような症状はみえないか？」

と、しきりに訊《たず》ねるようになった。

だが、医師は家重に突発的な癇癪以外、吉宗に訊《き》かれたような病状は見えなかった。そのままを言上すると、

「そうか」

と、吉宗は言っているが、どこか安心したような、また、その返事に納得できないような、不安げな表情を残した。

家重は毎晩のように奥入りをしている。大体、幕府の規制では、いかに将軍家といえども勝手に奥入りのできない日があった。たとえば、東照宮（家康）の御命日だとか、先代の忌日《きにち》だとか、いろいろと服喪日《ふくもび》がある。この日は仏間に拝礼して、女たちの中に入らないことにしている。

だが、家重にはそんな抑制もなかった。侍臣の中にはこれを強く諫止する者もいない。うっかり何か言おうものなら、すぐに彼は首をぶるぶる震わせて癇癪を起すので、なるべく気に障ることは言わないようにしていた。

まだ十四歳の家重だが、異性に対する本能が天衣無縫に開花している。真昼間でも気に入りの中臈お千勢を傍に引きつけて、ほかの女中が眼のやり場に困るようなふざけ方をする。

女どもも次の将軍家と思えば、もうこのころから寵愛を受けようと競う気持になっていた。実際、家重の相手はお澄、お菊のほかにも及びかねないので、女どもの中で競争心が起っている。家重は、はじめて知った異性への喜びに抑制もなくおぼれてゆく状態だった。

これは次第に激しくなってゆく傾向にあった。頭でっかちの、青白い顔の少年が、年上の女の懐や裾《すそ》の中を真昼間からまさぐる情景は、極彩色の御殿の中の異妖《いよう》な錦絵《にしきえ》である。「太子（家重のこと）わかくして内を好み、内寵多し」とは「続三王外記《ぞくさんおうがいき》」に記されているところである。

吉宗は、吹上の庭の馬場にしつらえた大きな日傘の下に腰かけ、馬場の一角を眺めていた。深い緑の木立は、昨夜降った雨のせいか、色を冴《さ》えさせている。芝生も一めんに天鵞《びろう》絨《ど》を敷いたようだった。

吉宗は眼をまぶしげに細めている。緑の中に、馬場だけが白い砂をかっと日光に輝かしていた。吉宗の左右には老中をはじめ側衆《そばしゅう》たちが控えている。

また、大奥の女中たちも見物を許されているのだが、これはほとんど小次郎付の女中ばかりだった。

明るい陽の下、吉宗が眼を放っている馬場の一角に、一点、黒い影が現れた。満座の者は静かなどよめきを起した。

馬は栗毛の明け四歳である。乗っているのは十歳の小次郎だった。その小さい身体は、はずみ切った若駒に振り落されるかと思われるくらいだった。

馬は、最初、速歩で馬場を一周した。それが吉宗の正面にきたとき、馬上の小次郎は、父親に顔を向けて腰をかがめ、にっこり笑ってうち過ぎた。

側衆の間に私語が起った。

「恐れながら」

吉宗の横にいた側御用取次有馬次郎左衛門が伸び上って、

「お鞍《くら》つきの御様子、なかなかお見事と存じまするが」

とささやいた。吉宗がすぐにうなずいたのは、自分でもそのことを言いだしたい矢先だったからである。

「次郎左、そちもそう思うか？」

分り切った返事に念をおすのは、やはり親心である。

「恐れながら、お年ごろにお似合わぬことに存じます」

馬場を一巡した小次郎は、元の位置に戻ると、今度は手綱を緩め、鞭《むち》を当てて早駆けとなった。その速度は次第に増し、吉宗の前を通過したときは弾丸のように流れていた。上の小次郎は馬の背にぴたりと胸を伏せ、さながら馬だけが疾走しているように見える。

馬場を二巡したころは、その速度はもっと速まっていた。声をのんだ観覧席には馬の疾駆が起した風が打ちよせ、旋律的な蹄《ひづめ》の音が青空の下に爽快《そうかい》に鳴った。

人々は、息を詰めた顔で小次郎の騎乗ぶりを見ていたが、やがて、その速度が次第に緩くなり、並足に戻って吉宗の前に来たときは、ひとしく喝采《かっさい》が湧いた。

小次郎は馬の鐙《あぶみ》から砂の上に飛び降りると、馬の手綱を曳《ひ》いて吉宗の前にちょこんと座って平伏していた。彼の幼い顔には汗が光り、肩は可憐《かれん》に波打っていた。

吉宗が小次郎を賞《ほ》めたのはいうまでもない。いや、その前から彼の眼はうるんでいた。

「小次郎はいつの間に、かほどに上達したのか」

側衆の有馬次郎左衛門にそう言ったとき、吉宗は落涙していた。

吉宗は、騎馬に限らず、小次郎が学問に出精されていると儒者室鳩巣から報告を受けるたびに眼をうるませた。

今日、馬場で小次郎の騎乗を見て吉宗が落涙したのを、側衆も、女中どもも吉宗のうれし涙だと思っていた。だが、吉宗の涙には別な意味も含まっていた。ほかの人間はそのことに気がつかない。

吉宗は、次男の小次郎の俊敏な姿勢を見るにつけ、嗣子《しし》の家重のことがそれに比べられて暗い気持になるのである。彼の落涙は、その情けなさも同時に含まれている。

腹違いとはいえ、兄弟でもこのように素質も性格も相違するものであろうか。これは小次郎が人一倍に出来がいいのに比べ、家重が人一倍に不出来だったから、その落差がひどく目立つのだ。小次郎を賞める声を家臣から聞く反面、吉宗の気分はふさぐのだった。

実際、何かの式日には西の丸から家重が挨拶《あいさつ》にくるが、その挙措動作とも、眉《まゆ》をひそめることが多い。家重の顔色も黄ばんだように蒼《あお》く、眼も落着きを失っている。言うこともはっきりしない。態度もいつもおどおどして、見るからに頼りない。

子供のときからそうだったが、家重は相変らず頭ばかり大きく、見ただけで異常な彼の精神状況を想像させる。

不憫《ふびん》な、と思う。持って生れた身体だから、当人の責任というわけではない。肉体的な欠陥があればあるほど親としての愛情がかかるが、この子が次の将軍として立つのが、はなはだ憂鬱《ゆううつ》なのである。

吉宗は絶えず徳川幕府という組織と秩序とを神経質なくらいに考えている。少しの欠陥からも、この大屋台骨にヒビが入らないとも限らないのだ。

吉宗は、小姓もつれず、独りで庭を歩いていた。

（家重と小次郎とが逆な順序になって生れていたら……）

とはいつも思っていることである。ときどき、

（もし、出来ることなら、これを代えてみたら）

という空想が浮んでくることがある。

空想というのは、それが現実には不可能だと分っていることを前提とした希望だ。事実、それは出来ることではなかった。そんなことをすれば、吉宗が常から思っている幕府の秩序は崩壊する。日本中の大名家から長幼の順を勝手に変えた相続者が続出する。当然、その裏には暗い策略がつきまとう。長子が相続するという規定があるから、天下の静謐《せいひつ》が保たれているのだ。――

庭を歩きながら、吉宗は自分の気持と格闘していた。

（家重は今年から西の丸に入らせて大納言とさせている。もう変えようはない）

という声と、

（待て待て。まだ間に合うかもしれぬぞ。徳川家安泰のためには、必ずしもそれに拘泥《こうでい》せぬでもいいではないか。……しかし、それには理由をつけなければならない）

という声との闘いである。

その理由とは、先日岩瀬又兵衛なる者が提出した目安箱の上書の中に暗示があった。彼の心はあれ以来、まだ動揺がおさまっていない。

## 庭番と薬園

吉宗は庭を歩きつづける。彼の解放された時間だった。誰も側についていない。僅《わず》かな孤独であった。

やはり明るい陽射しが地面に下りている。枝ぶりのいい松や珍しい木が、彼の進む方向から限りなく現れた。人影は見えない。ただ、ずっと後方に、それとなく側衆が警固について来ているだけだった。

起伏のある丘が前面にひろがっていた。深山幽谷をなぞらえた植込みもあれば、渓流をしのばせる奇岩怪石も置かれていた。しんとしたしじまの午後なのである。

吉宗の視野には隠れているが、植込みの陰には庭番がかがんでいるはずだった。将軍の遊覧を邪魔しないため、姿をかくしている。吉宗は同じところを往《い》ったり来たりしていたが、眼はこの庭の造作のどれにも注いでいるのではなかった。

その思案した眼が、ふいと向うの熊笹《くまざさ》の群れに向いた。綱吉のころに、松前藩主が蝦夷《えぞ》の笹を献上して移植したもので、吉宗もこれは観賞している。

「左太夫《さだいふ》、左太夫は居るか?」

吉宗は、誰も居ない空間に呼んだ。

すると、その空気の中から、

「村垣《むらかき》左太夫、これに控えておりまする」

と声が返ってきた。

「参れ」

「は、ただ今」

笹竹の小さな密林から、熊のような黒い姿をした男が現れた。盲縞《めくらじま》の黒木綿の着物と、同じく黒の裁着袴《たっつけばかま》が、その男を熊か鴉《からす》のように見せた。
三十四、五歳くらいの男だったが、庭番は始終天日の下に出ているためか、色も黒く焼けていた。
「左太夫、元気にしているか？」

吉宗は問うた。村垣左太夫は吉宗が紀州家からつれてきた家来だった。紀州邸でも庭番をしていた男だ。

「は、この通り」

左太夫は両肩を張って見せた。眉は太く、鼻も唇も厚く肥えていて、頤《おとがい》が張り出ていた。

「脚は丈夫か？」

「はあ、土の上は踏み馴《な》れておりまする」

「そちに子供があったかのう？」

「未《いま》だもうけておりませぬ。不覚にも女房に石女《うまずめ》を貰《もら》いました」

「養子だな。あとは決っているか？」

「未だ決めておりませぬ」

「よい」

吉宗は手をついている左太夫を放って、また五、六歩その辺を徘徊《はいかい》した。しきりと何かを考えている様子である。

「左太夫、近う寄れ」

「はあ」

「そのほう、何か遊芸ごとを身につけているか？」

「されば、謡曲を少々」

「そんなものではない。もっと町人百姓のやるやつだ。たとえば、義太夫《ぎだゆう》、歌沢《うたざわ》、小唄《こうた》、芝居、書画、そんな嗜《たしな》みはないか？」

吉宗に、庶民の芸術——義太夫、歌沢、小唄、芝居、書画などの心得があるかと訊《き》かれて、左太夫は当惑したように太い眉を寄せたが、

「君命とあらば、これからにても稽古《けいこ》を仕《つかまつ》ります」

と答えた。

「これからでは遅い」

吉宗は苦笑すると、少し小首をかしげていた。左太夫はうつむいて、

「まことに不調法にて申訳ございませぬ」

と手をつかえた。

「そなたが一芸に達するまでは待っておれぬでのお。そうだ、ほかの庭番に、そういう心得のある者は居ぬか？」

吉宗は改めて訊《たず》ねた。

「されば」

左太夫は思案していたが、

「それにはてまえ組下の者で青木文十郎《ぶんじゅうろう》と申す者がおりまする。この者はいささか絵を心得ております」

「うむ。上手か？」

「てまえなど素人眼《しろうとめ》には見事な絵を描くように存じますが、いずれにしても素人絵のこと、世間に出してはものの数ではございますまい」

「年は幾つだ？」

「二十四歳になります」

「女房は居るか？」

「はい」

「子は？」

「居りませぬ」

「身体はどうだ？　遠い路《みち》はおろか、野山を歩ける男か？」

「容子《ようす》は少しやさしくは見えまするが、外見と違い、剣は組で一番かと存じます。身体も頑健なようで」

「では、その青木がいるところへ案内をいたせ」

「えっ」

村垣左太夫はおどろいた。庭番は目見得《めみえ》以下の卑しい身分である。百俵高七人扶持《ぶち》。しかし、気さくな吉宗だから、庭のそぞろ歩きに声をかけるのである。

泉水のほとりに、しきりと松の根方を手入れしている男がいたが、村垣の前触れで、その男は地面に跼《は》いかがんで吉宗のくるのを迎えていた。

「青木文十郎にございまする」

村垣左太夫が横から言った。

「遠慮はいらぬ。顔を上げさせい」

吉宗は左太夫に命じた。

「はあ。文十郎、上意じゃ」

顔を上げいと言われても、すぐには上げないのが家臣の儀礼だった。たとえば、吉宗が謁見の間で格式の高い家来に「近う」と言っても、その者はただ腰を動かすだけで、元の位置にとどまっているのが敬意の心得とされていた。ましてや吉宗から直々《じきじき》の声がかかることのない文十郎なのである。

「顔をあげさせい」

吉宗は左太夫に重ねて催促した。

再三、吉宗に言われた村垣左太夫に促されて、庭番青木文十郎は少しずつ顔をもたげたが、全部を上げ終らずに、眼だけを吉宗の顔に置いていた。

「文十郎の顔を見たいのだ。真直ぐに上にあげさせい」

ここまで言われると、先ほどの問答から、村垣左太夫にも吉宗が何か考えがあって命じているのだと分った。

「文十郎、御意《ぎょい》じゃ。面《おもて》を上げい」

彼は叱咤《しった》した。それにつられたように、青木文十郎の顔が全部さっと上にあがった。

吉宗は、その面相をじっと上からみつめていた。

顔はやや焼けてはいるが、横の左太夫と比べてそれが浅いのは、もともと色白な男なのかもしれない。やさしげな眼だが、意外に光っている。鼻筋が細く通り、唇も緊《し》まっていた。言われた通り、吉宗を直視しているが、その眼つきにいささかの怯《ひる》みもなかった。

「直々の返答を許す。……文十郎、左太夫から聞くと、絵の心得があるそうだな？」

「なかなかもちまして。てまえごときは絵を描く中には入っておりませぬ」

文十郎は、このときだけはそのまなざしに怯みをみせた。

「何流儀を習っているのじゃ？」

「はあ、狩野《かのう》派を少々」

「師匠についてか？」

「名ある画家ではございませぬが、およそ七、八年ほど……」

「うむ。左太夫は、遠い路はもとより、険しい野山も駆け回れるそうな。そちはどうだ？」
「はあ、君命とあらば」
「五日、十日と、食事も水も取れぬことがあるかもしれぬ。そちの身体はそれほど頑丈に
は見えぬが、耐えられるかな？」
「恐れながら、ご懸念には及びませぬ。戦場にては、雨風の晩、焼米を嚙《か》んで幾日も野山
に臥《ふ》したと聞いております。てまえ、常からその心がけでおりまする」
吉宗はぶらぶら歩いている。ずっと離れたところに側衆《そばしゅう》がうずくまっていたが、吉宗が
庭番に何か話しかけているのを、いつもの彼の気安さで庭木のことでも聞いているのかと
思っているようだった。
吉宗は、古い慣習にとらわれず、日ごろから磊落《らいらく》であった。
吉宗は、青木文十郎をほとんど自分の身体にふれるところまで近づけて、何やら小さく
ささやいた。傍に控えている村垣左太夫にも話の内容は仔細《しさい》に分らなかった。
文十郎が緊張してうなずいている。
「委細承知仕りました」
文十郎は全部を聞き終ると、地面に平伏し、
「御免」
と言うなり吉宗の前を退《さが》って去った。

それきり青木文十郎の姿は、城中からも、その屋敷からも消えてしまった。

同心香月弥作《かつきやさく》は、小石川の薬園に足を向けていた。

水戸藩の上屋敷前から大塚の護国寺に向って行く路を、途中、伝通院《でんづういん》を過ぎて東に折れる。この裏町も寺が多い。橋を渡って行くと、そこが薬園の横手になっていた。御殿坂という坂道を上る。歩くだけで汗の出るような陽気だった。

小石川の薬園は、綱吉がもと館林《たてばやし》にいたころの別邸で白山《はくさん》御殿といった。その御殿跡の宏大《こうだい》な敷地に薬草を植え付けているのが薬園である。

弥作は薬園の土塀に沿って門の前に出た。薬園は二つに分れているので、門も二つになっている。両方合せてほぼ五万坪あるから、宏大な地域だ。

弥作は、門番に言って薬園方同心の一人を呼んでもらった。

薬園方は、古くからいる芥川《あくたがわ》小野寺という者と、四、五年前新しく岡田利左衛門という者が奉行になった。芥川は百俵二人扶持《ぶち》、岡田は二百俵で、両方とも同心十人が付いている。

薬園の敷地に入ると、弥作の鼻にぷんと薬草の匂いがしてきた。何万坪という土地でも栽培されているものが薬草ばかりなので、ほかの野菜畑にきたのとは違っていた。弥作は、その同心に案内されたが、薬草畑には小者たちが手入れに働いていた。

ここには朝鮮から移植した薬草三十六種もある。いま匂っているのもその香りの強い草だった。

この薬園は元大塚にあったものだが、綱吉が生母のために護国寺を建てたとき、一度品川に移され、さらにこの地に移転されたのだ。いまの小石川植物園はそのあとである。吉宗は将軍になると薬草の採集栽培を大いに奨励し、本草家丹羽正伯《にわせいはく》、野呂元丈《のろげんじょう》などを諸国に派遣して採集と研究に当らせた。薬園奉行は若年寄支配となっている。同心の中には本草家がいる。いま香月弥作が会って話しているのもその一人だが、この前、弥作はこの男に艾《もぐさ》の鑑定を依頼していた。艾は駒込《こまごめ》の鍼医了玄《りょうげん》の空家に残っていた例のものである。それが四、五日前のことだった。

「あの艾は調べてみましたよ」

弥作に会って、その本草家は言った。

彼は奥から紙に包んだものを二つ出してきた。一つは弥作が頼んだもので、それは水で湿してこねあげたため、かちかちに固くなっている。もう一つの包みも同じものが入っていた。どちらも灰白色をしている。

「お分りですか？」

本草家は弥作の顔を見て微笑した。

「ちょっと見ただけでは区別が分らないでしょうが、こちらは江州伊吹《ごうしゅういぶき》山で取れたものです。こっちがあなたの持ってこられたものです」

「同じようですが？」

「違いますな。あなたの持って来られた艾は、あれは伊吹山のものではありませんよ。原料になっている蓬《よもぎ》の性質が違うのですな」

「ははあ」

「非常によく似ているが、これは伊吹山のより良質です」

わが国の薬草栽培はずいぶん早いころから行われて、すでに推古朝にその記録が見えている。しかし、薬草の品種が画期的になったのは、天正《てんしょう》年間、織田信長がイタリアの宣教師オルガンティーノらを安土《あづち》城に引見し、彼らの乞《こ》いを入れ、伊吹山に五十町四方の地を開いて三十余種の薬草を植えて以来だといわれている。

吉宗が薬草に熱心だったのは、寛永十三年にこの祖父紀州頼宣が朝鮮から薬草を求めて以来で、そのときの品種の一例を挙げると、沙参《しゃじん》、白微、常山、天仙藤《てんせんとう》、鬱金《うこん》、姜黄《きょうおう》、といった名前が見える。

このうちには朝鮮に産しない南洋、インド産もある。

弥作が了玄の艾の鑑定をここに頼んだのは、それから何かの手がかりが得られるのではないかという心だのみだったのだが、いま本草家の鑑定結果では伊吹山のとは違うと言っている。

江戸の鍼灸師《しんきゅうし》が使っているのはほとんど市販のもので、全部伊吹山産だ。これが最も良質として知られているからである。

弥作は、了玄の使っているのがそうでないと聞いて、眼が活気をおびてきた。

「とおっしゃると、どこのもので？」

「さあ、それは分りませんがな」

本草家は笑った。

「だが、近ごろ、このような良質なものを見たことがない。それに、この灸の原料となっている蓬は、特に一か所に栽培しているというものではなく、わたしの推量だが、勝手に野山に生えている野草といった感じですな」

「ははあ、そのような草は到る所に生えるものですか？」

「いや、それはありません。もともと艾になるのは、蓬の葉の芯《しん》を取って、それを天日に乾かし、加工をして、粉末にするのです。ですから、この葉の筋が大事なのですが、普通野山に生えている蓬は、この葉の筋が大へんに悪い。とても艾にはなりません」

「ははあ」

「ところが、あなたが持ってこられたこの艾は、先ほどから、再三申す通り、伊吹山のそれよりも良質です。しかも、もしそれが野生だとすると、われらの知識にも無いことです」

「もちろん、町で売っている品ものとも違いますな？」

「これは売っていません」

本草家は首を振った。

「いうなれば、百姓がその蓬が艾になると知って、片手間に自家用として作ったというところでしょうな」

「はて」

弥作は思案顔になった。

「諸国の薬草はどうでしょうか？」

「左様、当薬園のほかは、各藩でも薬園をこしらえています。たとえば、尾張、会津《あいづ》、熊本、薩摩《さつま》、黒田、広島などがありますがね。しかし、わたしの知っている限りでは、それらの薬園にこのような薬用蓬が栽培されたとは聞いておりませぬ」

「申訳ないが、この艾は、ある重大な事件の手がかりになるかもしれないのです。何とかこの艾の原料がいかなる土地から出たものか、もう少しお調べを願えないでしょうか」

香月弥作は、四谷《よつや》塩町の鍼医黒坂江南の門をくぐった。

鍼医は同心屋敷を借りているので、その「杉山流」の看板は、小さな門と、玄関先とにかかっていた。声をかけると、うす暗い玄関の奥から三十くらいの男が出てきてひざをついた。弟子か、薬持ちかしらないが、うすよごれた袴《はかま》をはいていた。

「わたしは、灸点《きゅうてん》をおろしてもらいに来たのですが、これから先生にお願いできますかな？」

今日の弥作は勤番侍のような野暮《やぼ》たい服装できていた。

江戸には各大名の屋敷があるが、家来には江戸常勤の者と、主人の参覲交代《さんきんこうたい》のお供について、国もとから来ている侍とがいた。後者を勤番侍といったが、これは一年間の慰労出張の意味があり、珍しそうに江戸を見物したり、遊んだりしたものであった。そのあか抜けしない服装と、お国なまりとは、江戸っ子の嘲笑《ちょうしょう》の対象になっていた。

「こちらは、おはじめてのようでございますな?」

取次は弥作の姿をじろりと眺めていった。四角い顔の男である。

「左様」

「どうぞ、こちらへ」

玄関先に、草履《ぞうり》や女下駄《げた》がおびただしく脱がれている。流行《はや》っているらしい。通されたのは、八畳くらいの間だったが、十人くらいの男女が目白押しに座っていた。ほとんどが町人だ。暑そうに扇子を動かしている。

これが患者の待合室で、医者の江南は襖《ふすま》を隔てた次の間で治療しているようだ。四角い顔の取次が、到着順番に患者を呼び入れていた。そこからは、線香の匂いがかすかに漂ってきていた。

弥作は、その取次の男に名前を訊《き》かれた。

「奥州棚倉《たなぐら》藩の上田甚吾という者です」

彼はなまりを多少それらしく真似た。

「はあ、左様で」

取次は筆記して次の間に入った。

弥作も扇子を使い出したが、このぶんではしばらく呼び入れられる順番が来そうになかった。一人についての治療は、かなりていねいなようである。

待たされた客は、つくねんと黙っている者もあり、ここでの知合いとみえて、私語しているのもある。その話は、ほとんどお互いの病気のことだが、江南の治療の評判はなかなかいいようである。

弥作が聞くともなくそんな話を耳に入れて座っていると、さきほどから、彼を見ていた三十ばかりの職人風の男が、横の客を押し分けて近づいてきた。町人ばかりの中に、侍が入ったので珍しく思ったのかもしれない。

「もし、旦那《だんな》さま」

その男はにこにこしながらあいさつした。

「大そう、今日は暑うございますね」

弥作も如才なく言葉を返した。

「暑くなったな。一降り来るといいんだが」

「全くでございます。桜を見たのがたったこの前のようですが、もう、こんな陽気になりました」

男は話好きのようだった。

よく見ると、その男は少し斜視《すがめ》のようであった。藍染《あいぞ》めの、うすい一重《ひとえ》の着物のふところをひろげて、白扇を使っていたが、その風の半分は、弥作に送るようにしていた。

「旦那さまは、おはじめてのようですが、どこかお具合の悪いところがございますか?」

男は、うすい唇に愛想笑いを浮べて話しかけた。

「うむ、時々、癪《しゃく》がさしこんでくるでな。いろいろと薬をのんだが、どうも癒《なお》らぬので、灸がよいということを聞いて参った」

弥作は、少し顔をしかめて答えた。

「そりゃいけませぬな。そんな持病がありますと、人間、一生の苦労でございます、でも、いいところにお気がつかれました。江南先生の灸なら、わけなく癒ります」

「そんなに効くか？」

「へえ、効くだんじゃございません。てまえなどは永年の脚気《かっけ》で苦しんでおりましたが、ここ三回ばかり江南先生の治療をうけに参りまして、すっかり楽になりました。今までは、ほうぼうの灸を探して回りましたが、一向に快《よ》くならねえのに、まるでここで仏に遇《あ》った心持でおりやす。いえ、これは嘘ではございません、ここにいるご一同に訊いて頂ければ分ることで、中風が癒ったり、労咳《ろうがい》が癒ったりしております」

すがめの男は、江戸の職人らしく、自分のことのように江南を自慢した。

「それは、わしもよいところに来たな」

弥作は調子を合せた。

「全くでございます。で、旦那さまは、どこから江南先生の評判をお聞きになったので？」

「藩邸の者が、だれかに聞いたといって教えてくれたのだがね」

「ああ、左様でございますか。やっぱり評判になっているんでございますね。……失礼ですが、旦那さまは、お国もとからこちらにいらしたので？」

「去年の秋に、主君について江戸に参った。いや、道中は、難儀をした」

「今度、お国もとにお帰りのときはお楽になられます。……奥州棚倉といいますと、冬は雪が深うございましょうね？」

「うむ、深いな」

「江戸者のてまえには考えがつきませぬが、一体、どのくらい積りますか？」

「そうだな、まず、四尺？　いや、六尺くらい積ることはざらだな」

「六尺？　そいつは凄《すご》うございますね。それじゃ、冬中はどなたも仕事はできませんね、いえ、手前は、大工でございますから、すぐに外の仕事を考えます」

「できぬ。冬ごもりで、半年はだめだな」

「それじゃ、飯の食いあげですな、冬中はどういう暮し方をしておりますか？」

話好きの町人は、うるさく質問してきた。それで待合時間の退屈さを紛らそうとしている。

「まず、百姓なら、囲炉裡《いろり》のそばでわらじを編んだり……そんなことをするわけだ」

「大工のような職人はどうなります？」

「大工か」

弥作は窮した。

雪で冬ごもりの間、大工はどういう内職をしているか、江戸の同業の職人に訊かれて、勤番侍に化けた香月弥作も的確な返事の知識がなかった。

「そうだな」

彼は思いつきをいった。

「やはり、仕方がないから、百姓と同じように藁《わら》で草履など編んでいるようだな」

「へええ」

すがめの職人は溜息《ためいき》をついた。

「とても、わっちどもには辛抱ができませんねえ。大工が半年もわらじづくりをやってたんじゃ、第一、腕がナマって仕方がありませんや」

「江戸の職人からみると、そうかもしれぬな」

「そりゃ、そうでございますとも。職人は、何よりも腕を大事にいたしますからね。その代り、旦那、半年も雪に閉じこめられていれば、また、変った楽しみもございましょうねえ?」

「うむ」

「そういうお話をいろいろ伺いたいもんでございます。……旦那、ここはしばらくお通いでございましょう?」

「まず、そのつもりでいるがな」

「ありがてえ。旦那さまがここにいらっしゃる時刻が分っていれば、あっしも都合をつけて来合せたいものでございますよ」

　弥作が、ほっとしたのは、その話好きの職人が取次から肩をつつかれて次の間に入ったことだった。すがめの職人は、ごめんなすって、という人なつこいあいさつを弥作に残して追及を中断した。

　それからも、弥作は、しばらく待たされた。新しい患者はあとからもつめかけてくる。狭い八畳は暑苦しかった。

　障子を開けた縁側の向うには、この家の端が見えた。この屋敷の表を貸した持筒組《もちづつぐみ》の同心は気の毒に家族と共にその小屋のようなところで生活している。

「どうぞ、こちらへ」

　弥作の番になって、取次の四角い顔の男は誘った。連れられて入ったのは、六畳ぐらいの部屋だった。

　床の間を背にして、色の黒い、四十歳ばかりの男が総髪《そうはつ》で座っていた。いうまでもなくこれが杉山流鍼灸師《しんきゅうし》黒坂江南であった。彼は、夏羽織をきて座っていたが、身体が肥《ふと》っているので、なかなか貫禄《かんろく》があった。

　大きな眼で弥作を迎え、頭を少し下げたのは、患者を武士とみたからである。

「お暑いところをご苦労さまで。……どこかお悪いですかな？」

　江南は微笑を交えただみ声で愛想よく訊いた。

「されば、癪のさしこみが持病でして……」

弥作は、江南の正面に据えられて憂鬱《ゆううつ》そうに答えた。

「それはいけませんな。ご難儀なことでしょう。どれどれ、みぞおちのあたりを拝見いたしましょうか？」

江南は、一膝《ひとひざ》すすめた。

黒坂江南は、患部を拝見したいから横になってくれ、と香月弥作に要求した。

弥作は、仰向《あおむ》きに横たわり、着物のふところをひろげて腹を出した。

「ふむ、ふむ」

江南は顔を斜めにして、みぞおちのあたりを掌《てのひら》でなでたり、二本の指で軽く押えたりしていたが、掌も指もかなり堅い皮膚であった。

「痛みますかな？」

江南は弥作の顔の真上から訊《き》いた。

「はあ、少々」

その嘘が、上から覗《のぞ》いている江南の太い眼に弥作は見破られるような気がした。弥作の視線には、江南の大きな鼻の孔《あな》と、深い皺《しわ》とが間近に見えていた。

今度は、腹に力を入れてみよとか、抜いてみよ、とか江南は注文し、

「うむ、ふむ」

と、指で押えては首をかしげていた。

「痛みますか？」

「はあ、前よりは少し……」

弥作は顔をしかめて答えた。さっきのうわさで江南が名医に見えてきて、彼は額にうすい汗をかいた。

「なるほど、胃の腑《ふ》がいけないようですな」

江南は、弥作を起していった。彼は太い眼を半分にして柔和に笑っていた。ごつごつした顔だが、笑顔には愛嬌《あいきょう》が見える。弥作は、江南が自分の仮病を知ったような気配はないかと、その表情をうかがってみたが、見破っているようには思えなかった。

「灸点をおろしていただいて癒りますかな？」

弥作はふところをかき合せて訊いた。

「まず、十中八九まで」

江南は自信ありげにいった。

「それなら助かります。ぜひお願いします」

「心得ました」

「何日も通わなければいけませんかな？」

「左様、まず、二日ばかりはここに来ていただきたい。あとは、わたしのおろした灸点に従ってあなたがおやりになるとよろしい」

「では、この場で？」

「いや、胃の腑の治療は、少々、灸点も慎重にいたさなければなりませぬ。ご承知の通り、あとから患者が詰めかけておりますので、今日のところは患部の模様を拝見しただけでお帰りを願いたいと思います」

「ははあ」

弥作は案に相違した顔をした。それを見て取った江南は、

「失礼ながら、いますぐ癪《しゃく》のさしこみが起っているというわけでもなし、根から治療をするためには、ゆっくりとその時間を取りたいと思いますでな」

こういわれると、弥作も仕方がなかった。

江南の横の小さな函《はこ》には艾《もぐさ》が盛られていた。弥作は、先ほどからそれを眼の隅におさめている。

すると、江南は襖《ふすま》に向って、

「つぎ」

と呼んだ。

取次につれられて老婆が入ってきたが、江南の眼がそれに奪われたとき、弥作の手は畳の上にこぼれていた艾を素早くつまみ取っていた。

香月弥作は、また御殿坂にさしかかった。四谷を往復してきたので、日永とはいえ、さすがに自分の影が伸びていた。

薬園の長い土塀の中から樹の茂みがのぞき、その下に金魚売りが疲れたように荷を下ろして休んでいた。

弥作の足が途中でとまった。彼は急に用事を思い出したようにうしろに引き返した。あとから来ていた男がまごついたように立ちどまったが、ここは一本道だった。ほかにそれようがない。

男は、急いで背中を見せて元のほうへ戻った。

坂を降り切ったところに小さな橋がある。弥作は、その上で、前の男に追いついた。

「やあ」

弥作は気軽に声をかけた。

「あんただったか」

男は、はじめ気がつかぬふりをしていたが、二度目の弥作の声が、ようやく耳に入ったようにふりむいた。

鍼医江南のところで遇《あ》ったすがめの大工であった。弥作は、その顔に、にこにこと笑いかけた。しかし、大工は相手がだれだかすぐには思い出せないぼんやりした表情をつくっていた。

「お、旦那《だんな》でしたか」

大工は片方の眼を大きくして、さも意外そうに頭を下げた。

「先刻はご無礼しましたが、ここで旦那とお会いしようとは思いませんでした」

と、愛想笑いをした。

「全く、よく遇うな」

弥作は立話が長くなるとみて、扇を開いた。

「どうも似ていると思って呼びとめたのだが、あんたの住居《すまい》はこの近くかね？」

「へえ、まあ、近いといえば近いようなもんで……」

「そうか。なるほどこの辺から四谷まで治療に行くとは大へんだが、それだけあの黒坂江南どのの腕がいいというわけだな？」

「全くで……」

大工はいったが、妙にそわそわしていた。

「江南どのは、明日から治療をしてくれるそうだから、わたしは午《ひる》ごろ行くつもりだ。あんたも、そのころに来るがいい」

「へえ、そういたします」

「今日は、これから友だちのところに行くのでここを通りかかったが、友だちも棚倉のものでな。これは、わたしと異って、国もとの百姓や町人の暮し方をよく知っている。冬の間、大工がどうしているか聞いておくよ」

「へえ、ありがとうございます」

大工は落ちつかなく頭を下げた。

「旦那さま、わっちも少々用事があって急ぎますので、これでご免こうむります」

「そうか。それは足をとめさせて悪かったな」

弥作は、大工の後姿が道の端に急いで消えるのを見送った。

　そこに残った彼は、橋の上から下を流れる川水に眼を落した。飛鳥山《あすかやま》の近くを流れる音無《おとなし》川の支流であった。

　めだかが群れて水に泳いでいた。さっき、御殿坂の途中で休んでいた金魚売りが、弥作のうしろを黙って通った。

「やっと、あれは分りましたよ」

　弥作が訪ねて行くと、薬園の同心は艾のことを答えた。

「ほう、それはどうもお手数をかけました」

　弥作は頭を下げた。

「ところが、あんまりご期待通りにはゆかなかったのです。大体の見当ぐらいしかつかないのですよ」

　本草家はしぶい笑いをした。

「ははあ」

「あれが伊吹山のものでないことはたしかですが、といって、純粋の野草でもない。もとは栽培されたものでしょうな。それが野に落ちてひろがった……そういったものでしょう」

「と、申されると？」

「もとの品種が南蛮《なんばん》のものだという意味ですよ」

「はて」

「ご存知かもしれませんが、伊吹山に蓬を栽培したのは、天正のころ、信長公が安土城《あづち》におられた時にやってきたイタリアの坊さんです。それが、いまの伊吹山産の艾の原料ですが、あなたが持ってこられたのは、その伊吹山のものでない、別種の南蛮もののよもぎですな。おそらく同時代のものでしょう」

「………」

「つまり、こうです。耶蘇《ヤソ》の坊さんは、伊吹山には栽培しなかった別種の蓬を他の地方に栽培したわけですな。それが何かの事情でその地方で栽培が沙汰《さた》やみとなったが、その種はその国の原野に根を下ろした。そして、その土になずんだり、ほかの草の影響をうけたりして、今では雑草の中に育っている……こういうことでしょうな」

「その、地方とは何処をさすのですか？」

「それが分るといいのですが、これはむつかしい。わたしが、一々、日本国中の原野を歩いて見つけないことには、はっきりしたことがいえません」

本草家は苦笑した。

「ぼんやりとでも見当はつきませんか？」

弥作は追及した。

「さあ、それはできませんな。が、まあ、こういうことはいえると思いますよ」

相手は同情していってくれた。

「耶蘇の南蛮坊主は、宗旨をひろめるために、諸所方々を歩いていますからな。安土にきただけではありません。西国の肥前、日向《ひゅうが》、豊後《ぶんご》、周防《すおう》はもとよりのこと、上方も回っています。連中は宣教の道具として、まず医薬や南蛮の珍品を持参してきましたから、貴人の間にも百姓、町人の間にも宗旨がひろがったのです。そのためには、どんな山の中もいとわずに入りこんでいます。何も、上方や西国だけに限ったことではありません。ただ、思わぬ土地にも行っていますから、この艾の原料となったよもぎに推量のしようがないわけです」

「なるほど、山奥にもね」

弥作の眼には、了玄が艾を置いていた熊笹《くまざさ》の葉が蘇《よみがえ》った。

弥作が、次に、黒坂江南のところからぬすんできた艾をみせると、

「ああ、これは伊吹山のものですね。江戸のほうぼうの薬屋で売っているやつですよ」

と、本草家は言下に答えた。

# 山恋い

八丁堀の香月《かつき》弥作《やさく》の屋敷に藤兵衛が顔を出した。

今日の暑さを思わせる朝の強い陽射しが、裏庭の鶏頭《けいとう》の葉の上に当っていた。

「藤兵衛、八王子はやっぱり駄目だった」

弥作は笑って言った。

「左様でございますか」

藤兵衛も鉈豆煙管《なたまめぎせる》を吸いつけていた。両人とも期待をかけていなかったので、この結果に落胆もしていなかった。

「昨日、郡代屋敷から返事があってな、そういう者は見当らぬと言ってきた」

「そうでしょうとも。夜逃げした男がわざわざ行先を言いのこしてゆくわけはありませんからね」

「おまえのほうは、あれからちっとは進んだか?」

「それがどうも」

藤兵衛は雁首《がんくび》で吐月峰《はいふき》を叩《たた》いて小鬢《こびん》を掻《か》いた。

「面目次第もございませんが、どうもいい聞込みが集ってきませぬ」

「そうか。おれも与力の小林さんには早く吉報を入れようと思っているが、藤兵衛、これは長くなるらしいな」

「へえ」

藤兵衛がうなずいたのは、この熟練の岡っ引も同じ予想でいたからである。

「御奉行直々《じきじき》のお声がかりだ。おれも気があせっているが、まあ、仕方があるめえ。おめえに一生懸命に働いてもらうのだ」

「十分にその覚悟でおります。旦那《だんな》には藤兵衛も御恩返しの働き場だと思っております」

「おれへの斟酌《しんしゃく》などはどうでもいいが、まあ、何分よろしく頼む。一件は、かねてから言う通り、ずっと上のほうから来ていることだ。こいつがまずくゆくと、おれは腹切りをしなければならぬ」

弥作は笑っているが、その言葉は彼の決心をさりげなく見せていた。

「旦那、みんなにもそのつもりで言い渡してありますから、あと二、三日したら、何か耳寄りな話を持ってくるかも分りません」

「何分頼む。……そりゃそうと、藤兵衛。おまえ、四谷《よつや》塩町に居る杉山流の鍼医者で黒坂江南《こうなん》というのを知らぬと言ったな？」

「へえ」

藤兵衛はうなずいた。

「杉山流はやけにふえてきましたが、そういう名前は聞いたことがありませんね。で、旦那、それが駒込《こまごめ》から逃げた了玄《りょうげん》とやっぱり係《かか》わりあいがありますか？」

「そうと決ったわけではないが」

「もし、お気にかかるなら、わっちの手で、その黒坂江南とかいう鍼医者を洗ってみましょうか」

「そうだな」

弥作は考えていたが、ついと藤兵衛の前から起《た》った。

弥作の妻が麦湯を運んできた。

「こりゃァ、ご造作をかけます」

「おめえ、これを知っているか？」

弥作が藤兵衛に見せたのは懐紙に包んだものだった。

「了玄のところから見つけてきた艾《もぐさ》ですね」

藤兵衛はのぞいて言った。

「そうだ。……こっちを見てくれ」

弥作は別な懐紙を開いて見せた。

「おや、これも艾じゃございませんか」

「了玄の艾と比べてみろ」

「へえ……どうも同じように見えますが」

「実を言うと、こっちは昨日おれが黒坂江南のところから持ち帰ったものだ。おれは、もしかすると、江南も了玄と同じ艾を使っていたのではないかと思ったのだ」

「とおっしゃいますと?」

「小石川の薬園で本草家に目利きしてもらうと、了玄の使っている艾の原料の蓬《よもぎ》が町で売っているものと違うというのだ。つまり、一般の薬屋で売られているのは伊吹山産のが大部分で、この艾の原料は珍しいと言っていた。……そこで、江南のところへ病人になりすまして行き、そっと彼の艾を持ち帰って調べてもらったが、こっちはどこの薬屋でも売っている伊吹山のものだそうだ」

「なるほどね。旦那は杉山流というところから両方をお比べなすったんですね?」

「うむ、そう言えばそうだが、まあ、思いつき程度だな。この前、塩町を歩いていたら、黒坂江南という鍼医者の看板が出ていたので、ひょいと心持にひっかかったのだ」

「ははあ、山下幸内さんの住んで居た町だからというわけですね?」

「まあな。だが、艾は了玄のと違っていた。もっとも、黒坂江南まで同じ艾を使っていたとなると、あんまり話がうまく合いすぎているからな」

「ようがす。わっちがその黒坂江南という奴に当ってみましょう。……なに、わっちもこのごろ脚気《かっけ》の気味ですから、灸《きゅう》をおろしてもらうぶんにはかえって助かります」

「そこに通っている病人にすがめの男が居たら、気をつけろ」

「すがめ?」

「昨日、おれにまつわってきた男だがな。当人は大工だといっていた。何んでもない奴かもしれないが、まあ、そいつが居たら、子分の誰かに尾《つ》けさせるのも悪くはあるまい」

「分りました。で、旦那はつづけてその江南のところにいらっしゃるので？」

「行くつもりだ。灸の評判は大そういいようだからニセ者とは思えない。あとは了玄との関係だけだ」

「どうせ行くなら、わっちもお供しましょうか。むろん、旦那とは口をきかずに知らぬふりをしているのです」

「そうだな」

弥作は考えて、

「おまえは、おれのあとから行ったほうがよい。江南はひどくはやっているので待たせるから、手間はかかるが、落ち合うところは、赤坂の溜池《ためいけ》の近くの相模《さがみ》屋という小料理屋だ。時刻は八つ（午後二時）」

「八つに、溜池の相模屋でございますね」

藤兵衛は煙管を筒に仕舞った。

溜池の近く、田町と新町の間を仲通りといったが、そこの相模屋という小料理屋の二階で香月弥作は藤兵衛を待った。

日除《ひよ》けの簾《すだれ》を越して生ぬるい風が入ってきている。弥作は銚子《ちょうし》を頼んで、小皿を前にひとりで飲んでいた。

——黒坂江南のところに行っての帰りだが、江南は案に相違して、弥作には灸点の場所を墨でしるしただけだった。あとは、この場所に灸を据えたらよろしかろうと言って、自分では艾を下ろさなかった。

例のすがめの男は、弥作が待たされている間には姿を見せなかった。これは半分は予期したことである。

江南は昨日と同じように如才がなかった。彼は、しばらく灸をつづけてみた上でもう一度ここに来てくれ、と言った。

弥作が行っている間、藤兵衛はこなかった。これは互いに用心してわざと時間をずらしていたからだ。

弥作は簾を少し上げてみた。二階から見ると、眩《まぶ》しい光を受けた屋根が海のようにつづいている。ひときわ大きい屋根が長くつづいているのは、芸州広島藩の下屋敷だった。屋根の上には光を含んだ空気がどんよりと降りて、遠くは霞《かす》んでいた。山一つ見えない江戸の家並みである。

弥作の眼に、ふと山の姿が浮んだ。むろん、どこの山とも知れない勝手な空想だった。幻の連山が青い空に峰の稜線《りょうせん》を見せている。

風鈴がけだるげに鳴っていた。弥作が畳に戻って盃《さかずき》を舐《な》めていると、階下から小女《こおんな》が、お連れさんがお見えになりました、と伝えてきた。

「いえ、もう、暑いことで」

藤兵衛は顔を手拭《てぬぐい》で押えながら弥作の前に座った。

「旦那、行って参りました」

藤兵衛は、その小女が新しい銚子を持ってきて降りるのを見届けてから言い出した。

「あすこはずいぶんと繁盛しているようでございますね。なかなか順番が回ってこないので、旦那とのお約束が遅れて申訳ありません」

「うむ、よっぽど評判がいいとみえるな」

「へえ、大したもんでございます。黒坂江南の面《つら》も見憶《みおぼ》えてきましたが、なかなか貫禄《かんろく》ある男でしたね。わっちは脛《すね》に三か所灸点を下ろしてもらいました」

「江南が自分で艾をつけたのか？」

「へえ、それはちゃんとやってくれました」

「その前に、江南おまえの脚にさわっただろう？」

「へえ、仔細《しさい》らしく膝《ひざ》っこの下から順々に指で押えてゆきました。据えられた所は三里《さんり》でしたが、案外、ありふれた所に灸を下ろすものだと思いました」

「江南の指で押えられたとき、おまえは何か感じなかったか？」

「旦那も……」

藤兵衛は弥作の顔を見た。

「やっぱりそれにお気づきでしたか。あれは永年鍼医《しんい》をやっている指ではございませんね。百姓仕事をしてきたように、かたくて荒れていましたよ」

香月弥作は、あくる日は非番だった。もっとも、今度の事件にとりかかってからは、彼に休みということはないわけだが、探索の目鼻が早急につくとも思われなかった。

昨日も、藤兵衛と話した通り、これは長引く。いわば雲をつかむような捜査で、今の段階ではこれという見通しも立っていなかった。こんな場合、短気を起さないことである。

弥作は竿《さお》をかついで家を出た。釣場は決っていて、大川の百本杭《ひゃっぽんぐい》の近くの岸であった。

ここには、いつも十人ぐらいの太公望《たいこうぼう》が竿をならべている。

弥作は一刻《いっとき》あまりも糸をたれていたが、一尾も針にかからなかった。

しかし、今日はそれがあまり苦にならない。無心に釣竿《つりざお》を握っているだけで、事件の思案ができるのである。

了玄は、なぜあわてて逃げたか。山下幸内に部屋を貸していた百姓はだれに川水の中に突っ込まれたのか。ふしぎな女はどうしたか。

了玄と江南とは果して無関係なのか。

黒坂江南の指先の固いことは、病人に化けて行った藤兵衛も認めている。あれは百姓の手ですね、と藤兵衛も感想をいった。

了玄の持っていた艾の原料はどこかの山国の蓬《よもぎ》だという薬園の鑑定と、江南の百姓のようにかたい指先とに連絡があるかどうか。

しかし、もしそれなら江南はなぜ了玄と同じ艾を使わなかったか。彼は市販の伊吹山産のものを用いていた。――

次々の疑問に、弥作は次々の解答を出していた。が、その解答も、本当は空想で、推測とよぶにもほど遠い。彼の空想は湧いては崩れてゆく。

「旦那、釣れますか？」

ふいとうしろから声がかかった。この釣場では顔馴染《かおなじみ》になっている老人で、当人は神田の太物屋《ふともの》の隠居だということだった。

「いや、一向に」

弥作は、現実の眼に戻って老人に笑った。

「この季節の釣はむずかしいですな」

隠居は、まぶしい陽を受けている川に眼を投げた。

釣場の顔馴染は、何となく親しいものである。

「今日も青木の旦那《だんな》はお見えにならないようですね？」

「左様……」

弥作も改めてあたりを見回した。十人ばかりの中には、弥作がここで親しくなったお庭《にわ》番《ばん》の青木文十郎の姿は無かった。

弥作がここで青木文十郎とよく一しょになったのは、二年くらい前からだった。文十郎は紀州なまりのある優男《やさおとこ》だったが、これも熱心に釣に来ていた。釣場での友だちというのは、あまり面倒なことを考えずに仲よくなれる。

不思議と彼とは非番の日が同じだった。これも両方を接近させた。釣竿を垂れながらのんびりと世間話をするのも、この世界のものである。

実は、さっきもここに来て青木文十郎の顔の見えないのを寂しく思っていたところだった。このところ、自分のほうがここに足を遠のいているので、青木のことを知らなかった。

「ご隠居、青木さんはどれくらいここに来ませんか？」

香月弥作は、その日の夕方、赤坂の薬研《やげん》坂近くにあるお庭番の組屋敷に青木文十郎を訪ねた。

青木の宅には前に一度行ったことがある。ぜひ来いというので、去年の秋だったか、二人ともびくに獲物を入れたまま、その門を潜った。そのとき初めて知ったのだが、青木から彼の描いた絵を見せられた。

ほんの素人の手すさびだ、と青木はけんそんしていたが、弥作の眼から見て十分に玄人の域に達した見事な絵であった。極彩色の花鳥画を数枚見せられたあと驚嘆して訊《き》くと、青木文十郎は狩野派の師匠について習っているということを恥ずかしそうに話した。

青木文十郎は女のように優しい眼をしている。色も白い。

彼が代々紀州家に仕えた家柄であること、今の将軍家が紀州家から入ったとき、そのままお庭番として採用されていることなど彼の話から初めて分った。

それ以来、釣場で遇《あ》うごとに親しくなったが、その青木の玄関に立ったとき、前に見たことのあるおとなしそうな妻女が現れて手をついた。

「主人は、しばらく国のほうに帰っております」

妻女は告げた。

「ほう、それは少しも知りませんでした。なに、今日、釣場でお姿が見えないので、久しぶりに遇いたくなりましてな。お国の紀州だと、当分はお戻りになりませんな？」

「はい……」

妻女は答えたが、その顔にふいと翳《かげ》りのようなものがあった。

「しばらくは戻ってこぬと存じます」

「そりゃ少しも知りませんでした。では、急なことですな。いや、わたしが御主人にお目にかかったのは、十日前ぐらいだったと思います。そのときはお話には出なかったようで」

「はい、少し事情がございまして」

「いや、立ち入ったことをお訊《たず》ねして相済みませぬ。お帰りになれば、また釣場でお目にかかれることでしょう」

「香月さま」

妻女は何か言いたげに辞去しようとする弥作をとめた。

「は？」

「主人は、ここ一年は戻ってこぬかも存じませぬ」

「一年？　そりゃ長い……」

「はい、長うございます。……お親しい香月さまですから、思い切って申し上げますが、一年を過ぎたら、あるいは永久にお目にかかれぬかもしれませぬ」

「何とおっしゃる？」

「少し事情がございます。お引き留めして申訳ございませんが、庭にでもお回りくださいませぬか」

「承知しました」

主《あるじ》が居ないので、男客は上に招じないのが留守宅の心得である。庭先に回れというのは、縁側にでも腰かけて話したいのであろう。それでも武家の習慣をかなり外した招じ方だった。

何か事情がありそうだとみて、弥作もためらわずに横の木戸をあけた。

狭い庭だが、その縁先に腰を下ろしていると、青木の妻女はその辺の障子をことごとく開けて、男客のかけている横に距離をおいて座った。

青木文十郎の妻は、おとなしそうな女だったが、一度きり屋敷にきたことのない夫の釣友だちにこういうかたちで話しかけるのは、よくよくのことのようだった。

「香月さま」

その妻はうつむいていった。

「さきほどは、あのように申しましたが、夫は故郷の紀州に帰ったのではございません」

「はて」

弥作はおどろいて妻女を見た。

「それは、どういう次第です？」

「わたくしにもよく分りません。それで、香月さまのご判断を頂きたいのでございます」

「わたしに分るかどうかは別として、とにかくお話し下さい」

弥作は促した。

「今から、十日ほど前でございます……」

妻女は語り出した。

「主人がお城からいつになく早く帰りまして、すぐに絵具と絵筆を出すように申しました。わたくしが訊きますと、何んでも上役の方のお屋敷で大事なお客がみえるので、主人は席画を頼まれたそうです」

「なるほど。青木さんは絵がうまい。いや、あの絵はくろうとです」

「そんなわけで、わたくしも不思議には思わないで、かねて主人が使い馴《な》れている絵筆と岩絵具などを、みんな風呂敷《ふろしき》に包んで用意いたしました。すると、主人は何かわたくしにものをいいたそうでしたが、横を向いて唇をかんでおりました」

「ほう」

「それがいつもにぎやかな主人に似合わぬ様子なので妙に思い、その顔をのぞこうとすると、ふとそむけた眼の端に涙のようなものがたまっておりました」

「涙?」

「わたくしには確かにそう見えました。でも、主人は何もいわないでそのまま出ましたので、わたくしもそれを問うこともできず、いずれ帰ったら、そのわけを訊ねようと思っていたのでございます。……でも、それきり主人は未《いま》だに帰って参りませぬ」

「そのときの服装は？」

「はい、普段着でございました」

「普段着？　別に旅支度などでなかったのですね？」

「もし、そのようなことがあれば、わたくしも問い詰めるのでございます。ただ、主人はこんなことをいいました。……人間はいつどこで死ぬか分らぬものだなと。……気にかかるのは、その言葉でございます。と申しますのは、その日の夜、ふいと組頭《くみがしら》の村垣左太夫様がお立ち寄りになりました。この方はやはり紀州から上様にお供をして参った者で、主人に日ごろから目をかけて下さってる方です」

「なるほど」

「で、その村垣様が申されるには、青木文十郎は事情があって当分家には帰れないから、その覚悟でいてほしいと、何んでもない調子でいわれたのでございます」

「それはどういう意味ですか？」

「わたくしにもよく分りませぬ。もちろん、そのことを訊きましたが、村垣様は、いや、青木はお庭番であるから、少し珍しい木を遠くに求めに遣《つか》わした。ご心配はいらぬ。扶持《ふち》のほうは従前通りに下さるし、留守中に困ったことがあれば相談してくれと申されました」

「留守中に困ったことがあれば……村垣殿はそういわれたのですか？」

香月弥作は、青木文十郎の妻の言に念を押した。彼もことの奇怪さに眉《まゆ》をひそめていた。

「はい、はっきりとそう仰せられました」

妻は片手を縁側についていた。

「その言葉は少し妙ですな。それは長い旅に出た場合にいうことです」

弥作は首をかしげた。

「わたくしもそう思います。主人の眼の隅にふと光ったものを見たのが気にかかるのでございます」

この夫婦は仲がむつまじかったのだ、と弥作は思った。

「それと、いつになく人間の死のことなど口に出したりして……」

青木の妻は涙ぐんでいた。

「しかし、そりゃ、村垣殿がお庭の植木を採りに青木さんをやらせたといわれている。ご心配になることはないと思うが、ただ、青木さんがあなたにそれを告げなかったのはおかしいですな」

「村垣様は、主人が城に戻って急に決ったことだと仰せられました」

「絵筆をとりに一旦《いったん》、家に戻られたあとですな?」

「はい」

「それにしても、そのまま旅立たれたのは変ですね。一応、また家に帰ってその支度をなさるはずだ。……いくら急な御用だといっても、旅立ちの支度ができぬほど余裕がなかったとも思われないが」

「………」

「一体、その庭木を見つけるために、青木さんはどの方面に行かれたというのですか？」

「村垣様が仰せられますには、恐れながら庭木については上様より御意があり、それにかなう名木が得られるまで、主人は諸国の山中を歩くだろうとのことでございます」

「諸国の山中を……」

弥作の眼には、また、青い山なみが浮んできた。その鬱然《うつぜん》たる深山に分け入っている青木文十郎の小さな姿までが見えてきた。

「諸国といっても漠然としていますな。およそ、どの地方ですか？」

「そういうことも……」

「お聞きになっていない？」

「はい」

雪は眼をふせた。

「およその期限、たとえば、一か月とか三か月とか、半年ということも聞かされてないのですか？」

「その名木が見つかるまで……と村垣様は申されました。わたくしも、それ以上、強いては押して聞けませんでした」

「なるほど。……しかし、その絵筆はどうなりました？　だれかがあとであなたのもとに届けてきましたか」

「いいえ。それもございません」

雪はうつむいたまま首をふった。

「それも妙ですな。絵筆は必要がないはずだが。……青木さんは旅支度にも着かえず、絵具と絵筆を持ったまま、ぶらりと山に出かけたことになる」

弥作は腕を組んだ。

翌日の夕方近く、香月弥作は、お庭番組頭村垣左太夫をその役宅に訪ねた。

左太夫はお城から下ったばかりだった。青木文十郎の友だちということで面会を申し込んだのだが、すぐに会ってくれた。

はじめ、村垣左太夫は気さくな人間にみえたが、弥作が用件……というよりも質問を切り出すと急にむずかしい顔つきになった。

「そんなことにはお答えができない」

というのである。

「しかし、わたしとしては、友人がふいと居なくなったので心配しているのです」

弥作は、先方の拒絶を覚悟で、おだやかにねばった。

「青木文十郎が、ふだん着のまま、絵筆を持って諸国の山を歩いているのが解《げ》せないのです。友人として、その真実を伺いに参ったのです」

「そんなことを青木の家内があんたに打ち明けたのか？」

左太夫は苦り切っていた。

「いや、それは、わたしがご内儀を問いつめたのです。青木とてまえは友人ですから」

「ご心配下さらなくともよい。われらのほうで万事をみている」

左太夫は強い声でいった。

「ははあ。では、いつごろ青木は戻って参りますか？」

「いつごろ？　そりゃ、はっきりといえない。用事が済めば明日にでも戻りましょう」

左太夫は横をむいた。

「長びけば？」

「それは分らぬ」

「半年ぐらいで帰りますか？」

弥作は青木文十郎の妻女から暗に頼まれている。言葉に出してはっきりとはいわなかったが、弥作から左太夫にもっと詳しい事情を聞いてもらいたい、との希望だった。弥作を屋敷の縁側に座らせたのも、彼女の思いあまった行動であった。

「半年といわれるか。ふむ、それも分らぬな」

「では、一年。長くて一年以上にはならないでしょうな？」

左太夫はうす笑いした。

「恐れながら御意にそうような名木が見つかるまでは帰れぬと思って頂こう。わたしから期限を切るわけにはゆかぬ」

左太夫は、今度は怒った声を出した。

「香月氏《うじ》と申されたな。いかに文十郎の友人とはいえ、われらの御用のことに口を出されるのは慮外千万だ」

「誤解のないように願います。わたしは、ただ、友人の安否を気づかっているだけです」

「安否？」

左太夫が眼をむいた。

「左様。……最後にお訊《たず》ねしますが、文十郎の身に危険はないでしょうな？」

「どういわれるのだ？」

「たとえば、彼がこのまま戻ってこないような……そういうおそれはありませんか？」

左太夫は、唇をかんで少し躊躇《ちゅうちょ》したが、

「ない！」

と、吐き出すように答えた。

「では、山歩きに絵筆の必要は？」

「樹木の相を写すためじゃ。文十郎は絵心がある。旅の支度はお城でなした。火急の御用だった」

弥作は、村垣左太夫の言葉を考えながら、薬研坂を上って紀州家の塀に沿って下り、また紀伊国《きのくに》坂を上った。左太夫のところで小半刻《こはんとき》近くも過したので、この辺までくると日が昏《く》れていた。将軍吉宗を出している紀州藩の長い塀が、坂に沿ってどこまでもつづいている。片方は濠《ほり》になっていた。

庭番青木文十郎が普段着のまま絵筆を持って他国に出たのが、どうしても合点《がてん》がいかない。左太夫の口ぶりでは、文十郎の女房がそれを弥作に話したのをひどく心外に思っているらしかった。つまり、これは内緒の用命なのである。

たかが樹木を求めに使いに出したことが、どうしてそんなに秘密めいた運び方になっているのか、左太夫が何と言おうと不思議な話だった。

――実は将軍が極秘の探索を庭番に命じたのは、吉宗のこのときからはじまったことである。香月弥作が不審がっているのは当然だった。

のちになって、庭番が将軍直々《じきじき》の内命を帯びて諸国に隠密《おんみつ》として働く習慣となった。そのころになると、名称は庭番でも実際には奥庭の番人ではなくなっている。将軍が所用あるときは、彼らを庭の茶屋に呼び入れて命令をじかに申しつける習慣になった。

当初は、村垣左太夫のように吉宗が将軍になる前から紀州藩の庭番として仕えていたのをそのまま使っていた。これが隠密の専従となったのは、ずっとあとからである。

だから、何も知っていない香月弥作が首をかしげるはずだった。

弥作に会った村垣左太夫は、よけいな世話だとばかりにけんもほろろに応対した。彼の屋敷を出たのも、半分は追い出されたようなかたちだった。せっかく青木文十郎の妻女お雪に頼まれてきたが、これではそのかいがなかった。

だが、奇妙なことだ。弥作は、お雪から頼まれなくとも、今度は文十郎の奇怪な行動に自身の不審が湧いてきた。

——これは知りようのないことだった。左太夫は彼の前に厳重に戸を閉ざして、ことの内容には一歩も足を踏み入れさせないのである。

歩いている道は昼間でもあまり人が通行しない。ことに暗くなってからは人間ひとり歩かなかった。紀州家の長い塀と濠端にはさまれた坂道なので、辻斬《つじぎり》でも出そうな所である。右手に見えるはずの喰違《くいちがい》門は闇の中に溶け込んでいた。

弥作が思案して行くと、その闇の中から急に駕籠《かご》が現れた。それを駕籠だと知ったのは、彼の胸先に棒鼻が突き当りそうになって危うく押し倒されるところだったからだ。

とっさに身を避《よ》けたところを、駕籠は風を起して彼の前を過ぎた。提灯《ちょうちん》も点《つ》けていない。

「はて?」

弥作は闇を透かして見送った。夜のことだから当然提灯を持っていなければならないし、ことにこのように暗い場所だ、なおさら明りを点けていなければならぬ。

しかも、その駕籠はひどく急いでいる。それも町駕籠ではなく、一瞬に通り過ぎた黒い影の印象では女乗物と思えた。

# 庵主殺《あんじゅ》し

灯《ひ》を消した女駕籠は、芝のほうのある場所に降りた。立木が黒く茂っている。建物は、その立木の中についた径《こみち》の小さな寺の格好で建っていた。

寺といえば、昼間この台地に立って眺めると、前には増上寺《ぞうじよう》の大甍《おおいらか》が樹林の間にそびえているはずだった。また、いま駕籠が黙って古びた石路を進んでいる門の傍には、「安寿《あんじゅ》庵《あん》」という名を書いた目立たない木標が見られるはずだった。

侘《わび》しい庵《いおり》だった。もとより、雨戸は閉ざされて暗い闇に沈んでいる。音を消した女駕籠は正面からでなく、建物の横手に回った。寺の庫裡《くり》に当るような所だ。そこだけが普通の家のようになって張り出している。駕籠はその前で降された。

駕籠かきの一人が懐から草履《ぞうり》を出して駕籠の前にそろえた。この駕籠かきも専門の人足からくらべて武張った肩をしていた。そういえば、駕籠のかき方も、どことなくぎごちないものがあった。

闇のことで、駕籠の中から出た人間が女だと分るが、顔はさだかには見えない。いや、わざと見えないように、女は御高祖頭巾《おこそずきん》をかむっていた。

駕籠かき二人が前後を警戒したのも異様といえよう。御高祖頭巾の女も前袖《まえそで》をかき合せて、暗くて小さな境内に眼を配った。三人は互いにうなずき合うと、女が庫裡の戸をたたいた。風のある晩に雨が戸を打つような、しっとりとしたたき方であった。

やがて内側から返事があったらしく、女は戸から身体を離れて外に視線を配って立っていた。駕籠かき二人も付近に眼を光らせている。

戸があいたが、これは、外の訪問客を見定めるだけのせまさだった。

「どなた？」

内の声は四十ぐらいの女にとれた。

「わたくしです」

御高祖頭巾の女は、内側の女が持っている手燭《てしよく》に頭巾の顔をのぞかせた。

「おや、これはいらっしゃいまし」

内なる女が少しおどろいて、ていねいにあいさつした。

「庵主《あんじゆ》様は？」

外なる女が訊《き》く。

「はい、先刻まで写経をなすっていらっしゃいましたが、たった今お寝《よ》りになったようで」

「夜分ですが、わたしが来たと取次いで下さいますか」

この声が合図のようだった。駕籠かき二人が猫のように足音を消して素早く戸の内につづいた。

御高祖頭巾の女は相変らず袖を胸に重ねて、暗い所に塑像《そぞう》のように立っている。

「ぎゃっ」

家の内から女の叫びと人の倒れる音が起ったが、それきり、また静かになった。

御高祖頭巾《おこそずきん》の女は耳を傾けていたが、肩一つ震わさなかった。外を見回していることも以前のままである。

駕籠かき二人が内側から出て外の女と入れ替った。すべて無言のままの動作だった。

御高祖頭巾の女は倒れた雇い女の傍《そば》にしゃがみ、落ちて消えた蠟燭《ろうそく》に燧石《ひうちいし》を鳴らした。その明りが部屋の奥に行く。蠟燭の灯は、太い柱や天井の梁《はり》を蛇のように歪《ゆが》めた。

御高祖頭巾で顔を包んだ女は、手燭を持ったまま庵の奥に進んだ。歩き方に少しも迷いのないところは、この内部に知識を持っているとみえた。

尼の庵寺《あんでら》だから規模も小さいし、すべての造りが普通の寺より華奢《きやしや》に出来ている。障子も細い骨だった。

女は廊下の奥に進むと、その障子に光を当てた。そこにうずくまって内側に声をかけた。

「庵主さま、庵主さま」

大きな声ではなかった。普通より小さいが、これは相手が眼を醒《さま》しているかどうかを試しているのである。

返事はなかった。

女の細い指が障子の縁《へり》にかかり、静かにそれを押し開いた。灯は部屋の中に侵入して、その辺の調度の影を動かした。

経机には写経の紙がひろげたままになっている。硯函《すずりばこ》の螺鈿《らでん》が蠟燭の火に白く光った。そこを頭にして夏蒲団《なつぶとん》がのべられていた。静かな庵寺にしては蒲団の贅沢《ぜいたく》さが少しそぐわないくらいである。

女は枕元に座り、手燭の明りを蒲団から出ている顔に当てた。

微《かす》かな寝息を立てているのは、一人の年老いた尼僧だった。上品な顔つきで、眉《まゆ》も眼もやさしく描かれている。頭は陶器のようにきれいに剃《そ》り上げられていた。

六十はとうに過ぎた顔だった。それにしては皺《しわ》が少い。灯に映った皮膚の艶《つや》もよかった。

女はしばらくその顔を眺めていたが、手燭を離れた所に置くと、ふところから静かに懐剣を抜き取った。蠟燭の灯に短い刃身が硬く光った。

女は片手に抜身の懐剣を持ったまま、膝《ひざ》を蒲団のほうににじり寄せた。

「庵主さま、お風邪を召します」

女はまた言った。尼僧が少し首を動かしたので、女は息を呑《の》んだ。が、これは尼僧の無意識の動作だった。

「庵主さま、お風邪を召しますから、蒲団をおかけいたします」

女は、そう言うと膝を起し、片手でうすい夏蒲団を尼僧の顔まで押し上げた。と見えた途端、女は抱きつくように蒲団の上から尼僧の顔に倒れかかると、その重心を利用して蒲団の上から短刀を押し突けた。狙いは外れていなかった。

尼僧が鴉《からす》の啼《な》くような声をあげた。

それだけだった。あとは声がつづかない。押えた蒲団の端から次第に血が滲《にじ》んではみ出てきた。女は一度抜いた懐剣をもう一度突き刺した。今度は声がない。

女は尼僧が痙攣《けいれん》するのを見届けた上で起《た》ちあがった。

御高祖頭巾《おこそずきん》の女は、しばらく蒲団の中の死体を見下ろしていたが、それが完全に動かなくなったと知ると、蒲団《ふとん》の端でぬぐった懐剣をおさめ、入ってきた襖《ふすま》のほうに後退した。

手燭《てしよく》の火がゆれているのは、持った手がふるえているからではなく、廊下の空気が動いているからである。

戸口の近くになって、女はもう一個の死体を見下ろした。これは、いま外に待っている陸尺《ろくしやく》の男が、後から襲ったもので、この庵《いおり》の雇われ女である。頸動脈《けいどうみやく》が刃物で切断されて、顔は血の海に浸っていた。

女は、着物の裾《すそ》を血でよごさないようにして死体をよけて回り、そこで手燭の火を消し、それを脇《わき》に捨てた。

外に出ると、夜風が頭巾《ずきん》の上を吹いた。

陸尺二人が女をのぞいた。女はうなずいた。

すると、その一人が闇《やみ》に向って手をあげた。黒い木立しかないと思われたのに、その下から別な駕籠《かご》が現れた。これは粗末なものである。提灯《ちようちん》を消していることは同じであった。

こちらの陸尺は、新しくきた駕籠かきに耳打ちした。

このとき、頭巾の女は女乗物の中に入っていた。陸尺二人は戻って、棒を肩にした。乗物は地面から上り、石道を門のほうへ逃げるように歩いて去った。

残ったのは、粗末な駕籠《かご》のほうである。駕籠かき二人が、やはり左右に警戒の眼を配って、駕籠の中の人物をひき出した。

客は男だったが、死んだように柔くなり、駕籠かきのする通りに身体を任せていた。駕籠かきの二人は両方からその男を肩にかついだ。男は酔ったように両方の間にぶら下り、頭《こうべ》を垂れていた。当人は歩いているのではなく、ひきずられているのだ。

さきほど、女が出た入口から、介添の駕籠かきは一人になり、一人は外に立っていた。家の中で、多少の物音がしたのは、自由を失った人間を一人だけの力で運び入れているからである。見張りの男は、外に眼を光らせていた。

介添人がすぐに出てきたところをみると、酔ったような客は、あまり奥には連れて行かれなかったらしい。

実際、その男は、血塗《ちまみ》れで死んでいる雇い女の少し手前に置かれていた。身体を二つに曲げて倒れているのは、介添人が肩から下ろしたときに、崩れ落ちたままになったのである。

介添役から戻った駕籠かきは、仲間に何かささやいて、裏口の横に立てかけてある竹箒《たけぼうき》を持ってきた。夜の眼には慣れているのだ。男は箒で地面を掃きはじめた。これで、多くの人間の踏んだ足跡も、女乗物や駕籠の下りたあとも、砂の上から消えて、きれいな箒目になった。

箒をもとの場所に返したのも落ちついたものだった。砂地はここだけで、あとは石道や、小石ばかりの地面、翌朝、足跡が残ることはない。

増上寺の森の中で梟《ふくろう》がないていた。


その朝、香月弥作《かつきやさく》は奉行所に出勤した。

与力の小林勘蔵を通じて大岡忠相《ただすけ》から特別な探索を内命されて以来、役所に出ても格別な用事があるわけではなかった。忙しかった仕事も、いまでは一応はずされて閑職になっている。事件の目鼻がつくまでは、当分、この状態がつづきそうであった。

今朝は起きぬけに、藤兵衛が顔を出して、江戸中の薬屋を探したが、伊吹山以外の艾《もぐさ》を売っているところはなかったと報告した。

丹念に聞き回ったので、彼の乾分《こぶん》たちは、だいぶん薬屋と顔馴染《かおなじみ》になったと藤兵衛は苦笑していた。

野生の艾と、庭木を探しに諸国の山の中に入ったという青木文十郎と、――この二つのつながりを何となく考えてぼんやりしていると、吟味方の同心で熊谷《くまがや》仙八が汗をふいて部屋に入ってきた。

「朝っぱらから芝まで出かけてきた」

熊谷はふところをくつろげて、忙しそうに扇子をはたいていた。

「事件でも起ったのか？」

弥作は同僚の汗ばんだ顔を見上げた。

「うむ、殺しだ」

熊谷は現場を見てきたらしい。

「今朝かね？」

「いや、昨夜だ。庵寺の尼僧だがね。いや、むごたらしいものだ。雇い女と一しょに刺されていた。ああいう現場の検視には慣れているつもりだが、気持はよくない」

「尼僧は若いのか？」

「年寄りだ。六十すぎている。仏に仕える身が強盗に殺されるとは、よくよく不運なひとだな」

「それなら、下手人《げしゅにん》の目鼻はついたのだな？」

「捕えた」

同心熊谷仙八は、また扇を激しく動かした。

「それは早い」

「いや、現場に残っていたのだ。二十七になる浮浪者だがね。酒に酔って寝ていたよ。朝早く、そこに参詣《さんけい》した人間が惨事を発見して、自身番《じしんばん》に報《し》らせたのだ。そこで、寺社から連絡をうけたので、おれは寺社の役人と出張《でば》った。寺社からは、探索をこちらに任されたがね」

「それだけのことをやってのけて、酔って寝ていたとは大胆だね？」

「ふとい奴だ」

熊谷はいった。

「すぐに吟味にかけたが、なかなか泥をはかぬ」

「自分がやったのではないというのか？」

「知らぬと言うのだ。ここに寝ているのもおぼえていないと言い張るのだ。何ンでも、昨夜、知らぬ人足のような男に屋台の酒をおごってもらい、そのまま酔って寝こんだというんだよ。……なに、苦しまぎれの言訳だ。知らぬ男に酒を振舞ってもらったというのが白々しいいい逃れだ。あとで、ちっとばかり痛い目に遇《あ》わせてやれば、ゲロを吐くにきまっている」

「しかし」

弥作は他人の受持だが疑問をいった。

「酒に酔って寝ていたというのは、どういうことだろうな？」

尼僧と、その雇い女を殺した下手人が、現場に酔って寝ていたという弥作の疑問に、同心熊谷仙八は明快に答えた。

「なアに、殺したあとで、呑んでいた酒の酔いが一ぺんに出てきたのだ。それで動けなくなったのだ。意地きたねえ野郎だ」

「強盗といったな？」

「居直りだろう。忍びこんで、家の中をごそごそしているのを雇い女に見つけられたのだ。

そこで脅しにかかったのだが、女は逃げようとした。それを戸口のところで追いついて殺している」

熊谷は机の上に指で現場の模様をかいた。

「だから、雇い女はそこで倒れていた。野郎、一人を殺したのですっかり逆上したのだな。そこに酔いも出てきた。何も知らないで奥に寝ていた庵主《あんじゅ》の尼僧を蒲団《ふとん》の中で刺しているよ。当人も、殺人をやって、こわくなったのだな。家の中の者を殺さずにはいられなくなったのだ」

「浮浪者というが、その男は日ごろ何をしていたのだ？」

「屑拾《くずひろ》いをやっていた。ときには、それを屑屋に売って少しばかりとれた金で、自分でも町家をのぞいて屑買いをしていたらしい。だから、他人の家の中の様子を見るのには馴れている。長州の無宿人だがね、宿も無く、橋の下や空家に寝泊りしていたようだ」

下手人の素性が素性だけに間違いがないと、同心は信じ切っていた。

「その尼寺の辺にも日ごろから立回っていたのか？」

「いや、そこまではまだ分らぬ。奴が回っていたのは、おもに飯倉の方角だからな。しかし、近いといえば近い。その庵寺には尼僧と雇い女と二人しか居ないと眼をつけたのだろう」

「どこから入ったのか？」

「現場を見たところ、どうやら、表戸をこじあけたらしい。その辺がはっきりしないがね」

同心の熊谷仙八は、ちょっと渋い顔をした。

「何んにしても、もう少し痛めつけないと泥を吐くまい。無宿人はしぶといからな」

「吟味をやるとすると、午《ひる》からか？」

「まあ、そうなるだろう。暑いのにこちらもご苦労な話だ。朝から芝くんだりまで出かけて行ってさ」

「その無宿人をしょっ引いた岡っ引は意気ごんでいるかね？」

「そりゃもう大へんな力の入れ方だ。近ごろ小物ばかりでこぼしていたからな。久しぶりだといって喜んでいる」

話はそれっきりになった。弥作にしても、これは他人の領分である。あまり根掘り葉掘り訊《き》くこともできない。いや、これだけでも少し立ち入りすぎた嫌いがあった。

げんに、熊谷仙八の機嫌が少し悪くなって、しばらく扇を動かしていたが、ぷいとその席を起《た》った。

香月弥作が思わずそこまで質問をしてきたのは、彼が長い間訴訟の記録係として入念に事件を書類の上で見てきた経験からだった。これまで記録の上で不合理な点を発見し、しばしば判決まで訂正させた彼のことだ。

つい、その癖が出てしまったのを弥作は熊谷仙八に悪かったと思い、軽い後悔を催していた。

人を殺した男が、酒を呑《の》んでいたとはいえ、現場に睡《ねむ》りこけていたとはどういうことだろう、と香月弥作はまだ考えつづけていた。——ひとは頓馬《とんま》な犯人だとわらうかもしれない。たしかに馬鹿な奴だ。少し頭がおかしいのかもしれない。無宿者だということだが、宿もなく、空家や軒の下に寝ているような男ならうすノロの小悪党かもしれぬ。熊谷の話では、その男は血まみれの短刀も持っていたという。それを下手人ときめて十分だろう。

だが、それほど酔った男が、その庵寺《あんでら》のどこから侵入したのだろうか。同心の熊谷仙八は「居直り強盗だ」と言っていたが、それなら、はじめは窃盗《せっとう》で忍びこんだのだ。裏戸をこじ開けたか、天窓があればそこから侵入したか、いずれにしても、はじめはこっそりと音立てぬように気をつけたに違いない。

そんなに酔った男に、その芸当ができただろうか。

熊谷仙八は、犯人の侵入口に口を濁していたのも気にかかる。

その下手人は、知らない男に屋台で酒を馳走《ちそう》になったと言っているが、熊谷仙八はそれを頭から信じないようである。それを下手人のでたらめときめつけずに、一応、裏づけをとったほうがいいのではないか。

特にふしぎなのは、尼僧が蒲団の中で寝たまま殺されていることである。仙八の解釈によれば、雇い女を殺した下手人が不安に駆られ、尼僧まで殺したというのだが、騒がれたのならともかく、寝ているところを殺すことはない。雇い女を殺害しただけで逃げればいいのだ。

どうも少し腑《ふ》に落ちないと思ったが、他人の仕事のことだし、口を出すわけにはゆかなかった。げんに、あの程度に訊いただけでも、熊谷仙八は機嫌を悪くしたようである。

他人の領分のことよりも、自分自身の仕事のことを考えなければならない、と香月弥作は思った。これは反省である。自分の仕事はさっぱりはかどらないでいるのだ。

弥作が浮かぬ顔で、了玄《りょうげん》の艾《もぐさ》のことを考えていると、さっき部屋を出て行った熊谷仙八が、そわそわした様子で戻ってきた。さっきの顔色とはかなり違うのである。

さきほどのことがあるので、香月弥作も黙っていると、仙八はたばこの煙と一しょに、緊張の溜息《ためいき》を口からはいた。

「思わぬことになった」

仙八のほうから言った。黙ってはいられないふうである。

「どうしたのだ？」

弥作は仙八に首をまわした。

「今朝の庵主殺しだが、尼さんの身もとが判ったのだ」

仙八はいった。

「それはよかったではないか」

「よいか悪いか……普通の尼さんと思ったのがこちらの見誤りだった。安寿という名前だがね、俗名は滝というのだ。そのお滝さんの縁故に、どえらい人がいたよ。いま、与力の宮杉さんに呼ばれて聞かされたのだ」

「与力の宮杉さんがどういったのか？」

香月弥作は、同僚の熊谷仙八に訊いた。被害者の尼さんの縁故者のことである。どえらい人とは誰のことか。

「安寿尼《あんじゅに》の在家のときの名がお滝と分ったのも、その人の屋敷からの連絡だったのだ。それも上のほうに話があった」

熊谷仙八は落ちつかない瞳《ひとみ》を見せて答えた。

「だからさ、その人というのはどういう方か？」

「大久保伊勢守《いせのかみ》殿だ。去年、二千石ご加増になって五千石になった評判のお人だ」

「えっ」

弥作はおどろいた。石高にびっくりしたのではない。

「では、深徳院《しんとくいん》殿の？」

「そうだ」

熊谷仙八は緊張した顔で顎《あご》を引いた。

深徳院とは、いま西の丸にいる大納言家重の生母末子のことである。いうまでもなく吉宗の愛妾《あいしょう》だが、惜しいことに十八歳で死んだ。のち家重となった長福丸を生んだのはその前々年であった。

大久保伊勢守とは、そのお末の局《つぼね》の養父である。もっとも、いまはその子の代になっているが。

これをもう少し詳しくいうと、吉宗がまだ紀州邸に藩主としているころ、その藩臣で大久保八郎五郎というのがいた。微臣だったが、その養女末子が吉宗の眼にとまって十六歳で彼の愛をうけた。

のち、吉宗が将軍となったとき、長子の生母の養父だというので、大久保八郎五郎も旗本となり二千石に出世した。ついで一千石が増されて三千石。任官して伊勢守となり菊の間詰となった。

このころ、当人が死んで家督を長子が継いだが、やはり伊勢守である。これも病死してその弟が跡目をうけた。それが現在の大久保伊勢守政忠である。

去年、家重が将軍世子《せいし》と決り、大納言となり西の丸に入るに及んで、亡父の因縁から一挙に二千石を加増されて五千石となった。

運のいい人、と世間では羨《うらやま》しがっていた。

殺された尼僧安寿は、五十六歳で、その伊勢守の身よりの者だというのである。大久保家が家重と縁故だから、弥作でなくともおどろく。

「殺された安寿尼と大久保伊勢守殿とはどういう関係だ？」

弥作は熊谷仙八にきいた。

「それがさ、安寿尼のお滝は大久保家に十八年前に奉公して、十五年間ずっと屋敷につとめていたそうだ。年をとって奉公が辛《つら》くなり、暇をもらって尼になり、あの庵寺に隠棲《いんせい》したのだが、その安寿庵を建ててやったのも大久保家なのだ。宗旨は一向宗だがな。以来、ずっと大久保家で灯明代《とうみょう》という名目で仕送りをしてやっている。……その安寿尼が殺されたのだから、大久保家では仰天して、早速、奉行所の上のほうに、実はあの者はしかじかかような素性だと言ってきたのだ。われわれが今朝、尼さんを検視したときはそこまでは分らなかった。……与力の宮杉さんも連絡を上から受けておどろいておられる」

「そりゃ、意外な素性だったな」

香月弥作が思わず洩《も》らすと、

「全く、あの年寄の尼さんがそんな来歴を持っていようとは思わなかったよ」

熊谷仙八も自分で話して眼をまるくしていた。

「人は見かけによらないものだな。それで、大久保家はどう言っているのだ？」

「尼さんの遺体は先方から鄭重《ていちょう》に引取りにきて、向うの菩提《ぼだい》寺に葬るそうだ」

「大久保家では、ずいぶん、その尼さんによくしているようだな」

弥作は言った。

「なにしろ、先代からずっと仕えていた女中だから、普通の召使とは違うのだろう。それにお滝は、深徳院殿が大久保家に養女としておられるころ、その身近に仕えていたそうだ」

熊谷仙八は説明した。

「なるほど。それでは、深徳院殿がずっとお小さいときにお世話していたわけだな」

「そういうことだ。だから、その後もずっと大久保家に居残ってはいたが、尼になったのも、深徳院殿の菩提をとむらうため、その命日に髪を下ろして、今の安寿庵を建ててもらい、そこに引っ込んだのだそうだ」

「それなら、大久保家がよくするはずだ」

弥作は感心したように言った。

「で、その尼さんは、自分の肉親の身内はないのか？」

「それはないだろう。ほとんどの後半生を大久保家で過したわけだからね。その大久保家というのが、上様が越前丹生《えちぜんにゅう》の采地《さいち》を常憲院殿（綱吉）から戴《いただ》かれたとき、八郎五郎は、その陣屋の役人として越前に居たのだ」

「それは旧《ふる》いな」

弥作もうなずいた。

吉宗が紀州家の庶子として部屋住みのころ、一日、綱吉が遊びに来て、正妻の子から離れて、うしろのほうにしょんぼりと座っている彼を見つけ、これを取り立てて越前丹生郡に三万石の邑地《ゆうち》を与えたことは前にも書いた。

これは領地を与えたというよりも、そこからの上米《あげまい》を付与したという意味が強く、三万石の大名でも十四歳の頼方《よりかた》（吉宗の前名）がその土地に住んでいたわけではない。しかし、年貢の取立てには、現地に今でいう地方事務所を置かなければならない。それが越前丹生郡葛野《かずらの》の陣屋である。

大久保八郎五郎は、その陣屋に収税吏《しゅうぜいり》の一人として赴任していたというのである。吉宗が丹生郡三万石を貰《もら》ったのは元禄《げんろく》十年で、爾後《じご》紀州藩主となるまで八年間つづいている。

「先代の大久保八郎五郎が安寿尼のお滝を女中として雇ったのは、そのお滝が越前生れというところかららしい。だから、安寿尼の遠い身内は越前のほうに居るかもしれないな」

「そうか」

弥作は、そのときは気にも留めずに聞き流した。

「なにしろ、こんなことになれば、いま引っぱっている無宿者に是が非でも泥を吐かせねばならぬ。大久保家では下手人がつかまったと聞いて、これで安寿尼の魂も安らかになると、同家の用人は言っていたそうだ」

熊谷仙八がここまで話してきかせたとき、与力の宮杉から呼出しがあって、彼はあたふたと出て行った。

香月弥作が奉行所から戻ると、屋敷に藤兵衛が来て待っていた。

「待たせたか?」

「いえ、てまえもたった今で」

弥作は着かえて、たばこ盆の前に座った。狭い庭の塀に西日が当っている。

「あっちのほうはどうだ?」

弥作は指の先でたばこをもんで詰めた。藤兵衛は、ほとんど毎日のように報告に来ている。

「黒坂江南《こうなん》は相変らず繁盛しています」

彼はいい出した。

「治療客が絶えません。ひとりがつづけて病人に化けて行くのも怪しまれそうですから、今は子分の平の字を逆上《のぼせ》の下げにやらせています」

「平助なら、いつも顔が赤いからのぼせに似合うだろう」

弥作は笑った。

「平助は、すがめの男を見かけないといっているか？」

「へえ、やっぱり居ないそうです。わっちが前に脚気《かっけ》の病人に化けて行ったときも居ませんでしたから、すがめの男は、旦那《だんな》がいらしたときから来なくなったんじゃねえでしょうか？」

「そうかもしれぬ」

弥作は煙を鼻から吐いて、

「江南の家の回りには別に妙な人間は来ないだろうな」

「油断なく見張っていますが、いまのところ何もないようです。ねえ、旦那」

藤兵衛は膝《ひざ》を動かした。

「江南に表を貸している屋敷の人のところに、事情をこっそりいって、当分の間、寝起きさせましょうか。そうすると、昼だけでなしに毎晩でも見張れます」

「そうだな」

弥作も考えて、

「まだ、そこまですることもないだろう。江南がどうしたというわけでもないし、こっちの邪推かもしれぬ。すがめの男との関係にしても、はっきりしないからな。もう少し、このままで様子を見よう」

「そうですか」

藤兵衛は、ちょいと不満そうであった。もし、江南がこちらの思っている筋の人間だとすると、了玄の二の舞で、彼に夜逃げされそうな不安があるらしかった。

弥作は、藤兵衛には、青木文十郎の他行のことは話していない。了玄の用いていた艾《もぐさ》の原料が野生であることと、青木の庭木探しとは、「山」という連想でつながっているだけで、夢のような空想だった。

ことに、青木の場合はうかつにはしゃべれなかった。

庭番組頭村垣左太夫の迷惑そうな顔と、青木の妻お雪の心配顔。——

村垣の屋敷からの帰りも、そんなことを考えすぎて、紀伊国《きのくに》坂で危うく駕籠《かご》にぶっつかるところだった。先方は無提灯《むちょうちん》だった。

(無提灯の駕籠?)

弥作は心臓を指で触れられたようになった。

昨夜の時刻も合う。あれから芝に行けば大体一致する。……

昨夜、紀伊国坂で出遇《であ》った無提灯の駕籠が、安寿尼殺しに関係があると考えるのは早計すぎる。偶然かもしれない。しかし、あの駕籠の急ぎ方は気になる。

弥作は藤兵衛を前に考えていた。

気になるといえば、現場に酔って寝ていた浮浪者を下手人と決めている熊谷仙八もそうだ。同僚ではあっても、他人の領分だし、放っておいてもよいのだが、記録係をしていたころの癖が出て、おかしいと思うことにはそのままでは済まされなくなる。

性分かもしれぬ。それなら損な性分だ。もっと神経を使わずにいたほうがいいのだが。

弥作は、ためらっていたが、思い切って言った。

「藤兵衛。芝の増上寺の裏側に尼さんのいた庵寺《あんでら》があってな、その尼さんが雇い女と一しょに昨夜《ゆうべ》のうちに殺されたのだ。知っているか？」

弥作が考えごとをしていた様子なので遠慮して黙っていた藤兵衛は、弥作の筋の違う質問に顔をあげた。

「へえ、それは知らぬではありませんが……」

「さすがに耳が早いな」

「あの辺は、芝口の勘七《かんしち》という岡っ引の縄張でございます。その勘七の子分が、昼すぎにてまえのほうに法事の返しを持ってきて、しゃべって帰りました」

「その勘七とはよく知っているのか？」

「勘七の女房は去年死にまして、先月が一周忌でございました。その死んだ女房が、てまえの遠縁に当りますので」

「そうか。……そんなに じっこんなら、おまえから一つ、勘七に聞いてみてもらえないか？」

「え、尼殺しの一件をでございますか？」

今度は、藤兵衛も本当におどろいたようだった。肝心の受持の事件よりも、ほかのことに弥作は興味をもっているのである。

「うむ、ちっとばかり気になることがあるでな」

弥作は、多少てれて言った。

「それは、旦那。こっちの一件ものと何か係《かか》り合いがありますか？」

「いや、ない。ないが、聞いてもらいたいのだ」

「へえ、そりゃ、聞かねえこともありませんが……」

渋り気味の藤兵衛に弥作は、かぶせるようにいった。

「それも、子分でなしに、おまえがじかに勘七に当ってもらいたいのだ。芝とはご苦労だが」

「いえ、それは構いませんが、何をきいてきたらよろしゅうございますか？」

「これは、わしが頼んだとは先方にいわないでくれ。おまえの一存ということにしてな。係りの同心熊谷仙八に悪いのだ」

「よく分りました」

藤兵衛ははじめてうなずいた。

「聞いてもらうことはこれだ……」

弥作は、藤兵衛を近づけて自分の考えをみんな話した。藤兵衛は、熱心に耳を傾けていた。

「勘七が裏づけを取っていないところは、おまえからそういって、注意してやるんだな」

# 白状

翌朝、香月弥作《かつきやさく》が飯をたべ終ったところに、藤兵衛が顔を出した。

「大そう早いじゃないか」

弥作は眼をみはった。

「昨夜のうちに、芝まで駕籠をとばして行ってきました。旦那《だんな》のご出勤前にご報告しようと思って、今朝も起き抜けに参りました。なに、夜と朝のうちが涼しくて楽でございます」

藤兵衛は笑っていた。

「何にしてもご苦労だった。……で、勘七の話はどうだった?」

弥作は番茶を飲んできいた。

「勘七も、現場に酔って寝こんでいた男を下手人《げしゆにん》と信じています。なにしろ、そいつは血まみれの短刀を持っていたから、間違いないというのです」

「短刀を持っていた、とは、当人が手に握っていたのか?」

「いいえ、寝こんでいたから、身体の傍にころがっていたというのです」

「転がっていたのなら、別な人間が寝ていたそいつの横に置いたということもできる。短刀の刃先と、殺された両人との疵口《きずぐち》は合うのか?」

「大体、合うそうです」

「短刀は立派なものか？」

「まああです。そう立派とは思えないそうです……」

「うむ。おかしいな。家の軒や橋の下に寝ている浮浪者がそんな短刀を持っていたのか。あれば、とっくに売っていそうなものだが」

「それは調べが足りなかったと勘七は頭をかいておりました。名前は幸太というのですが、博奕に負けてやけ酒を呑《の》むと軒下や橋に寝るくせがあるのだそうです。そいつは、無宿人だけあって、本当は博奕《ばくち》を打ったりなどしている男だそうです。はじめ勘七に捕えられたとき、博奕打ちではいよいよ疑われそうなので、屑買《くずか》いと嘘をいったのだといってるそうです」

「………」

「これは、昨夜、熊谷の旦那の吟味に会って白状したと勘七はいっています。だから、短刀ぐらい持っていてもふしぎではないと申しておりました」

熊谷仙八は、昨日、与力の宮杉に何度も呼ばれていたから、その幸太という男を締め上げたに違いない。その裏には、大久保家の手前を考えた宮杉のあせりがみえる。宮杉が、早く落せ、と熊谷の尻《しり》をたたいたに違いない、と弥作は推察した。

「むろん、幸太は、その短刀を自分のものではないといっているのだな？」

「へえ、そうです。見たこともねえ短刀だといっているそうです」

「そうか。……ときに、その幸太が知らぬ男と一しょに飲んだという屋台は見つかったか?」

「さすがに勘七はそれを考えて、幸太のいう町の屋台をしらみ潰《つぶ》しに調べたが、今のところまだ見つからないそうです」

藤兵衛はいった。

香月弥作は、藤兵衛の報告を聞いて、自分も現場を一度見たいと言い出した。

藤兵衛がおどろいて、

「そりゃ、どういうお気持で?」

と、きいた。軽い非難がその声にあった。

「うむ、おれも朋輩《ほうばい》の受持をひやかすようで悪いが、どうも腑《ふ》に落ちないことには黙ってはいられないのだ。性分だと思って勘弁してくれ」

「いえ、そんな……」

「その代り、見に行くだけだ。庵《いおり》の内にも入らないで外から眺めるだけだ。他人の領分を荒そうとは思わぬ。藤兵衛。おれはこれから役所に行ってすぐ帰ってくるから、ここで待っていてくれ。二人で、ぶらぶらと見物に出かけようじゃないか。まあ弥次馬《やじうま》だ」

「そりゃ、よろしゅうございますが、熊谷の旦那にあとで分ったら、ご機嫌が悪うございませんか」

藤兵衛は、そのことを心配していた。

「なに、分ったらそのときのことだ。友だちだから謝れば、何んのことはない。熊谷は気のいい男だ」

弥作は、藤兵衛を残して家を出た。

役所に行くと、その熊谷仙八の姿は見えなかったが、小半刻《こはんとき》もすると、彼は汗をかいて入ってきた。

「ふとい奴だ」

彼は弥作に言いかけ、腰から抜いたたばこ入れの煙管《きせる》を握った。庵主《あんじゅ》殺しの下手人《げしゅにん》のことだとはすぐに分る。仙八のほうからそれを言うのは、彼が機嫌をよくしている証拠だった。

「あの野郎、屑《くず》買いだといったのは真赤な嘘だ。本当は博奕打《ばくちう》ちだった。無宿者の博奕打ちとくれば、短刀を呑んでいたのにふしぎはない」

藤兵衛が勘七から聞いた話と同じだった。

「白状したのか？」

弥作は、ぼんやりした顔できいた。

「もう少しだ」

上気した顔をしているが、熊谷は自信ありそうだった。機嫌がいいのも、落せる見込みがついたからだろう。

「いま、痛めつけてきたが、なかなかしぶとい。憎いくらいだ。しかし、だいぶん弱ってきたから、あと一ふんばりだ」

「あんたが、一人で調べているのか？」

「いや、与力の宮杉さんが立ち会っている。あのひとも一生懸命だ。なにしろ、大久保家に関係があるからな。おれも頑張らなければならない」

「いま、一息入れたら、あとはいつからはじまるのか？」

弥作の耳に、拷問《ごうもん》の鞭《むち》の音が聞えそうであった。

「当人が弱っているのと、気持もたかぶっているから明日まで休むことにする」

そういって、熊谷は吸殻を叩《たた》き捨てると、

「明日は、暮れるまでかかるかもしれない」

と笑って起《た》ち上った。

熊谷は、まだ頭からその男を本当の下手人だと信じている。その点は、芝を縄張にしている岡っ引の勘七と同じであった。ある強力な勢力が事件のうしろにあると、どうしてもあせってくるのだ。

そうなると、調べている側でも静かな眼を失ってくる。

香月弥作は藤兵衛と芝の安寿庵の庭に立っていた。

境内とは名ばかりで、堂の前にちょっとした空地があるだけである。境内の入口からここまでは石が敷いてあり、両側は木立になっている。庵《いおり》の周りだけが砂の多い地面だった。

安寿庵は三年前に建ったので、まだ軒などは新しかった。だが、人殺しのあった家は、何んとなく陰惨な気がする。どの戸も閉められていて、廃屋のような感じだった。

二人はひと通り堂の周りを歩いた。

「藤兵衛、ここは砂が多いな。見ろ、おれの雪駄《せった》も、おまえの草履《ぞうり》も、ちゃんと跡がついている。事件のあった翌《あく》る日、足跡はどうなっていたのだ？」

「へえ、それもあっしが勘七に訊《き》きましたが、野郎の言うには、朝詣《あさまい》りの信者が変事を見つけて、すぐに近所の者を呼んだようです。ですから、足跡は、見つけた信者や、ほかの弥次馬に乱されていたそうです」

「足跡ばかりか？　ほかには何かなかったか？」

「そいつは聞いていません」

弥作がほかのものと言ったのは、何となく頭にまだ無提灯《むちょうちん》の駕籠《かご》があったからだ。駕籠でここに来たなら、それを地面に据えた跡がなければならない。

それが勘七の言葉に出てないとなると、やはり自分だけの妄想か、それとも弥次馬の足あとに消されたのか、どっちにもとれそうだった。しかしあまりにあの駕籠のことに囚《とら》われすぎているようである。

「よけいな人間が集ったものだな」

「全くでございます。その信者が真直ぐに辻番《つじばん》に訴えればよかったのですが、やはり変事を見つけた気の動転から、だれかを呼ばずにはおられなかったのでしょう」

「それは分るが、よけいな人間を集めたものだな」

「旦那《だんな》、もっとも、こう天気つづきじゃ、少々の足跡も分らなくなります」

「賊が入ったのはどこからだ?」

「勘七に訊くと、この入口をこじあけて入った跡があるそうです。雇い人の殺されたのが、その近くです」

「すると、下手人は、ここから入って奥に入り、がたがたやっていた音で雇い女が眼をさました。そのあとは修羅場《しゅらば》になった。こういう筋だな。見つけた信者には、この戸があいていたかどうか分っていたか?」

「なんでも、戸をあけて中に入ってから、すぐ前が血の海になっているので仰天したといいますから、戸は閉まっていたのでしょう」

「では、中に飛び込んだあとで、その下手人が戸を閉めたのか?」

「へえ。戸をあけたままにしておくと怪しまれるからじゃないでしょうか」

「そうかな? 泥棒というのは、必ず逃げ口はあけとくものだ。それに、このときは夜が更けている。それでなくとも、人通りの気遣いのないところだ。忍び込んだ者が戸を閉めていたのは合点がいかぬ。殊に馴《な》れていればいる人間ほど逃げ口はあけておく。こいつは下手人にじかに聞いてみねえと分らねえな。いま、引っ張っている男を熊谷仙八は、どうやら、明日中に落すらしいぜ」

「旦那は、いま引っぱられている男が下手人ではねえと見当をつけていらっしゃるんですか？」

藤兵衛は、弥作が、同心熊谷仙八が明日中に嫌疑者を自白させるらしい、と言ったのを聞いて問うた。弥作の語調には、その男を熊谷が無理に自白させるふうにも聞えるからである。

「まだおれにはよく分らぬ」

弥作は慎重に答えた。

「なにしろ、おれの同僚がやっていることだから、たとえそうでないとしたところで、おれが横槍《よこやり》を入れるわけにはいかぬ。せいぜい、不審があれば、与力の小林さんを通じてお奉行に申し上げるだけだ」

「そうなると、熊谷さんに悪いわけですね？」

「悪い、熊谷だけじゃない。係与力になっている宮杉さんにも泥を跳ねることになる」

それなら、なぜ、ここまでわざわざ来てこんな行動をとっているのか、弥作自身に矛盾を感じていることだった。

このとき、紺の股引《ももひき》に裾《すそ》をからげた職人のような男が、境内にぶらりと現れた。

「薬研堀《やげんぼり》の親分さん」

その男は藤兵衛の横にきて頭を下げた。

「おう、おめえは勘七のところの忠吉じゃねえか」

「へえ、今日はうちの親分がほかに用事を抱えてこっちに伺えませんので、何かお訊《たず》ねがあれば、知ってることを申し上げろということでわっちが参りました」

勘七がここに顔を見せないのは、出入の同心熊谷への遠慮だとみた。次には、熊谷の受持の事件を、見物にこと寄せて調べに来ている弥作の立場にも斟酌《しんしゃく》したのであろう。それというのも、藤兵衛が勘七の遠縁に当るための好意である。

「そいつはご苦労だったな。旦那、こいつは、いまお聞きの通り勘七のところの身内でございます」

藤兵衛が弥作に紹介した。

忠吉は弥作に向っててていねいに挨拶《あいさつ》した。

「ところで、忠吉、昨日、おめえとこの親分に話しておいたが、下手人がここに来るまで呑《の》んだという屋台が知れたかえ？」

藤兵衛はすぐに訊いた。

「へえ、やっとそれを探し出しました。そいつは芝金杉《しばかなすぎ》のほうに巣食っているおやじで、毎晩のように芝界隈《かいわい》で商売をしているそうです。そいつに訊きますと、たしかに、いま引っぱっている無宿人が連れの男と二人づれで酒をひっかけたそうです。おごりは、その連れの男だったそうですがね」

それなら、嫌疑者の申立てと合っている。

「で、その連れの男は、どういう風体だ？」

「ちょっと見て遊び人のような格好だったそうですが、野郎は頬かぶりをしていて、よく人相が分らなかったそうです。酒を呑むと、その男が銭《ぜに》を払い、二人で一しょにふらふらと歩き出したそうですが、そのとき、頰かぶりの男が無宿人と肩を組んでいたそうです……」

「そいつらは、どっちの方角に行っていたのだ?」

「なんでも、こっちの、庵寺《あんでら》とは反対の方角に足を向けていたそうですがね」

「逆の方向か。かえって臭いな」

これは弥作がぽつりと横で言ったことだった。

「その二人づれが屋台で酒を呑んでいるとき、何か話をしているはずだ。屋台のおやじは、何んといったかえ?」

藤兵衛が勘七の子分に訊いた。

「へえ、そこが肝心だと思っておやじを問い詰めましたが、ちょうど、ほかに客が居て、そっちのほうに気を取られ、ろくに聞いていなかったそうです。ですが、頰かぶりの男のほうはえらく親切そうで、酒なら存分に呑め、といっていたそうです。それにむかって無宿人のほうは、ただぺこぺこと頭を下げていたそうです。あとは何か話していたそうですが、いまもいう通り、一人、客が酔っ払ってごねていたので、よく分らないといいます」

「おい、その客というのは、どんな人間だったえ?」

弥作は初めて忠吉にものをいった。

「へえ、そいつは浪人者のような格好で、ひどく人相が悪かったそうです。その屋台に寄る前に一杯ひっかけてきたらしく、ぐずぐずいっておやじを手こずらしていたそうです」

「浪人者か。そいつは、二人が屋台にくる前からそこに居たのか？」

「そこまでは聞いておりません」

弥作はしばらく黙っていたが、「殺された庵主《あんじゅ》の尼さんが大久保家の召使だったことは、おまえも聞いているはずだが、どうだ、この庵《いおり》に大久保家から日ごろ人がきて世話をしていたか、聞いていないか？」

「へえ、月に一度、大久保様のお屋敷のほうからお女中が見えていたそうです」

「なに、女中が？」

弥作の眼がきらりと光ったのは、この前の晩に見た無提灯《むちょうちん》の駕籠《かご》がたしか女乗物だったと思い当ったからだ。しかし、その眼はすぐに光を消した。

「そうだろうな。こんど庵主が殺されても、その仏を丁寧に屋敷に引き取ったくらいだ。その女中は、主人のいいつけで老尼の身体の具合を見に行っていたと同時に、月々の手当なども届けたにちがいない」

「旦那、大久保の殿様はよっぽどやさしい方とみえて、もと使っていた女中にも大そう気をかけておられたんですね」

藤兵衛が感心したようにいった。

「うむ、永く使っていただけじゃねえ、手厚くするわけがあったのだ。これじゃ、大久保家が憎い下手人を早く裁きに持って行きたいにちがいない」

「旦那、もう、この忠吉に訊《き》くことはありませんか？」

「そうだな、大体、済んだようだが……」

弥作は考えて、

「どうだろう、当夜、この辺に駕籠が歩いたのを見かけた人間はいないかな？」

「駕籠でございますか？」

「うむ、もっとも、その駕籠は提灯を消していたかもしれない。どうだ、聞込みに回ったとき、その話が出なかったか？」

「さあ、そいつは耳に入っていません。なにしろ、ここの通りは、夜になるととんと人が通りませんので、近所もみんな早く戸を閉めます」

忠吉を帰したあと、二人はまた庫裡《くり》のほうに行ったが、弥作の眼がふと、裏手に立てかけてある古い竹箒《たけぼうき》に止った。

炊事場の出入口の横に立てかけてある竹箒――どこの家でも見られるありふれた風景だ。むろん、今は、炊事場の戸は固く閉まっている。その箒も使い古されたもので、そんな場所にほうり出されてあっても不思議はない。先ほどひと回りした弥作にも別段の注意を惹《ひ》かなかったものだ。

弥作は、その箒の柄を手にしてひと振りすると、先のほうからばらばらと砂がこぼれた。

「藤兵衛、こいつは、雇い女が毎日使って庵の前を掃いたものだな？」

「へえ、そのように見えますね」

藤兵衛も砂が落ちたのを見ている。

「おまえ、もう一度、堂の前のほうに行って、この箒で掃いた跡が隅のほうに残っているかどうか見てくれ」

「分りました」

藤兵衛は一人で表に回った。

弥作が、その箒を元のところに置こうとして、ふと下を見ると、がらくたがそこに溜《た》められてあった。皿のかけらや、茶碗《ちゃわん》の欠けたのが土ぼこりをかぶって白くなっている。

弥作は、その中から黒い小さいかけらを拾い上げた。それは鉄漿壺《おはぐろつぼ》の割れたのだった。

彼の眼には、安寿尼がこれで歯を染めている場面が浮かんだ。壺は素焼で、上に黒い釉《うわぐすり》がかかっている。

弥作はそれを手にのせて見ていたが、このとき藤兵衛が戻ってきた。

「旦那《だんな》のおっしゃる通りです。地面の隅のほうに箒で掃いた跡がありますが、それがいつのものだかよく分りません。大方、雇い女が殺される日の夕方に掃いたものでしょう。そのあとあそこを掃く者がいませんから」

弥作は眼を少し笑わせてうなずいた。

「おや、旦那、おはぐろ壺ですね？」

藤兵衛も気づいて彼の手もとをのぞきこんだ。

「うむ。口が欠けたので棄てたものだろう。ずいぶん永く使っていたものらしいな」

「なるほど、やっぱり尼寺ですね。こういうものが落ちているのは色気があります。だが、六十近い婆さんじゃしょうがありませんね」

藤兵衛は笑った。

「藤兵衛、おまえ、この壺がどこで出来たか知ってるかえ?」

「さあ、あっしはそっちのほうはさっぱりです。この辺のものなら、今戸《いまど》焼か何かじゃありませんかね。あの辺は焼物で招き猫を造っていますから」

「どうだかな。じゃ、ぼつぼつ帰るか」

藤兵衛が見ると、弥作は、その汚ない壺を懐にねじこんでいた。

寺をあとにして町なかに出ると、弥作は立ち停《ど》まった。

「藤兵衛、あそこに瀬戸物屋がある。このおはぐろ壺を見せて、どこの出来だか訊いてみてくれないか」

「へえ」

といったが、藤兵衛は妙な顔をしていた。

彼はしばらくして戻ってきて報告した。

「旦那、瀬戸物屋に目利《めき》きさせたところ、こいつは越前《えちぜん》産だそうです」

藤兵衛の報告を聞いて香月弥作は、

「うむ、越前焼か」

と、彼から受け取ったおはぐろ壺を指でくるりと回した。

「江戸には越前焼が多いといっていたか？」

「いいえ、瀬戸物屋の申しますには、ひどく少いそうで、珍しがっておりました。少いというよりも、ほとんどこちらには来ていないそうで、そのおやじも出が若狭《わかさ》の人間ですから、それで鑑定ができたと申していました」

「殺された安寿尼《あんじゅに》は越前の者だといったな。大久保伊勢守殿の先代が上様の御領地、越前の丹生《にゅう》の陣屋にいた縁で、越前生れの安寿尼を雇ったというから、越前焼の壺を持っているのに不思議はない」

弥作はまだ壺を見ていたが、

「こういうものを持っているからには、安寿庵の中にはまだ越前焼があるにちがいない」

ここには、ただの見物に来て屋内には入らないというつもりにしていたから、弥作もそれだけは想像だった。

弥作は歩き出したが、

「なあ、藤兵衛、いやに越前焼にこだわるようだが、瀬戸物屋のおやじが若狭の人間なら、隣国としてまんざら知らぬわけでもないだろう。こういう焼物は越前のどの辺でやっているのか、ついでに調べてきてくれないか」

「へえ、かしこまりました」

藤兵衛はまたものを訊きに瀬戸物屋に入って行ったが、すぐに往来の佇《たたず》んでいる弥作のもとに戻った。

「やっぱり旦那のおっしゃったように、隣国の生れだけによく知っておりました。越前焼というのは、同国丹生郡の織田《おだ》村というところに窯元がいっぱいあるそうです」

「うむ、やっぱり丹生郡内か。いよいよ因縁があるはずだ」

「旦那はよっぽど越前焼がお気に召したようですが、そのほうのお嗜《たしな》みがおありですか？」

「別にそんなものはない」

しばらく声を途切らせて弥作は歩いた。ものを考えているときの特徴で、横についている藤兵衛には見向きもしなかった。

弥作はまだ藤兵衛には駕籠のことをいわぬ。勘七の手下の報告で駕籠を当夜見た者があれば口に出すつもりだったが、それがない以上、自分の空想としてまだ胸の中に仕舞っておかなければならなかった。

だが、ただ一つ藤兵衛にいわなければならないことがあった。

弥作は振り向いた。

「藤兵衛。おまえが病人に化けて、四谷の黒坂江南のところに灸《きゅう》をすえてもらいに行ったとき、江南が艾《もぐさ》を入れていた壺を見ていないか？」

藤兵衛は考えていたが、あっ、と横手を打った。

「旦那、うっかりしてました。いま、そうおっしゃられると、はじめて思い当ります。あの艾入れの壺の焼方といい、肌合といい、そのおはぐろ壺にそっくりでしたね」

「あれも越前焼なのだ」弥作は静かにいった。「しかし、あのときは別段気もつけなんだから、はっきりとは分らぬ。そうだ、藤兵衛、おまえ、もう一度、それを確かめに明日、江南のところに行ってくれぬか」

翌日、同心熊谷仙八は与力宮杉長太郎と一しょに小伝馬町《こでんまちよう》の牢《ろう》屋敷に出役《しゆつやく》した。ほかに御徒目付《おかちめつけ》、御小人目付《おこびと》、奉行所同心などが同行した。

目付が牢《ろう》屋敷の係役人に奉行所からの書付を渡す。これは、重罪犯人で自白をしない者は「牢問《ろうとい》にしても苦しからず」という連絡文書である。

町奉行所の役人は簡単に被疑者を拷問《ごうもん》できるように思われているが、事実はそれほど勝手にできなかった。これには相当の手続を要した。横に御徒目付がついていて牢問《ろうもん》(拷問)の有様を見て、科人《とがにん》に無実の体が見えたら、そのことを町奉行に具申するようにもなっている。殊に吉宗が将軍に就任してからは拷問の末に無実の罪人がでることを重視し、享保八年には従来の苛酷《かこく》な拷問のやり方をかなり緩和していた。

罪人を引き出して拷問にする場合は、牢屋敷の中にその場所があり、そこに本人を座らせ、いろいろな責道具にかけて糾明《きゆうめい》する。ここを牢屋敷詮索所《せんさくじよ》といった。高いところに座敷がしつらえられ、与力、御小人目付、書物役《かきものやく》などが囚人に対して座っている。また囚人が気を失った場合に飲ませる薬を調合する薬煎所《やくせん》もあった。

さて、型のように目付、与力の宮杉、書物役、同心たちが着座すると、やがて牢屋小者に引っ立てられた二十七、八の男が入ってきて、地面に座らせられた。大きな柱が二本立っているのは、石抱き、海老《えび》責めなどのような重い拷問のときに囚人をここにくりつけるためである。しかし、はじめから、そんな手荒なことはしない。

「長州豊浦《とようら》郡小郡《おごおり》村生れ、当時無宿幸太、そのほうに間違いないな?」

「へえ」

幸太は頭を下げた。蒼白《あおじろ》い顔をしてかなり弱っている。

彼はおびえた眼で、そこに立てかけてある道具をそっと見回した。たばねた縄が数か所にかけてあるし、棒が威嚇《いかく》するように並んでいた。また、その隅には科人の膝《ひざ》に置く石が積み上げられてある。横には罪人の膝を剝《む》く三角形の木台がわざと眼につくところに出ていた。

これらを見ただけでも、弱い科人は気が遠くなる。

「幸太、そのほう、芝安寿庵において尼僧庵主《あんじゅ》と、その雇い女を殺したであろう? だんだんの取調べにも拘《かかわ》らず、まだ白状せぬとは不埒《ふらち》千万。どうだ、まだ泥を吐かぬか?」

「恐れながら」

縄をかけられた被疑者は、弱々しいがどこか強い声でいった。

「いかようにお取調べなされても、わたくしには身に覚えのないことでございます」

「当方には証拠があがっているのだ。それにも拘らず、正直に有体《ありてい》を吐かぬとは、お上《かみ》の御威光を恐れぬ奴じゃ。この上は少し痛い目をみせても白状させるから、そう思え」

こういって、宮杉は拷問前の心得を当人にいい聞かせた。

「われらも牢問などいたしたくないが、そのほうがあくまでも強情を張るからいたしかたがない。どうじゃ、ここにいろいろと道具がある。拷問にかかると痛いぞ。同じ白状するなら、今のうちだ。さすればお上にもお慈悲がある。痛い目に遭った末でお上のお慈悲を失うよりも、同じことなら今のうちに一切を述べてはどうだ？」

宮杉の科人へのいい聞かせは諭《さと》すような調子だが、実際は威嚇であった。

長州無宿の幸太は、拷問前の心得を聞いて肩をぶるんと震わせたが、あくまでも庵主殺しは自分の所業ではないといい張った。

宮杉は眼配せする。すると、牢屋敷奉行石出帯刀《たてわき》の「出」の字のついた法被《はっぴ》を着た小者が二人、幸太の前後に進んだ。うしろなる小者は、幸太を苧縄《おなわ》の太いのできりきりと締めあげる。しばった両手は背中の上に押し上げるが、太さ一寸五分周りの苧縄は身体に喰《く》い入って五体が千切れるようであった。

これから先は同心熊谷仙八の受持となって、責めながら訊問《じんもん》するのだ。

「これ、幸太。痛いか、痛くないか？」

「痛うございます」

幸太は苦痛に歪《ゆが》んだ顔から息ともつかぬ声を吐いた。

「痛いなら白状しろ、どうせ、証拠や証人もあることだ。おまえが血染めの短刀を持って死骸《しがい》の横に座っていたのが、動かぬ何よりの証拠だ。それでもまだ強情を通す気か？」

「恐れながら、それは前々から何度も申し上げます通り、決しててまえが殺《や》ったのではございませぬ。短刀も覚えがございませぬ。また、あの場所に睡《ねむ》っていたのも、どこをどうして入ったか、まるで夢のようでございます」

「えい、何をぬかしゃあがる。そんなとぼけた言訳がおれたちに通ると思っているのか。やいやい、ここはしろうと相手のイカサマ賭場《とば》じゃねえぞ」

熊谷は、突然、巻舌でいい出した。罪人を威《おど》かすには、やっぱり威勢のいい口調でないと効き目がうすい。

「ここにずらりと並んでおいでなさるのは、これまで何百人、何千人としぶとい科人を裁いておいでになった方ばかりだ。お慈悲のお気持もある代り、まかり違えば仏が鬼にも見えようぞ。地獄の閻魔《えんま》さまじゃねえが、この方々の心は磨きのかかった鏡のように何もかも見通しだ。甘え気持でいい加減な寝言をならべたところで通るわけじゃねえ。やい、これでも白状せぬか？」

「何ンと仰せられても」

腕を逆に締めあげられた幸太は、身体を前にのめらせて苦しげにいった。

「知らねえと？　やい、往来で借金取りに出遇《であ》ったみてえに、苦しそうな顔で頭ばかり下げてもお許しの出るところじゃねえ。よし、こうなりゃ、おれとおめえとの根気くらべだ。どっちが勝つか負けるかやってみようじゃねえか」

仙八はうしろに立っている同心に合図した。同心がうなずいて箒尻《ほうきじり》を握った。

この箒尻というのは、長さ一尺三寸、周り三寸の真竹《まだけ》を二本たばねて麻縄《あさなわ》に包み、上を観世縒《かんぜより》で巻いてある。これを容赦なく縛された科人の背中に打ち下ろすのである。

打役は、その杖《つえ》を力まかせに、肌脱ぎにされた幸太の背中に落下させた。その棒の痛さに科人は身をくねらせるから、いよいよ縄は皮膚に喰い込んでくる。

幸太の顔が死人のように蒼くなった。気を失ったときの用意に、医者が横からその顔をのぞきこんでいた。

与力の宮杉は、座布団の上で顎《あご》の髯《ひげ》を抜いて見物していた。

箒尻で打ち下ろされるたびに幸太は悲鳴をあげた。額からは脂汗《あぶらあせ》が頬にかけて流れ、真《まっ》蒼《さお》になってあえいでいた。

熊谷が打役に眼で合図して休ませる。彼は幸太の傍に近づき、中腰になって、その顔をのぞきこんだ。

「どうだ、苦しいか？　痛えなら痛えといえ」

幸太は髪を振り乱してうつむいている。低い呻《うめ》きがもれていた。

「うむ、痛そうだな。間抜けな奴だ。同じ白状するなら、こんな痛え目に遭わぬ先にいったほうが、心も身体もずっと楽だろうぜ」

返事をしない幸太に、熊谷は伝法な調子でつづけた。

「うぬの前科は、博奕《ばくち》の上で人を傷つけたとある。盆の上のけんかなら軽いお仕置で済むが、今度ばっかりはちっと違うぜ。やいやい、おめえの宗旨は真宗か法華か？　どっちにしても、餓鬼のころ親に教えられて仏壇の前に座ったことはあろう。おめえが殺したのは、その仏に仕える尼さんだ。こいつはよっぽど罪の深え野郎だな」

幸太は苦痛のために言葉が出ない。ただ頭を左右に振っただけだった。

「なに、まだ、うぬが殺したのでねえというのか。しぶとい野郎だな。これ、よう聞け。おめえの罪状は、ちゃんとお上で調べが行き届いている。どうせ、逃れる道はねえと思え。お裁きが済んだら、おめえは裸馬に乗せられて町中をひき回され、さんざん往来の人に悪態を投げられた挙句《あげく》、磔台《はりつけだい》に上るのだ。それもすぐ殺すわけじゃねえ。おめえの左右に槍《やり》を持った者がいる。これらがおめえによく見えるように眼の前で槍を回して、ありゃりゃりゃアりゃアと、景気よくかけ声かけてとびはねるのだ。これを見せ槍というのだ。よくおぼえておけ。山王《さんのう》様のお祭じゃねえぞ。みこしを担いでる囃《はや》し声とはちったァ違うはずだ。その挙句に、左右の槍がおめえの横っ腹にぷすりと突き刺す。一人ずつ互い違いにやるのだ。おめえの身体からはふき出た血が滝のように流れて赤不動みてえになるのだ。断末魔まで、ほんとのおめえはもがき苦しむんだ。その挙句におめえの死体を片付けて車でひいて行き、千住《せんじゅ》の小塚原《こづかっぱら》の穴の中に投げ込む。犬猫よりあさましい姿だ。……え、おい。おめえ、こんな目に遭いてえか?」

「…………」

「やい、それだけじゃねえ。死んだら地獄の責苦《せめく》がもう一度あると思え。仏に仕える尼さんを殺したんじゃ、閻魔様もタダじゃおくめえ。焦熱《しょうねつ》地獄か針の山か知らねえが、罪業《ざいごう》深えおめえのことだ、その辺はゆるりと味わうがいいぜ」

幸太が胴体を動かした。

「おや、おめえ慄《ふる》えているな。さすがに怖ろしさを知ったか。やい、今の間に何ンとかったらどうだ。強情張るなら、まだまだ痛い目に遭わせる道具は、おめえの眼の前にずらりと並んでいる。海老責め、石抱き、駿河《するが》責め、こいつァ棒叩《たた》きぐれえの痛さじゃ済まねえぞ。……どうだ、おめえもまだ若い身体だ。これから先、ひと花もふた花も咲かせようってんだ。この辺でお慈悲を願って軽い御処分になったほうが、殺されるよりよっぽどましだろうぜ。おれも役目を離れりゃ血も泪《なみだ》もある人間だ。おめえさえすっきりと白状してしまえば、そのお慈悲のお願いをおれからもしてやろうじゃねえか」

長州無宿の幸太は、同心熊谷仙八におどかされて、身体中を慄わせていた。

「やい、これだけていねいにいい聞かせても本当のことをいわねえのか。おめえも見かけによらねえ往生際の悪い小悪党だな。……よし、それなら仕方がねえ。いくら御慈悲をかけても、おめえに分らねば、こっちにはいくらでも分らせる方法があるのだ。おれも腹が立ってきた。途中で吠《ほ》え面《づら》かいても容赦はしねえから、そう思え」

熊谷は、控えている小者に合図をした。小者は、目につくところに置いてあった三角の木を七、八本運んできた。幸太は怖ろしそうにそれを見ていた。

木台は、人間ひとり座れるくらいの広さに、三角形の木を横にいくつもならべる。そのとがったところに人間を正座させるので、まるで算盤《そろばん》の上にすわっているように膝《ひざ》の下が痛い。長く座っているだけでも下半身がしびれ、知覚を失った足の皮膚は破れて血だらけになる。

後手《うしろで》をくくり上げられたままの幸太は、小者に引立てられて、よろけながら算盤の台上に座った。彼の顔にはすでに生気がなかった。

「おい、こいつに当てがう石を持ってこい」

仙八は、わざと大きな声で小者にどなった。

小者は厚さ一尺くらいある長方形の伊豆石を運んできた。目方は四貫目ある。これを正座している科人《とがにん》の膝の上に置くのである。

「やい、幸太」

仙八はまたいい聞かせた。

「この石をおめえに抱えさせるから、可愛がってやれ。夜鷹《よたか》（淫売婦《いんばいふ》の一種）よりはちっとばかり抱きでがあるぞ。女のように柔けえ肌はしてねえが、おめえの気に入るまでいくらでも重ねてやる。その代り、二十四文とろうとはいわねえから、とっくと愉《たの》しみな」

小者が、幸太の膝に石をどっかりと載せた。とたんに、幸太は、ううむ、とうなって顎をのけ反《ぞ》った。目も鼻もくしゃくしゃになって、顔が苦痛にひき歪んだ。うしろに倒れようにも膝の石が重心になっているし、小者が背中をささえている。

「どうだ、抱き心地は？」

熊谷がせせら笑った。

「そんな平家蟹《がに》みてえな面をしているところをみると、よっぽど気分がいいらしいな。よし、もっと心持よくしてやるぜ」

熊谷の目くばせに、小者がもう一枚の石を重ねた。幸太は口の端から泡をふいた。医者がのぞきこむ。気絶したら手当して息を吹き返させ、何度でも拷問をやるのだ。

「どうだ、抱き具合は。せんべい蒲団《ぶとん》の上とは言いかねるが、女だけは数を揃えてある。それ、もう一人ふやして重ねてやれ」

小者がもう一枚の石に手をかけたとき、幸太が息の絶えるような声で、やっといった。

「だ、だんな。……は、白状します……」

仙八が、幸太の耳に口をつけた。

「白状する？　きっとだな？」

気絶寸前の幸太は、がっくりとうなずいた。

熊谷は、座敷の上の与力宮杉と顔を見合せた。二人は安堵《あんど》の微笑を交した。仙八も汗をびっしょりかいていた。

幸太が白状するとみた同心の熊谷は、小者にいいつけて膝の石を一枚ずつ除《の》けさせた。すでに膝は紫色になって、破れた皮膚からは血が出ている。次に、縄のまま幸太の身体は算盤台の上から下ろされたが、しびれている脚は立つこともできず、そのまま横に転倒した。

「やい、幸太、やっぱりおめえは女好きだ。石を抱かしたら白状する気になったな」

熊谷は書物役から「口書《くちがき》」を受け取ると、それを幸太の前に突きつけた。

「よう聞け。これにはおめえが白状した次第がちゃんと書きつけてある。何をふくれっ面をしゃァがる。おめえの回らぬ舌で一々書き取っていては暇がかかってしょうがねえ。おおよそのことはみんなこれに書いてあるから、とっくり見た上、間違いがなかったら、爪印《つめいん》をおすんだ。……なに、眼が見えねえと？　情けねえ野郎だ。あれぐれえの可愛がりかたで、もう参ったとは不甲斐《ふがい》ねえ奴だ。それでは、おれが替ってこの文句を読んでやるから、耳の穴をほじって……おっと、いけねえ、手が不自由だったな。それじゃ、耳糞《みみくそ》を詰めたまま念を入れて聞くんだ」

熊谷は読み上げたが、半死半生になっている幸太の耳には、それが遠い虻《あぶ》のうなり声にしか聞えなかった。

「この通りだ。間違いないか？」

幸太は投げやりに首をうなずかせた。

「ようし、それじゃ、これにおめえの名前が書いてある。その下に爪印をおすんだ」

小者が印肉を持ってきたので、熊谷は幸太の親指を取り、べっとり肉をつけさせ、書付の下につかせた。

「これで何もかも済んだな」

熊谷は書付を取り上げ、拇《ぼ》印《いん》のあとを確かめた上、畳の上にいる与力宮杉に差し出した。

宮杉は検《あらた》めて見て満足そうにうなずいた。

「お目付、お聞きの通りです。この調べにご異存はございませんな？」

宮杉にいわれて、同座した御徒目付《おかちめつけ》は黙ってうなずいた。

「これ、幸太」

宮杉が罪人にいった。

「いずれ罪状のお決めはあとで下される。それまでは当分牢屋《ろうや》に入っていろ」

地面にうつ伏せになって倒れている幸太を、小者が両方から引っ立てて大牢のあるほうへ引きずって行った。

牢の外鞘《そとさや》の前までは同心熊谷仙八が付き添い、身柄を牢屋同心に引き渡す。牢屋同心は鍵役《かぎやく》と一しょに外鞘から内鞘に入り、房《ぼう》の前にくると、大きな声で呼ぶ。

「差戻し人があるぞ」

「へーい」

内から牢名主《ろうなぬし》が返事する。

「大岡越前守様お掛り長州無宿幸太、お調べが相済んだので受け取れ」

「へーい、ありがとうございます」

「当人はだいぶん弱っているから、いたわってとらせ」

声と一しょに幸太の身体は、格子戸の錠のあいた潜《くぐ》り戸から、ぽんと尻《しり》をたたかれて投げ込まれた。

# 輪

香月弥作《かつきやさく》は翌朝出勤して熊谷仙八から、昨日幸太が尼殺しの事実を自白したことを聞いた。

「とうとう吐いたのか？」

予期しないではなかったが、熊谷の口からそれを聞くと、弥作は思わず訊《き》き返した。

「うむ、だいぶん汗をかいたがな、やっと落ちた」

熊谷は着物の衿《えり》をひろげて、手拭《てぬぐい》で懐の汗をふいていた。

彼の顔には何んともいえない満足感があらわれている。

「宮杉さんも、これでやっと安心した、と喜んでいた。……いや、こっちはあんまり無理はしなかったよ。なにしろ、御徒目付が一しょに見ていたんだからな。目付衆も調べには納得していたのだ」

弥作は黙っていたが、

「その幸太が、あの安寿庵《あんじゆあん》に入った手口などどうだったかね？」

弥作にはまだ、その侵入口が疑問になっていた。

「いや、細かいことは、いずれあとでゆっくりと調べる。なにしろ、少し痛い目に遭わせたら、ずいぶんと興奮して訊問《じんもん》の段にはならない」

「石でも抱かせたのか？」

「いや、形式だけだ」

熊谷は眼をそらした。

「なにしろ、気の小さい奴で、いま、死んだような格好になっている。これでは調べが捗《はかど》らないから、幸太の気の静まるのを待ってこまごましたところを訊くつもりだ。昨夜は牢屋の中に寝たから、だいぶん落ち着いているかもしれない」

「それはおめでとう」

弥作はともかく友人の「成功」を祝福した。

「傍証もだんだん固まっている」熊谷は得意そうにいった。「幸太はしょうのない奴で、日ごろから酒を呑《の》むと分らなくなるそうだ。昔の前科も酔っ払って人に斬りつけたらしいな。そういう前歴があるから、この自供はお奉行に十分納得してもらえる」

「ほかには？」

「ほかには、あんまり参考にはならぬが、聞込みによって、あの安寿庵には五日に一度ぐらい、尼さんが灸《きゅう》をすえるため鍼《はり》医者を呼んでいたそうだ」

「なに、灸を？」

弥作ははっとなった。年寄だから、それも当り前の話だ。

「どこの鍼医者が来ていたのかね？」

「詳しくは分らないが、なんでも、赤坂か四谷《よつや》の方角らしい」

「名前は？」

「名前はまだ取れていない。実は、これは近所の新しい話だからね。安寿尼が信者にそういったそうだ。だから、当夜、その鍼医がくるつもりで、尼さんは入口を開けていたのかもしれぬ」

「うむ。……最後に来たのはいつごろだろう？　いや、その鍼医者のことだが」

「四、五日前といっていたな。しかし、これは事件には直接関係のないことだ」

熊谷仙八のその後の聞込みで、安寿尼はよく灸をすえる鍼医者を呼んでいたという。これは香月弥作をおどろかせた。

熊谷は、凶行の当夜、表の戸締が緩やかになっていたのも鍼医者を待っていたからだろうと推定している。熊谷にも賊の侵入口がよく分らなかったのだ。だから、鍼医者のことが出て彼もほっとしている様子だった。幸太の自白に一層の傍証が取れたわけである。

香月弥作は、熊谷には四谷の鍼医者黒坂江南のことは話さなかった。話す必要もない。熊谷自身、

（その鍼医者と殺しとは関係のないことだがね）

と言っているくらいだ。

弥作は役所を早々に引きあげた。勤務にしばられていない仕事を与えられているのは、こういう際には便利だ。

屋敷に戻ると、藤兵衛が涼しい縁側で莨《たばこ》を喫《の》んで待っていた。

「お帰りなさいませ」

「藤兵衛、いま大急ぎでおまえを呼びにやろうと思っていたところだ」

「おや、左様でございますか。わっちも旦那《だんな》に早くお報《し》らせしようと思いました」

両方で相手の顔を見合った。

「藤兵衛、おまえの話から先に聞こうか」

「旦那、四谷の黒坂江南は逃げました」

「なに、逃げた？」

弥作もあきれた。

「昨夜のうちです。昨日、旦那と別れてから子分に聞いたのですが、奴はまだ悠々と患者の治療をしていたというから、安心していました。今朝、子分が行って初めてそれが分ったのです。こんなことなら、旦那、やっぱり借りてる屋敷裏に誰かを住まわせ、見張らしておくんでしたね」

藤兵衛はくやしがっていた。

「で、逃げた始末はどうなんだ？」

「それこそ一物もあとに残っていません。家を貸した家主の持筒組《もちづつぐみ》同心に聞くと、四つ（午後十時）ごろ、江南が急に都合があって越すことになったからといい、ばたばた、その辺を片付けたそうです」

「一人じゃ片付くまい。加勢があったのか？」

「二、三人、若い者が来ていたそうですが、裏の家主はぼんやりしていて、その顔を覚えていません。大方、その辺の人足を集めて手伝わせたのだろうと言っています」

「引っ越した先はまた八王子じゃあるまいな？」

これは了玄《りょうげん》の口実を思い出したからだ。

「今度はそうじゃありません。なんでも、甲府のほうに行くと言っていました」

「うむ、甲府か。八王子よりは遠いな」

「昼間歩くと暑いから、夜の涼しいうちに旅立ちすると、黒坂江南は言っていたそうです」

「そりゃ逃げられた」

香月弥作は言った。

「藤兵衛、芝の安寿庵には尼さんの灸をすえに鍼医者が出入していた。江南かどうか今のところ分らないが、江南が逃げたことで、どうやら、あいつは、あの殺しに関わりがあったようだな」

「了玄といい、江南といい、二人とも逃げてどこへ行ったんでしょうね？」

藤兵衛は、思案顔の弥作に問いかけた。

「旦那のお見込みでは、了玄はともかく、江南は越前の人間ということでしたが、もしや、越前に行ったのではないでしょうね？」

「さあ、何ンともいえぬが、まさか甲府が越前に場所替えになったわけでもあるまい。やっぱり二人は江戸のどっかに居るのだろう」

「そうすると、了玄と江南とは互いに気脈を通じていたのでしょうか？」

「まあ、そうだろうな。だが、これも確かなことはまだいえない。そういえば、安寿庵に灸をすえに行っていたという鍼医者も、本当のところは江南かどうか分らないのだ。ただ、一方が殺され、一方が事件後まもなく姿をくらましたというところが、何かあるとわれわれに思わせているだけだ」

「もし、そうだとすると、江南は庵主《あんじゅ》殺しに一役買っているのでしょうか？」

「それもはっきりとはいえぬ。……ただ、庵主が越前生れ、江南も越前の人間、これだけは確かなようだな」

「見えない糸が越前で結ばれているわけですね」

「そういうこともいえるな」

弥作にはまたも紀伊国《きのくに》坂で出遭った無提灯《むちようちん》の駕籠《かご》のことが浮ぶ。

「藤兵衛、今日熊谷に遇《あ》ったら、いま引っぱっている無宿者の幸太が、到頭、昨日口上書に爪印《つめいん》をおしたそうだぜ」

「やっぱり落ちましたか」

「熊谷はだいぶんご機嫌のようだった。しかし、おれには腑《ふ》に落ちぬ」

「もし、お裁きで幸太が死罪になったら、どうなるんでございましょうね？」

「おれもそれを考えているところだ。といってほかにこれという目当てはなし、困ったことだ」

「いま幸太が爪印をおしたとして、あとお裁きまでどのぐらいの日数がありますか？」

「さあ、重罪人だから、そう長いこと伝馬町《でんまちょう》に置くわけにはいくまい。割合、お仕置は早く済むんじゃないかな」

「その間に、動かしようのない下手人《げしゅにん》がほかから出ませんかね？」

藤兵衛はほかから出ないかといっているが、それは弥作が検挙に当らぬかといいたげである。むろん、藤兵衛もそのときは一役買いかねない気構えだった。

「他人のことは分らない。よそうよそう。おれたちには大事なものが受け持たされている」

「大きにごもっともです」

理屈は確かにそうだが、他人《ひと》ごととはいいながら、この件が両人に妙にひっかかってくるのだ。

「藤兵衛、大久保伊勢守殿の屋敷は、どの辺にあったかな？」

ふと弥作がいった。

「さあ、わたしもよく知りません」

「おい」

弥作は女房に手をたたいた。

「旗本武鑑を持って来てくれないか」

弥作の女房お陸が夫のもとに旗本武鑑と木の箱とを持ってきた。武鑑には知行方《ちぎようかた》、役職、官位、屋敷の所在地、家紋などがついている。切絵図には江戸府内の地図が区分されて三十一枚入っている。弥作は、武鑑によって大久保家の屋敷町名を知り、切絵図の中から「四谷千駄《せんだ》ケ谷《や》内藤新宿辺絵図」を探して取り出した。

紀伊殿の屋敷から眼を西に移すと、この辺は永井信濃守《しなののかみ》の下屋敷《しもやしき》がかなり大きな区画で占められている。永井信濃は和州葛上《かつじよう》郡櫛羅《くじら》一万石の城主だ。俗にこの辺を信濃《しなの》町《まち》といっている。

その曲りくねった路《みち》をたどると、寺が例によって並んでいる。西側から正覚寺、顕勝寺、毘《び》沙門天《しやもんてん》本性寺、報恩寺、松岩寺など無数に並んでいる。すると、その正覚寺の路を隔てて左角に「大久保伊勢守下屋敷」と出ていた。

「藤兵衛、あったぞ」

弥作はいった。

「左様でございますか」

藤兵衛もその絵図を横からのぞきこんだ。

「大久保伊勢守殿下屋敷は千駄ケ谷信濃町にある」

弥作は、それをひそかに自分の記憶に合せていっていた。

(信濃町から芝に行くには紀伊国坂を通る。——)

「なるほど、大きな屋敷ですね」

藤兵衛もそういったが、彼はあることに気づいて叫んだ。

「旦那、ここだと、黒坂江南の居た四谷塩町に近うございますね」

「うむ」

なるほど、近い。いま、絵図の上を見ていると、伝馬町《でんまちょう》、塩町、麴町《こうじまち》が両側の裏町を控えてならんでいる。この辺は持筒組《もちづつぐみ》、持弓組《もちゆみぐみ》などの同心屋敷があり、左門町《さもんちょう》には御先手組《おさきてぐみ》の同心が住んでいる。

弥作は、いつぞや、このあたりを回って、どの家も内職の凧《たこ》張り、提灯張りをしていたのを思い出した。屋敷の中では家内が総出だった。主人が竹細工の骨に紙を張り、奥方が横で糊《のり》を練っていた。「鍼灸医《しんきゅうい》黒坂江南」の看板を見たのも、その歩いている途中だった。あのときは何気なしに見たものだが、それがあとになってひっかかってこようとは夢にも思わなかった。

「大久保伊勢守様の先代が越前のお陣屋に勤めていらしたことがある。黒坂江南も越前の人間で、しかも、江戸で両方の住んでいるところが目と鼻の先というのは、旦那、どういうもんでございましょうかね？」

弥作もそれを考えているときだ。たしかに藤兵衛のいう通りである。ただ、藤兵衛の知らぬことは紀伊国坂で見た女乗物だ。

もしや、あの乗物が大久保伊勢守の下屋敷から出たとすると……いやいや、そんなことはあり得ない。弥作は、この考えを首を振って否定した。

あの女乗物が大久保伊勢守下屋敷から出たという証拠も無いし、また、たとえ、あの屋敷から出たとしても、安寿庵にそれが向ったという実証も無い。――

与力小林勘蔵は、香月弥作の報告を聞いていた。朝、出勤前の小林を、弥作が屋敷に訪ねてのことである。

「幸太の白状のことは聞いている」

弥作の話の全部を聞き終って勘蔵はうなずいた。

「宮杉もああいう性格だから、多少強引なところもあったのだな。同心の熊谷は宮杉にあおられたかたちだろう」

「わたしにも、そういう感じがしないでもないのですが」

弥作は、小林の同僚に当る宮杉の批判にもなるので控え目にいった。小林自身が宮杉をあまり悪口できないでいる。これは、弥作が熊谷に対する遠慮と同じであった。

幸太を下手人として自白させたのは、宮杉、熊谷の手柄である。それに横槍《よこやり》をつけるのは、小林にしても弥作にしても同僚をねたんでいるように他人には解釈されそうだ。両人にはこれが苦痛である。

「今度の一件は、大久保伊勢守殿の身内同然の者が殺されたので、宮杉もあせったのだろうな。その気持は納得できるがの」

小林もそれをいった。

「なにせ、当人が爪印をおしたのはまずかった。これはよほどの反証が挙がらない限り、断罪に持ってゆかれる」

「お奉行様は幸太を死罪にされるでしょうか？」

弥作が小林の考えを訊《き》いた。

「さあ、それは十中八九まではまぬがれまい。大久保家のことがなくても、強盗に入って女二人を殺したのだからな」

「裁きが決るのはいつごろでしょうか？」

「さあ。今月は大岡越前守さまが月番だが、あと残りが六日ぐらいしかない。その間に重罪人の判決はないだろう。来月は南の交代になるが、これは慣例上お掛りのほうに回されるから、再来月の越前様月番のときであろうな」

つまり、大岡越前守の次の月番になるまであと三十六日ある。当番ぎりぎりの最終日を入れると六十六日ある。この間に、幸太の無罪が立証されなければ、死刑の判決が下されるというわけだ。あるいはすぐに執行されるかもしれない。

「しかし、弥作、妙なことから尼殺しの一件が、おれたちの領分にひっかかってきたな」

小林は洩《も》らした。

「もっとも今は、こっちがさっぱり不漁《しけ》だから、江南の艾《もぐさい》入れと、越前焼のおはぐろ壺《つぼ》に眼を奪われすぎているかもしれぬがな」

「全く、心細い次第で申しわけないのですが……」

弥作は成績の上らないのを詫《わ》びて、

「どうも、わたしにはそれが気になってなりません。あの晩の乗物のことは不確かだから、一応、別にしましても」

「いや、そうではあるまい。ところで、幸太についてあんたの思っている筋道をいってみなさい。ここだけの話にしておいていいのだ」

と、微笑した。

与力小林勘蔵に十分な意見を言ってみよと言われて、香月弥作は自分の推察だが、と前置きして話した。

「いま牢《ろう》に入れられている幸太は、彼の自供の通り、人に誘われて屋台の酒をおごってもらったに違いありません。もちろん、相手の男は、幸太を庵主《あんじゅ》殺しの下手人に仕立てるつもりだったでしょう。幸太が浮浪人で、芝界隈《かいわい》をよくうろうろしていたから、つかまったのだと思います」

「うむ」

「そこで、屋台で幸太に酒を振舞う段になったのですが、幸太の寄った屋台のおやじの話によると、そのとき浪人者の客が一人いて、酔っておやじに絡んでいたといいます。おやじはその浪人者のあしらいに気を取られていたため、幸太と酒を振舞った男との話をよく聞いていないのです」

「だから、その浪人者が一味だというわけか」

「わたしにはそう思われます。酒を振舞っている間、その男は幸太の酒に眠り薬でも入れたのではないかと思うのです。幸太は殺しの現場で朝まで泥のように睡《ねむ》っていますから」

「なるほど」

「つまり、その浪人者は、そういう幸太への細工が屋台のおやじに知れないような役目をつとめていたわけですね。だから、酔ったふりをしてわざとおやじに絡み、その注意を全部自分のほうに引きつけておいたことになりそうです」

「うむ」

「惜しいことに、屋台のおやじは、その浪人者の人相をよくおぼえていません。なにしろ、暗い所ですから、面体《めんてい》までよく分らなかったし、また相手もわざと顔を暗い所に置くように気をつけていたと思います」

「それから？」

「それからこれは屋台のおやじの話ですが、相手の男は酔っ払った幸太の肩を抱くようにして、一しょに向うに行っています。浪人者はそれを見届けると、急におとなしくなって、銭を払い、これも立ち去っています。……これは熊谷仙八が使っている岡っ引の子分から聞いた話ですがね」

「その先はあんたの想像になるわけだね」

「そうです。おそらく、幸太は正体もなく寝込んだところを駕籠《かご》に乗せられ、あの安寿庵に連れ込まれたと思います。そのときはすでに尼さんと雇い女とは殺されている。その血《ち》糊《のり》の流れている現場に幸太は据えられて、正体もなく寝込んでいたわけです。短刀はむろん幸太のものではなく、本当の下手人が使ったものが彼の横に落されたのです。……わたしが安寿庵の現場を見たとき、前の土地は近所の野次馬で荒されていましたが、よく見ると、箒目《ほうきめ》がきれいに立っていました。これは、駕籠を下ろした跡を消すために下手人が犯行後に箒で掃いたと思われます。古い箒が庵寺《あんでら》の裏口に立てかけてありましたが、ためしにそれを振ってみると、ばらばらと砂がこぼれました」

夕刻近く、香月弥作は、赤坂の薬研《やげん》坂にある青木文十郎の屋敷を再び訪ねた。与力小林勘蔵に自分の考えを一切述べておいたあとであった。

屋敷はひっそりと静まり返っていた。いかにも主人の居ない家という感じがする。

玄関から案内を頼むと、横手から老いた中間《ちゅうげん》が出てきた。妻女に取り次いでくれと言うと、すぐに消えた。

玄関の脇に葉鶏頭《はげいとう》が二、三本伸びていた。それにとんぼが翎《はね》を休めている。葉鶏頭の紅《あか》い色がいかにも暑苦しそうだった。

中間がまた現れて、どうぞこちらへ、と庭の木戸をあけた。前に通された縁側にくると、雪が下に降りて立っていた。

「先日は失礼しました」

弥作は挨拶《あいさつ》し、

「この辺を通りがかったので、その後の様子を伺いにお邪魔しました」

「ようこそ」

雪は静かに頭を下げた。この前からみると、やつれは回復していないが、時日が経過したせいか、顔色はやや平静が戻っている。白っぽい小さな小紋が、武家の女房らしい落着きと、微《かす》かななまめきとを与えていた。

中間が麻の座蒲団《ざぶとん》をすすめ、莨盆《たばこ》を縁の端に出した。

「その後、ご主人の消息は分りましたか？」

弥作は中間が立ち去ってから訊いた。

「いいえ、未《いま》だに……」

雪はうつむいている。

予期した答だったが、弥作も眉《まゆ》をひそめた。

「あれから、どのくらい経ちますかな？」

「今日で二十日ほどになります」

雪は控え目に答えた。

「その間、一度もお報《し》らせがない？」

「はい」

「いや、ご主人からだけではなく、組頭の村垣左太夫殿からも何ンのお声もかかりませぬか？」

「一向に」

雪はいよいようつむいた。

「そうですか」

小さな庭に小さな池がある。鯉が暑そうに泳いでいた。

「村垣殿は、こちらにお使でも寄越されますか？」

「はい、この前、ご自身でお見えになりました」

「ご自分で？」

「あなた様のことを仰せられておられました」

「わたしが村垣殿を訪ねたのが、こちらにご迷惑をかけたのではないですか？」

雪は黙っている。肯定しているのである。

「申訳ないことをした」

弥作は言った。

「つい、ご主人のことが気になり、友人の立場として村垣殿に伺ったのです」

「いいえ、それは、あなた様にわたくしからお願いしたことです。かえって、わたくしのほうがあなた様にご迷惑をおかけしました」

「村垣殿は、あなたがわたしにご主人のことを話したと知ってご立腹でしたか？」

香月弥作に訊かれて雪は眼を伏せて、

「はい、組頭村垣左太夫様からはきついお叱りを受けました」

と、小さな声で答えた。

「そうだと思いました。わたしが伺ったときも、心外な、という顔色でした。……しかし、ことがどのようであれ、家族の心配は当り前です。あなたがひとりで思いあぐんでわたしにうち明けられても無理からぬことです」

「それがいけなかったのでございます。組頭様には、二度と誰にも話してはならぬと堅く戒められました」

「だが、御主人の青木さんは、一年経ったら自分がどうなっているか分らないとあなたに言われたわけですね？」

「はい」

「それなら、組頭でももう少し説明する必要があります。ただ、公儀の役目だから、いっさい自分の胸に納めておけというのは、少し理屈が通らぬようです」

弥作はそう言ったが、これは多少雪を慰めるための言葉でもあった。実際は青木の出奔がこちらの想像以上に重大だということを察した。

「香月様、またこんなことを申し上げて組頭様に叱られるか分りませんが……」

「ほう、何かあったのですか？」

「どうぞ、ご内聞にねがいます」

「承知しました」

「実は、主人青木文十郎の姿を見た人がございます」

「青木さんを？」

「はい。もっとも、それが青木だとははっきりはおっしゃいませんでしたが、もしや、こちらの御主人ではないかと、わざわざ問合せにみえたのでございます」

「それはどういう人ですか？」

「これは、やはり青木が懇意にしているほかの組の方でございますが、松井田の宿場の近くで、青木によく似た人とすれ違ったそうでございます。もっとも、その似た人は武士の姿ではなく、頭に菅笠《すげがさ》をかぶり、身は町人姿だったそうですが、あまりよく似ているので声をかけようとすると、急に笠を傾けてその人を避けるようにし、追分のほうに小走りに行ったと申します」

「ほほう、中仙道《なかせんどう》でね」

弥作は首をかしげた。

「して、町人風ということですが、その服装ではどんな職業に見えたといいますか？」

「それが商人でもなし、職人風でもなし、何か芸人めいた格好だったといいます」

「芸人？　そりゃ絵師ではないですか？」

弥作が言うと、雪もその眼といっしょに顎《あご》を引いた。

「わたくしもそのように思われます。主人は絵を道楽に描いていましたから。そのほうでは玄人の域だと人さまにほめられていました」

旅絵師。——

弥作は眼を閉じた。とんぼが庭石に位置を変えていた。

# 旅絵師

庭番《にわばん》青木文十郎は中仙道を木曾路《きそじ》に入っていた。
夏でもこの辺は秋の気配が早い。青木は木曾上松《あげまつ》から馬籠《まごめ》峠を越えて、中津川、大井、追分と通り、いつの間にか美濃路《みのじ》に入っていた。途中、絵の好きな彼は、手控を出しては矢立《やたて》で山岳や渓流のかたちを写した。しかし、今の彼はそれが道楽ではなかった。八木宝《ほう》泉《せん》という旅絵師であった。

美濃太田に着いたときは、江戸を出てから二十日余り経っていた。ここから真直ぐに上ると草津に出るが、彼は本街道から離れて北の狭い路《みち》をたどった。太田から下田まで四里、下田から七里で郡上八幡《ぐじようはちまん》に着いた。郡上は二万石の城下町で、この山の中としては繁盛の中心地となっている。この前、ここの名物になっている盆踊りが済んだと聞いた。

文十郎の八木宝泉は、さらに山路を北に分け入った。木曾路もところどころ難所があるが、ここはそれにも増してひどかった。岩伝いに歩く個所がいくつもある。一足すべらせば、轟々《ごうごう》と水が鳴る谷底に転落する。見上げると、数丈の向うの山には頂上を隠して雲や霧の去来があった。宝泉は、絵筆、絵具、絖《ぬめ》などを収めた風呂敷《ふろしき》を首にくくっていた。

その中には備前長船《おさふね》の短刀が一振《ひとふり》隠されていた。

江戸育ちの人間にとって険しい山路は難儀であった。大野、松岡などの宿場ともいえない村を通ると、険しい山岳地帯もようやく坂路ばかりとなってきた。

その大野の宿で泊ったときは、夏とはいえ夜は足が冷えるくらいである。

「お客様は江戸のお方でございますか？」

階下から年老いた亭主が上って懐しそうに訊《き》いた。この亭主も若いときに江戸に出たことがあるとかで、それが自慢のようであった。

「こういう田舎に引っ込んでいては、もうからっきし駄目でございます」

亭主は馬道のほうに板前でいたとかで、二年前に死に別れた女房は江戸育ちの女だと言っていた。話の具合からすると、どうやら、このおやじが板前をしていた小料理屋の女中らしい。

なるほど、晩の膳《ぜん》に出した鯉は、これまで木曾路の旅では味わえぬ包丁の冴《さ》えをもっていた。

「お見受けするところ絵をお描きなさるようですが、気儘《きまま》に旅をなすってほうぼうを写生されるとは、お羨《うらやま》しいことでございますな」

亭主は宝泉の職業に見当をつけていた。

「いや、わたしのような者は路銀が少いので、土地の旦那《だんな》方の篤志にあずかって絵を描かせてもらい、それを路用にしております」

このころの旅絵師といえば、みんなそのようなことをしていた。

「で、これからどこへ？」

「はあ、一応、福井に行き、それからずっと京のほうに出ようと思っています」

「福井から京へ」

亭主はひとりでうなずいて、

「それでは、鯖江《さばえ》の城下をお通りでございますね？」

と訊いた。

「どうせ上方への通り道ですし、別に用もないので、ゆるゆると道中を見物して参りたいと思います」

宝泉は微笑して答えた。

「それなら、鯖江にはわたしが心安くしている宿屋があります。もし、鯖江でお泊りになるようでしたら、ぜひ、その家に寄っていただきとうございます。なに、主人は気のいい男ですから、わたしからと言えば、何かと便利をはかってくれましょう」

宝泉は顔に喜びをたたえた。

「それはよいことを教えて下さいました。わたしも気が向けば、ちと長く滞在するかも分りませぬ。それでは添書を書いて下さいますか？」

「よろしゅうございます。明日ご出立《しゅったつ》までにはしたためておきましょう」

「して、その鯖江の宿は何ンという名ですか？」

「上総屋《かずさ》というのです。主人は亀次郎《かめじろう》といって、親切で、おとなしい男です。宿はむさ苦しいところですが、気のおけるところにお泊りになるよりも、ずっとよろしいと思います。

それに、あの辺では田舎者も鯖江に出たときはよく泊りますから、何かと顔も広うございます」

宿の主人がそう言ったのは、宝泉が旅絵師なので、その商売を考えた親切からである。田舎の金持や旧家には絵を描いてもらいたいという向きもある。宝泉がその宿に泊れば、主人の顔でそういう顧客がとれるかもしれないという含みだった。

「それは何よりよいところを教えて下さいました」

宝泉は厚く礼を述べた。

「明日のご出立はお早うございますか？」

「はい。なにしろ、馴《な》れない山路を歩きますので、早目に立ったほうがよいかと思います」

「なるほど、江戸のお方には難儀な路でございますな。けど、ここまで険しい山路をよう越えておいでになりました。あの街道をこちらに越して見える人は、遠国の方にはそうございませぬ。こちらが近道と分っても、たいてい途中で先が恐ろしくなり、引き返されます」

「わたしはご覧の通り絵師でございますから、かえって変った景色を見られるのがたのしみです」

「しかし、絵をお描きになる方にしては脚が達者でございますな」

宝泉は、どきりとしたが、

「いやいや、やはり旅馴れているせいでございましょうな」

と、笑ってごまかしていた。

青木文十郎の宝泉は、これからも些細《ささい》なことで正体を覗《のぞ》かれるようなことがあってはならないと、自分を戒めた。

彼は、その夜、床に就いたが、むろん、江戸と違ってこの辺は蚊帳《かや》もいらない。蒲団《ふとん》の下には、いつもの習慣で短刀を押し入れた。渓流の音が枕にしみ入るように聞える。文十郎の宝泉は、江戸に残してきた妻の雪のことを、暗い闇の中に横たわって考えていた。

ふと、彼は何かの気配を聞いて、思わず床の中で身構えた。

宝泉は、くらやみの中でじっと様子をうかがっていた。片手は無意識のまま、蒲団の下に入れた短刀をつかんでいた。彼は呼吸を乱さないで耳を研ぎ澄ましていた。

しかし、あとは何の物音もしなかった。彼はたしかに人間の気配を聞いたと思った。この宿には、自分のほかに客が二人いるはずだった。一人は越中の商人で、一人は近郷の百姓だということだった。もしや、その客が夜中に手洗にでも立ったのではないかと考えたが、それにしては足音が聞えないのが妙だった。

宝泉は、しばらく様子をうかがってから蒲団を出た。彼は油断なく左手に短刀を持って、いきなり間の障子をあけた。そこには微《かす》かな月の光と、渓流の水音とがあるだけだった。

宝泉は黙って障子を閉めた。

気の迷いかもしれない、と思った。こういう気持が起きるのは、目的の地を前にした緊張のあまりかもしれない。彼はまだ自分の心の修行が足りないと思った。

宝泉はまた床に入った。短刀を元通りに蒲団の下に押し入れて、腹這《はらば》いながら莨《たばこ》をのんだ。山女《やまめ》がいるという渓流は、夜が更けるとともにうるさいくらい水音を冴えさせた。そのあとは宝泉をおどろかすような音は何も起らなかった。

翌朝早く、旅絵師の宝泉は宿を出立した。主人は約束通り鯖江の上総屋宛の添書を渡してくれた。

「どうもご親切にありがとうございます」

宝泉はそれを推《お》し戴《いただ》いた。

「では、くれぐれもお気をつけて」

「お世話になりました」

宝泉は路を歩いた。あたりはまだ朝霧の中で、山も白い紗《しゃ》の中に閉じ込められていた。しばらくしてふり返ると、いま出た村がその霧の壁に隠れていた。

傍らには絶えず川音が鳴っている。宝泉は、下り路とはいえ、相変らず険しい径《こみち》を気をつけて辿《たど》った。時が経つにつれ、少しずつ霧がはれて、山の黒いかたちが次第に現れてくる。残った霧は山の麓《ふもと》や谷間《たにあい》を巻いている。その水墨画のような景色には宝泉もしばしば見とれた。

彼は何度か立ち停《ど ま》って、写生帳に矢立を走らせた。もとより、趣味ではあったが、ここ当分任務が終るまでは本職のつもりになっていなければならない。写生もこれから先の依頼揮毫《きごう》に備える気持があった。

宝泉が福井に入ったのは、日がかなり西に寄ったころだった。長いあいだ山の中ばかりを彷徨《ほうこう》してきた彼の眼には、この三十万石の城下町が江戸に戻ったようなにぎやかさで映った。

福井は幕府の親藩で、松平越前少将である。祖先は家康の子、結城《ゆうき》秀康であった。

旅絵師の宝泉は、この町に一日だけ滞在した。彼は城下の見物などしてぶらぶらしていたが、二日目には町を離れて西に向った。

福井から鯖江はおよそ四里である。

宝泉は、その北陸街道沿いに二、三軒並んでいる旅籠《はたご》の中に上総屋という看板を見つけた。表構えは、大野の宿で聞いたよりはいくらか整っていた。

宝泉は二階に上げられたが、女中のくんだ茶を飲んでいると、ごめん下さい、と言って主人が襖《ふすま》をあけて入ってきた。

「ようお越し下さいました」

入ってきた旅宿上総屋の主《あるじ》は宝泉に挨拶《あいさつ》した。彼は四十くらいの色の黒い、百姓のような男であった。大野の宿でもらった添書では、亀次郎という名になっていた。

「大野の次右衛門さんからの手紙はたしかに拝見しました。こんな、むさ苦しい宿ですが、どうぞゆるりとご滞在下さい」

亀次郎は如才なく言った。

「ご厄介になります」

宝泉も旅絵師らしく丁寧に会釈した。

「次右衛門さんは元気でしたか？」

亀次郎は訊《き》いた。

「はい。なかなかお達者のようです。こちらとは古いおつき合いですか？」

宝泉がきくと、

「いえ、それほどふるいというわけではありませんが、二年前、わたしが郡上《ぐじょう》まで行ったときに一晩、厄介になり、その後、次右衛門さんが、こっちにみえたりして交際のようなことがはじまりました。もっとも、二人が会って話をするということは、年に一度くらいのものですが……いい人でございます」

「親切な方です」

宝泉はうなずいた。

「で、次右衛門さんの添書によると、お客さまは江戸の絵かきさんだそうですが」

「江戸の絵師というと、大そうに聞えますが、ただ住居が江戸の端にあるというだけのこと。始終、旅を回って絵を描かせてもらっています」

「絵のことはてまえには分りませんが、やっぱり何流とかいうものがあるのでございましょうね？」

「はい。わたくしは狩野派の流れを少々真似しています」

「はあ、さよですか。この鯖江は、福井にはとても及びませんが、この近郷では、まず町なかということになっております。このような宿でも、田舎の庄屋《しょうや》や、地主や、大百姓の人がお泊りにみえます。江戸の絵師といえば、その人のなかで絵を頼まれる方があるかも分りません。先生のことはお話ししておきます」

亀次郎は、次右衛門の添書に頼まれたことを引きうけるように言った。

「いや、江戸の絵師ということはあまり言って下さるな。買いかぶられても困ります」

宝泉は手を振った。

「そうへりくだってはいけません。この辺には、まやかし者の絵師もときどき来ないでもありませんが、なに、それはお描きになったものを見れば、値打ちがすぐに分ります」

亀次郎は力づけるようにいい、

「それにしても、みなさんにおすすめするためには、見本といいますか、先生の腕前を見せる絵が一枚でもあるといいのですが、何かお持ちでしょうか？」

ときいた。

「はい、ここに前に描いたものが一枚だけございます」

宝泉が床の間に置いた荷をとりよせた。危ない山道を通るときも、しっかと首に巻いてきたものだった。

宝泉が荷からとり出したのは、尺三ものの軸で、前に江戸のわが家で描いた「松林雪景図」だった。趣味でかいたものが、こんなところに任務を助けようとは、宝泉の青木文十郎も思わなかった。

「おう、これはご立派なものでございますな」

亀次郎はひろげた絵に見入っていた。

「さすがに、この辺にやってくるいい加減な絵師とは違います。先生、これなら、どなたにおすすめしてもすすめ甲斐《がい》があります」

「いや、そう賞《ほ》めて下さるな」

宝泉は謙遜《けんそん》した。

「先生、これをわたしがお預りしてもよろしゅうございますか？」

「どうぞ預って下さい」

亭主の亀次郎は宝泉が巻いた絹を受け取った。彼はこれを見本にすると言った。

「この土地にはどれくらいご滞在でございますか？　お急ぎなら、あまり先生に注文を持ち込んでもご迷惑と思います」

「いやいや、わたしは急がぬ旅です。ここでかかせていただければ、いつまでも逗留《とうりゆう》するつもりです」

亭主が下に降りたあとは、うす暗い座敷に宝泉ひとり残された。彼はふと床の間に置かれた花筒に眼をやった。それは陶器で出来ていた。

宝泉がそれを手に取って見ていると、下から女中が上ってきて行灯《あんどん》に灯《ひ》を入れた。

「先生、暗くなりましたから、明りの下に行ってご覧なさいませ」

宝泉が眼をあげると、二十すぎの女中はわりと整った顔をしていた。

「どうもありがとう。おまえさんはやっぱり、この在の生れかね？」

宝泉はきいた。

「はい。わたしは、いま先生が手に取っておいでになる焼ものを作っている村の近くでございます」

「おう、左様か。先ほどから、なかなか見事な出来だと思って拝見しているが、これは何という土地で焼いていますか？」

「ここから三里ばかり北の織田《おだ》という村でございます。これは越前焼《えちぜんやき》と申しております」

「そこは窯元がかなりありますかえ？」

「大きいのやら小さいのを入れて、かれこれ三十軒ぐらいございます」

「それはまた大そうございますな。あんたもその近くなら、その辺のことはよく知っているわけだな？」

「先生が窯元をご覧になりたければ、わたくしがご案内してもよろしゅうございます」

「されば、いつかまたお世話になるかも分りません」

宝泉は女中の視線に気づいて、さりげなく言葉をそらした。

「先生は、この家に長くお泊りでございますか？」

女中はそのまま去ろうともせず、話し込むように座った。

「今もご主人に言ったことだが、わたしは絵かきだから、注文さえあれば、ここに泊めてもらいます」

「旦那《だんな》はいろいろな人をご存じだから、きっとたくさん注文がございましょう。わたしからも旦那によく言っておきます。わたくしはお里と申します」

女中のお里は、宝泉の滞在を喜ぶかのように声をはずませた。

宝泉は、女中のお里をようやく階下に退《しりぞ》けて、また独りになった。彼は所在なげに床の間の花筒の焼ものを手に取って見た。

かたちも面白いし、黒い釉《うわぐすり》のかけ方も変っている。ここは金沢に近いが、これは、およそ九谷《くたに》焼の絢爛《けんらん》さとは似ても似つかぬ素朴なものだった。田舎出来の中にはなかなか棄《す》てがたい味のものがある。彼が手に取っている越前焼も、風趣の上で何んとなく心の惹《ひ》かれるものがあった。

さきほど女中のお里が行灯に灯を入れたが、外はすっかり暗くなっていた。昼間、前の街道を通っていた継馬《つぎうま》の蹄《ひづめ》の音も絶えていた。東海道と違って、ここは旅人の通りも少い。客引の声もなかった。下からお里が食膳《しょくぜん》を抱えて上ってきた。

「先生、どうも遅くなりました」

彼女は宝泉の前にその膳を置いた。

「お一ついかがでございますか？」

膳には頼みもしないのに酒がついていた。お里がその銚子《ちょうし》を手に取ってすすめたが、行灯の火影《ほかげ》に映る彼女の顔も醜くなかった。

「いや、わたしは酒が呑《の》めませぬ」

宝泉は断った。

「あら、そうでございますか。それはお珍しい。江戸のお方と聞いたので、この辺の地酒ではお口に合うまいと思いましたが……」

お里はそう言って、

「でも、お一つだけいかがですか？」

と銚子をすすめた。

「では、せっかくだから一口だけ頂戴《ちょうだい》しましょう」

宝泉は盃《さかずき》を取った。

「先生は、どうして旅絵師などなさっていますか？」

お里は宝泉が盃を一口するのを見て言った。

「いや、わたしのような絵かきは、江戸では食えませんでな」

「旅に出られては、定めし江戸のほうには心残りがございましょう？」

お里の眼は彼の顔にじっと当っていた。

「いやいや、始終旅をしているので、江戸のことはさほどにも思いませぬ」

「先生には奥様がいらっしゃいますか？」

「未《いま》だに独りでおります」

江戸に妻があると言えば、そこから身分が割れないでもないので、彼はこの旅の間はずっと独り者で通すことにしていた。

「あら、先生のようなおきれいな方で独り身だと、ほかの女の方が放ってはおかないでしょう。江戸では先生の旅の間、さぞかし帰りを待ち焦れている人があるんじゃございませんか？」

「いや、わたしなどには、そんな粋筋《いきすじ》はちっともありませぬ」

宝泉は答えたが、このような場所でも宿の女となると多少は客ずれがしているようで、あまり愉快ではなかった。

ようやく食事が終ったが、お里は江戸のことなどきいたりして、容易にそこを起《た》とうとはしなかった。しかし、下から亭主の亀次郎が呼んだので、彼女は残り惜しそうに膳を抱えて起って行った。

宝泉はしばらく独りになった。宿にはほかにも客が四、五人は泊っているらしい。

今度は別な若い女中が上ってきて蒲団《ふとん》を敷いて行った。

宝泉が早目に寝支度にかかろうとすると、下から亭主の亀次郎が上ってきた。

「先生、もう、お寝《やす》みでございますか？」

亀次郎は襖《ふすま》越しに遠慮そうにきいた。

「いや、まだ起きております。どうぞ」

「ご免下さいませ」

亀次郎は襖をあけて行儀よく入ってきた。

「早速でございますが、先ほど織田村の坪平《つぼへい》の旦那が見えましたので、先ほどお預りした先生の絵をちょっと見てもらいました」

「坪平さんというのは、どういうお方ですか？」

「越前焼の窯元でございます。大きな窯元は二つしかございませんが、その一つで、坪平といえば、福井や敦賀《つるが》、京都にまで名前が知れております」

「それは大そうなものですね」

「主人は平右衛門《へいえもん》さんといって、もう六十近くになられますが、陶器の腕にかけては大したお方でございます」

「そういう方なら、定めし書画骨董《こっとう》にも通じておられましょう。わたしのような拙《まず》い絵をお目にかけたら、さぞお嗤《わら》いなさったでしょう？」

「いえ、とんでもございませぬ。大そうお賞めになって、ぜひ先生に何かかいて戴《いただ》けたらと申しております」

「それは願ってもないありがたいことですが、その方はいまご当家にお泊りでございますか？」

「いえ、平右衛門さんは京からの帰りにここに立ち寄られましたが、いま、この鯖江藩のご家老さまのところにお出かけになっておられます。大へん懇意にされているので、多分、今夜はそこにお泊りでしょうが、明朝はきっとここに立ち寄られますから、お引合せいたします」

「それはまことに忝《かたじ》けのうございます」

宝泉は宿の主人の厚意を謝した。

「そうそう、先ほど女中のお里が申しておりましたが、先生は越前焼に何か興味を持っておられるそうで？」

主人は話を変えた。

「いや、そこに置いてある花筒がなかなか面白い焼きなので、それを申しただけです」

「ああ、あれでございますか」

主人も一しょに床の間を振り返った。

「これも坪平さんとこの出来ですが、なに、こんなものより、向うにおいでになれば、まだまだ立派なものがご覧になれると思います。ひとつ、明日、思い切って坪平さんとご一しょに織田村までお出かけになってはいかがですか？」

「ご先方でお許しがあれば、喜んでお供いたします」

梯子段《はしごだん》でみしりと音がした。

「誰だえ？」

主人が振り返った。

「はい、お里です」

梯子段の途中から返事が聞えた。

「何か用かえ？」

主《あるじ》は首《こうべ》をむけて訊《き》いた。

「はい、お茶が入りましたので持ってきました」

その言葉の通り、お里は湯呑《ゆのみ》を二つ盆の上にのせて現れた。湯を使ったあとらしく、顔に厚めの化粧があった。着ものも少し派手なものにきかえていた。

「おや、おまえはこれからどこかに出かけるのか？」

主人の亀次郎はその姿をみてきいた。

「いいえ、どこにも」

お里は主人を見、宝泉にもちらりと視線を流した。亀次郎は渋い顔をした。

「用事が済んだら早くやすみなさい」

彼が少しきつい口調でいうと、お里は客の宝泉に頭を下げて階下に降りて行った。

「江戸のお客さまが久しぶりに泊られたので、ちと気どったのかもしれません」

亀次郎は苦笑した。宝泉は返事に困っていた。

「では、おやすみなさい」

亀次郎も、やがて煙管《きせる》を筒にしまった。

「おやすみ。……そうだ、明朝、坪平の旦那がここにおいでになるのは早いようですか？」

宝泉は気づいたようにたずねた。

「さよう、四つ（午前十時）ごろにはお見えになりましょう。それまでゆっくりしていて下さい」

「いや、わたしは早く眼がさめるほうなので、それではご城下のご様子などぶらぶら拝見しております」

「城下といっても、この鯖江は狭いですから、とても福井などにはくらべものになりません」

「お殿さまは、いま、お国もとでございますか？」

「いいえ、殿さまはご幼少でございますから、江戸のお屋敷におられ、まだ一度もお国入りがございません。それで、少し寂しゅうございます」

「坪平の旦那《だんな》がお立寄りになっているご家老さまは、ご城代さまですか？」

宝泉は何気ないように訊《き》いた。

「いえ、ご中老さまでございます。この藩では、ご城代、お年寄、ご中老までがご家老格でございます。五万石でございますが、お役人方が多く、入りくんでおります。……おや、おやすみなさいを申し上げて、話しこみました。では、ごゆっくり……」

亀次郎は膝《ひざ》を起した。宝泉も会釈を返した。彼は、鯖江藩のことをもっと聞きたかったが、今は、それを抑えた。

宝泉が、「殿さまは」と訊いたのは、当主間部詮方《まなべあきみち》のことである。享保二年に江戸邸に生れているから、本年五歳、亀次郎がご幼少といったわけである。

この詮方の先々代が詮房《あきふさ》で、将軍家宣の側用人《そばようにん》となり、家宣の没後、幼い家継の傅役《ふやく》を兼ね、その生母月光院と通じて幕閣に勢威をふるっていたことは、本編のはじめのころに書いておいた。

吉宗が、紀州家から将軍になれたのも、ある意味で、月光院や詮房の好意が力あった。

――文十郎の宝泉が、そんな因縁を蒲団《ふとん》の中でぼんやり考えているとき、夜ふけの梯子段がかすかに鳴った。

梯子段の足音に宝泉は眼をさまして緊張した。彼は先夜の大野の宿と同じように、蒲団の下の短刀がいつでもつかめるようにして、そら寝入りをしていた。

しかし、梯子段の音はやさしかった。それは忍びやかだったが襖《ふすま》の前まで来てとまり、膝をつく気配がした。むろん、あたりは静まっている。時刻にして八つ（午前二時）に近いようだった。大野の宿の場合と違い、今度は確実に人がそこにうずくまっていた。

「もし」

襖を細目に開いて女の声が呼んだ。

「もし、先生、おやすみでございますか？」

それが女中のお里だとは宝泉も足音が近づいたときから見当をつけていたので、さまで意外ではなかった。彼は、宵から示していたお里の態度には気づいていたが、すぐにも夜中に忍んできた大胆さにはおどろいた。

「もし、先生」

お里は、襖を開いて膝で入ってきたので、宝泉も狸寝入りをつづけてはいられなかった。

た。

「あ、どうしたんだね？」

彼は寝返りをして言った。暗い中で、かすかに白粉《おしろい》の匂いがした。

宝泉が返事をしたのに、お里はかえって黙っていた。女は息をはずませているようだった。

「お里さんか？」

宝泉は少し高い声できいた。

「はい」

お里は低い声でこたえた。

「話があるなら、明りをつけよう」

宝泉は蒲団から起き直って行灯《あんどん》のほうへ手を伸ばそうとした。

「明りはつけないで下さい」

お里は急いで言った。

「どうしてだね？」

宝泉は普通の声できいた。

「後生《ごしょう》ですから、このままにして下さい。わたしの顔を先生に見られるのが恥ずかしいのです」

お里が忍んできたことは、その言葉ではっきりとなった。彼女の声には乱れがあった。

宝泉もさすがに次の声が出なかった。彼は宵に主の亀次郎がいった言葉を思い出した。

この辺の女は、それほど江戸者に興味を持っているのだろうか。それとも、それはこのお里という女中だけだろうか。

「話というのは、明朝ではいけないのかね?」

宝泉はわざと気がつかないように言った。

「はい」

お里は抑えた声ではっきりといった。

「そうか。……では、なるべく手短かに話しなさい。あんたも、下で寝ている朋輩《ほうばい》に気づかれたらまずいだろうからな。わたしもつまらない邪推をうけても困る」

宝泉はきびしい調子で言った。

お里は暗やみの中で黙っていた。

「黙っていては分らぬ。用事は何んだね?」

宝泉が強くいうと、お里の黒い姿が彼のほうへ動いてきた。

宝泉は、お里が自分のほうにいざり寄ってくる気配に、はっと身をひいた。が、その彼の膝にお里の身体が落ちた。女の重味が彼を押しつけた。

「何をする」

宝泉は叱った。

「先生」お里は泣くように言った。「わたしを江戸に連れて行ってください」

「江戸へ?」

宝泉はおどろいた。

「江戸に行ってどうする?」

「はい」

お里に返事はなかった。しかし、夜中に男の部屋に忍んできて、江戸に連れて行けというのだから、宝泉にも彼女の気持はたいてい分っていた。

「第一、わたしはすぐには江戸に帰らないから、おまえにそう頼まれてもうけ合うことはできない」宝泉は断った。「これから所々方々で絵を描いて回らねばならぬ。いつ江戸に帰れるものやら分らない。江戸に行きたいなら、別の人を頼むがよい」

そう言い聞かされてもお里は宝泉の膝から身体をはなさずに顔を伏せていた。彼女の髪の匂いが宝泉の鼻をついた。

「さ、ここをはなれなさい。人に見られたら何を勘違いされるやら分らない」

彼はお里の肩を膝から押しのけようとした。

「いいえ、ここには誰も来ません。朋輩は昼間の疲れでぐっすり眠っていますから大丈夫です」

お里は宝泉の力に抵抗した。

「おまえは、よくとも、わたしは困るのだ」

「先生が江戸に帰るのが遅くなるのは知っています。それまで諸国を回られるのでしょう。その間、わたしに先生のお世話をさせて下さい」

「世話だと?」

「おひとりで旅をされるのは何かと不自由でしょう。その間だけでいいのです。江戸に着かれてからは、わたしがご迷惑になるようでしたら、突き放して下さい。決して、それ以上の無理は申しませんから」

お里は低いが懸命な声で言った。宝泉の膝もいよいよ重くなった。ここまで口説かれると、彼も白々しい返事をしていられなくなった。

「わたしは、当分、この地方にいる。おまえとそういうことになっては、評判を悪くするでな。絵も頼み手がなくなる」

宝泉は断る口実をみつけた。

「それも知っています。先生は、明日、坪平の旦那《だんな》とお会いになるそうですね。旦那のところに滞在して絵をお描きになるのですか?」

「それは分らない。わたしの描いたものを見て気に入られたら、そういうことになろう」

「では、この国を出発なさるまでお待ちします。ぜひ、どこへでも連れて行って下さい」

いや、と宝泉の口から強い拒絶の言葉が出ようとしたが、彼はそれをのみこんだ。宝泉に、仕事の上での功利的な思いつきが浮んだからである。

宝泉の心に浮んだ功利的な考えというのは、この女中お里の気持を利用することであった。

上総屋は、この地方で名の通った宿であるらしい。主人の亀次郎も顔が広いようである。

いま、お里の気持を阻んでこの拠点を失うよりも、彼女を手なずけておけばこの宿に出入する人の動きからこの鯖江藩をはじめ近郷の様子が知れると思った。この考えは、旅絵師宝泉ではなく、青木文十郎のものであった。

「そなたの気持はよく分った」

宝泉は、暗がりの中で膝《ひざ》に伏しているお里にやさしい声を出した。

「そんなら、先生は……」

お里は、思いがけない声を聞いたように顔を起した。

「うむ。その親切はわたしもうれしい。だが、いまも言う通り、この国に居る限り、おまえと噂を立てられてはならぬ。いずれは他国に出立するから、そのときはおまえの望む通りにしよう」

「うれしい」

お里は宝泉にしがみ付いてきた。女の熟れた匂いは、宝泉の気持を動揺させないでもなかった。

彼は、お里の身体を両手で抑えるように離した。

「待ってくれ」

「先生……」

「いや、今はいけない。おまえの気持は分るが、そういう仲になるのは、この国を出てからにしたいのだ」

「先生は、わたしが浮気な女と思っているのでしょうね。女から忍んできたので、旅の客ならだれでもわたしがこうするように思っているのでしょうねえ？」

「いやそうは思わないが……」

「いいえ、きっとそうお考えになっているのです。でも、わたしはそういう女ではありません。それはよその人にわたしの評判を聞いていただければ分ります」

「それならおまえはわたしが好きなのだな？」

「女が恥をしのんで、こうして来るのはよくよくのことです」

お里は小さな声でいった。

「そうか。……おまえは、わたしの頼みなら何んでも聞いてくれるか」

「はい、どんなことでも……」

お里は顔をあげた。暗い中にその白いかたちが宝泉のすぐ前にあった。二人の息はふれ合った。

「うむ」

宝泉は、お里の手を握ったまま、しばらく考えた。

「ご遠慮にはおよびません、なんでもいって下さい」

お里はためらう宝泉に催促した。

「うむ。……わたしはこの国ははじめてで、様子がよく分らぬ。人の心も知らぬ。おまえに聞けばよく分るだろう。これから先、わたしが何か訊《き》いたとき、なるべく詳しく教えてくれ。それも内密にな」

# 隠《おん》密《みつ》

二日ののち、旅絵師八木宝泉《ほうせん》は、越前焼《えちぜんやき》の窯元坪平《つぼへい》の離座敷に滞在していた。

——坪平の主人平右衛門《へいえもん》は、約束通り、宝泉が泊った上総《かずさ》屋に朝訪ねてきた。彼は宝泉がかいた見本の「松林雪景図」の図を見て感心し、これなら自分がかねてひいきになっている鯖江《さばえ》藩の家老佐野外記《さのげき》という人に見せたい、と言った。

平右衛門は昨夜泊った家老のところに引き返し、宝泉の絵を見せたりしたらしいが、すぐにまた上総屋にとって返し、先方も大そう気に入ったから、しばらく自分の家に滞在し、ご家老のものと、自家のものとを二つ描いてくれと依頼した。宝泉はよろこんで承諾した。

上総屋の亭主亀次郎も世話のかいがあったと、これもよろこんで、宝泉が平右衛門に連れられて織田村に出立《しゅったつ》するのを見送った。ただ、その亀次郎のうしろに隠れるようにして女中のお里が宝泉をみつめていたのは、宝泉にだけ分る彼女の気持だった。

お里は、宝泉がこの国を出立するとき一しょに彼女を連れて出ようという約束を信じているらしい。彼女は、宝泉が坪平のところに滞在している間も、ときどき訪ねて行ってもいいか、とさえ言った。宝泉はあたまから断り切れないので、それは困るが、自分のほうから鯖江の町へ用事にかこつけてたびたび帰ってくる、と言ってなだめた。

宝泉が、あの一夜お里に言い寄られてもあたまから叱らなかったのは彼らしい計略からである。また、その場でお里の言うままにならなかったのは、一つは江戸に残した妻の雪が胸に宿っているからだった。平右衛門の離座敷に絵具を並べて座っているときにも、どうかすると雪の面影が浮んできて、構図を考える彼を妨げた。

文十郎は雪には黙って江戸を出奔している。将軍直々《じきじき》の言葉の前には、この妻にも一切の使命を秘密にしなければならなかった。

もとより、隠密《おんみつ》となって他国に入るからにはそれだけの危険がある。もし、疑われて捕えられても、身分を明かすことはできない。殺されても、幕府では知らぬ顔をするだろう。つまり、隠密の運命は犬死となるかもしれないのである。

また行方不明になっても、幕府のほうから表向きにその藩に調査を命じることもできなければ、捕えられても抗議することもできなかった。そこに隠密探索のむずかしさがあった。

もとより、親しい朋輩《ほうばい》にも言えないことだ。いうなれば、一人の人間がそれまでの生活からふっと消えてしまったという現象である。むろん、家族は心配する。

妻の雪の気性なら、夫の身を気遣って取り乱した態度に出るのではなかろうか。宝泉の青木文十郎はそれが心配である。

彼は、自分が無事に生きていることを何んらかの方法で雪に報《し》らせたいとも考えた。たとえば、雪だけに分る工夫をして、旅先からそのしるしを送ることだ。他人の名前を使っても、その手蹟《しゆせき》から夫だとは雪には分る。

しかし、それも主命の趣旨を思うと、文十郎にはためらわれた。

「ご免下さいまし」

宝泉が下図の紙を前にしているところに、襖《ふすま》をあけてこの家の主人平右衛門が入ってきた。

「これは、ご主人」

宝泉は雪のことを考えている矢先だったので、夢からさめたように平右衛門を迎えた。

「いかがでございますか、お仕事のほうは？」

平右衛門は六十近い男で、この辺で一番の窯元の主人らしい貫禄《かんろく》を持っていた。今も土をこねてきたらしく、筒袖《つつそで》の仕事着にモンペをはいている。仕事の合間にちょっと様子をのぞきに来たという格好だった。

「はい、昨日からご家老さまの下図を考えておりますが、何んにいたせ、お偉い方のご用命となると、少し気持が固くなって、なかなか工夫がつきませぬ」

宝泉は答えた。

「いやいや、そう固くなられると困ります。いかにご家老さまのご注文とはいえ、気軽に描いて下さい」

「昨日こちらに引き移ってから、いろいろとお心遣いをいただいて申訳なく思っております」

「なるべく静かなところで描いていただきたいと、この離れを使っていただきましたが、なにぶんにも田舎のこと、お世話が行き届かぬと思います。何んでも不自由な点は遠慮なしにいって下さい」

「ありがとう存じます」

「わたしも壺《つぼ》や茶碗《ちゃわん》を焼いて少々は絵心に通じるものを持っているだけに、絵師の気持はよく分っております。ご家老さまのご注文は花鳥画ということでしたね？」

「はい。……それも今までのものから脱《ぬ》けたものを描こうと思いますので、よけいに苦労しております。考えれば考えるほどこれまでの粉本の絵がらが頭の中に湧いてきて、かえってそれに囚《とら》われ、困っております」

「いやいや、どうぞ気楽に気楽に」

平右衛門はつづけて、

「何んでしたら、ご家老の佐野外記さまのほうは何んとかわたしから言訳をしますから、気分のほぐれるように、わたしのほうの軸物を先に描いていただき、それからとりかかっていただいても結構です」

「けど、ご家老さまのほうもお急ぎでございましょう？」

「ああしてお引合せしたのだから早いに越したことはないが、そこはお気分でやって下さい。今も言う通り、ご家老さまはわたしと懇意な方ですから、何んとでも言訳をいたします」

そこに女中が茶道具を持って入ってきた。

「ご主人、ご家老さまとご懇意なのは、やはり焼物などからでございますか？」

「左様、佐野外記さまは皿や茶碗などがお好きでして、よくここにお見えになります」

「鯖江藩のお殿さまはまだお小さくて江戸のお屋敷におられると聞きましたが、それだけご家老さまもお国元ではご苦労なわけでございますね」

宝泉は、何気なくその話題に入った。

「左様」

主人の平右衛門は、その重い口を綻《ほころ》ばせた。「ご当主さまは、まだ五歳にしかなられませぬ。江戸芝三田の藩邸にずっとおられますが、こちらは、いま申し上げたように、家老の佐野外記さまが藩を締めておいでになります。ご存じのように、ここはずっと前には飛《ひ》騨《だ》郡代の代官所が置かれていましたが、先々代の間部《まなべ》詮房《あきふさ》さまが家宣将軍のご眷顧《けんこ》を蒙《こうむ》り、老中《ろうじゅう》となられまして、五万石の食封《じきふ》を受けて上州高崎の城主になられました。その後も家継将軍の後見役となっておられましたが、今から六年前に高崎でお亡くなりになられました。で、今は先代の詮言《あきゆき》さまが家督を安堵《あんど》され、高崎からこの鯖江に所替えを命じられたのですが、ご承知のように、今も五万石でございます。なにしろ、あのように狭い町でございますから、はじめにご先祖さまがご入部になったとき、武家屋敷の場所も無く、細長い街道沿いに離れ離れに町づくりが行われました」

「なるほど。それでは佐野さまのご威勢は大したものでございますな」

「だが、大きな声では言えませんが、先々代詮房さまのご威勢には及びませぬ。そのころは大した勢いで、諸大名方が詮房さまをまるで将軍さまのように崇《あが》め奉ったということでございます。それへの反感もあってか、かえって今は当代上様（吉宗）に何んとなく冷たく見られているというのがこの藩の者の考えでございます。ですから、佐野さまなどは何んとかして昔の勢いに藩を盛り立てようと苦労なすっているようでございます。……いや、こんなことがわたくしの口から出たということは、どうぞ内聞にして下さい」

平右衛門は、自分の言過ぎを後悔したように言った。

「それは大丈夫でございます。わたくしは決して他言しませんからご安心下さい」

「よろしく願います」

「したが、ご主人、この越前の国は、ただ今お話の鯖江藩のほか、ずいぶんと小さな藩がございますね」

「左様。福井藩を別にしても、丸岡、大野、勝山、鞠山《まりやま》の諸藩、それに松岡藩と吉江藩がありま す。みんな小藩ばかりですが、それに加えて国内には郡上《ぐじょう》領、紀州領、金森領、それと幸若舞《こうわかまい》で有名な家元の幸若領などの知行所が散在していますので、いや、もう、ややこしいことでございます」

「ははあ、それは聞いただけでも面倒でございますな」

宝泉はうなずいて、

「今お話の紀州領というのは、この近くでございますか?」

「はい、この織田村から三里ばかり東に寄ったほうに丹生郡糸生村《にゅういとう》というのがございます。そこの葛野《かずらの》というところに紀州家の代官所がございますが、ご承知のように、当上様がまだ紀州家におわせられたときの三万石の領地がそのまま残っております」

「その三万石というのはわたくしにはよく分りませぬが、どういう村々が入っていますか？」

「さよう」

主人の平右衛門は答えた。

「いま申した糸生村のほかに、丹生郡だけでも十三か村、坂井郡に針原村のほか三十二か村がございます」

「それは大そうなものでございますな。して、今の紀州領の陣屋にはどういうお方が代官としてお見えになっていますか？……いや、これは旅をしているわたしなどには珍しいので、つい、お訊《き》きしました」

宝泉は控え目にいった。しかし、隠密《おんみつ》青木文十郎の彼は、そんな知識は江戸を発《た》つときから持ってきたものだった。

「お代官は紀州家譜代の菅沼隼人介《すがぬまはやとのすけ》さまとおっしゃいます。十年前には、大久保八郎五郎と仰せられる方がおられましたが、この方は上様が将軍家にお立ち遊ばしたときにお供して旗本になられ、大久保伊勢守さまと申して五千石までにご出世なされました。ご当主は、たしか三代目ですが、その御縁戚《ごえんせき》の方だと思います」

平右衛門は説明した。

「ははあ、なるほど。さすがにお詳しいですな」

宝泉は感心してみせた。

「そりゃ、あなた。わたくしは昔から土地の者ですからな。その大久保様、つまり初代の八郎五郎さまも、よくわたくしの窯を見においでになったものでございます」

「こちらとはご懇意にしておられましたか?」

「大久保さまに限らず、この国内をはじめ、近国のご重役方は、てまえどものごひいきで、よく窯を覗《のぞ》きに見えます」

坪平の主《あるじ》は自慢げに表情を動かした。

「やはり大したものでございますな。……その大久保さまもお目が高かったわけでございますな」

「焼ものにはお詳しいようでした。てまえのほうからお買上げになったものがずいぶんございます。なかには油壺《あぶらつぼ》や、おはぐろ壺といった類《たぐ》いのものまでお求めでした。たしか、みんな江戸のほうにお持帰りだったと思います。……さあ、今も、お屋敷にああいう品が残っておりますかどうか」

平右衛門は、なつかしいような眼つきをした。

「そういうものがお好きなら、大久保さまは、さぞ、お心のやさしい方でございましたでしょうな?」

宝泉はきいた。

「はい。てまえどもには、おだやかな方でしたよ」

てまえどもには、には？……その言葉が宝泉の耳には意味ありげに聞えた。

「では、ご領内のお百姓衆も、大久保さまのご仁慈を慕っておられたでしょうな？」

「さよう……」

平右衛門はいいかけて、ふいとその返事が途中で切れた。彼の眉《まゆ》に曇ったものが出ていた。

宝泉は、平右衛門が返事をためらい、瞬間、暗い顔になったのを見のがさなかった。

大久保八郎五郎が紀州陣屋の代官時代、領内の百姓が彼の仁慈になじんだかときいたときである。

「さよう……」

平右衛門は言葉を区切って、にわかに咳《せき》をした。それがおさまると、平右衛門の暗い眉が開いて返事が出た。

「みんな、おとなしくしていたようです」

「そうでしょうね、さすがに紀州家から見えたご家中ですな」

宝泉が相づちを打ち、その話を平右衛門からつづいて引き出そうとしたとき、

「どれ、わたしもこうしてはいられない」平右衛門はにわかに腰を浮かした。「窯の火の具合を見回ってこなければなりません。思わず長話をして、先生のご思案の邪魔をしまし

た」

彼は煙管《きせる》をしまった。

「てまえこそお引きとめをいたしました」

宝泉も詫《わ》びた。

しかし、平右衛門が出て行ったあと、宝泉は腕を組んだ。平右衛門は、なぜ、大久保八郎五郎の話を途中で打ち切ったのであろうか。陶器を愛するくらいの人なら、さぞ、心やさしい方であったろう、百姓もこの代官になじんだであろう、と訊いたのに、瞬間、眉の間に皺《しわ》をつくって言葉を濁したのである。

これは、何か理由がありそうだ。そのくせ、平右衛門は、大久保は「てまえどもにはおだやかな人」だったといっていた。自分たちにはよかったという言い方には、ほかの者にはどうだったのだろう、と反語的な疑問が浮ぶ。平右衛門は、一応、「領内の者もおとなしくしていた」と答えたが、どうもあれはとりつくろった返事だという気がする。

宝泉は、下描きの紙を伸べた前で考えていた。それは、あたかもこれから描く絵の構図を工夫している姿のようでもあった。

そのとき、入口の襖《ふすま》が静かに開いたので、宝泉は自分の思案を見破られたように、ぎょっとした。

「ごめん下さい」

低い声がして、若い男が入ってきた。

宝泉はそれがこの家の息子だと知った。ここに来たとき、平右衛門にひき合されている。二十三で、平太郎という名だと聞かされた。

「おや、平太郎さんですか、どうぞ」

宝泉は愛想よく招じた。

「お邪魔ではありませんか？」

平太郎は遠慮そうにきいた。

「いや、まだ何んにも描いていませんから、構いません」

「先生がお描きはじめになったら、また伺います。そのとき、横で見せて下さい」

平太郎は、宝泉の前の白紙をのぞいて言った。

「平太郎さんは、絵がお好きなんですね？」

宝泉は、父親と同じ仕事着をつけている好ましい青年に微笑した。

平太郎は少し恥ずかしそうにうなずいた。

「鯖江藩のご家老の佐野外記さまからのご注文だそうですね？」

平太郎は、父親から聞いているらしかった。

「はい。それで固くなって、いまだによい図柄が浮ばずに困っています」

宝泉も平右衛門にいった通りに答えた。

「それでは、筆を下ろされたときに伺います」

平太郎は、遠慮して出ようとした。その態度が素直で、宝泉には好ましかった。色は黒いが眼がはっきりしている。

「どうせ、今は何も頭に浮びませんから、ここにおられても、わたくしはちっともかまいませんよ」

「そうですか」

絵が好きだという平太郎は、江戸から来た旅絵師の傍に気がねしながら座った。

「あなたも、お父さんと一しょに焼ものをつくっているのですね？」

宝泉は話しかけた。

「はあ」

平太郎の筒袖《つつそで》は、粘土で白くよごれていた。

「お父さんは腕がいいから、あなたもきっといい陶工になるでしょう。仕合せですね？」

平太郎は黙ってうなずいた。

「お父さんは、あなたにやさしいでしょう？」

宝泉は、平太郎が平右衛門の一人息子であり、その母親が八年前に死んでいることも、ここに来たときから平右衛門の口から聞かされていた。

「はあ」

平太郎は、またうなずいたが、これはそれほど強いものではなかった。宝泉は、少し変に感じたが、それはこの息子の内気なためかもしれないと思った。

それよりも、宝泉の心に、ある考えが首をもたげた。さっき、平右衛門は、もと紀州領の陣屋にいた大久保八郎五郎のことでは妙に口をつぐんだ。彼はその理由をこの息子から聞き出そうと思ったのだ。

もっとも、平太郎は二十三の若さだから、十数年前の大久保のことは知らないはずだ。しかし、彼を懐柔しておけば、彼を通じて当時の事情に詳しい人間に会えるかもしれないと思った。

折角、好意をよせてくれている平右衛門には悪いが、これも任務のためにはやむを得ないと、宝泉の青木文十郎は思った。

「そのうち、わたくしも画材を求めにこの近隣を歩いてみたいと思いますが、そのときは平太郎さんが案内して下さいますか？」

宝泉がいうと、

「はあ、いいです」

平太郎は今度は勢いよくうなずいた。

「そのためには、ご家老さまから頼まれたぶんだけでも、早く仕上げねばなりませんな」

宝泉がそこまでいったとき、家の外がにわかに騒々しくなった。人が大きな声を出している。

宝泉が聞き耳を立てる前に、平太郎が屹《きっ》と顔をあげた。その眼は光っていた。

宝泉が、外の騒ぎにどきりとなったのは、やはり隠密《おんみつ》という弱みからである。少し変ったことがあると、すぐに危険感に直結する。

がいた。

「何か起ったのですか？」

彼は思わず平太郎を見た。

おどろいたことに、この青年は眼を光らせて表の様子を真剣にうかがっていた。外の声が一段と高くなった。何を叫んでいるのか、土地の訛《なまり》なので宝泉はすぐに理解できなかった。かなりな人数で駈《か》け出す音もしている。この家には、召使や職人などの雇人

「ごめん」

平太郎は短く断ると、急いで部屋を出て行った。彼も走り出したようである。

宝泉はあっけにとられた。

彼は、しばらく座っていたが、外の騒ぎがふしぎなので、思い切って自分も座敷を出た。

ここは離れだから、母屋を通るよりも庭に下りて外に出たほうが早い。宝泉は庭下駄《げた》をつっかけ、柴折戸《しおりど》を開けた。

この住居の横に細長い棟が二つならんで建っているが、これが仕事場で、ろくろを何台もすえて職人が土で壺《つぼ》や茶碗《ちゃわん》のかたちをつくっている。それに釉《うわぐすり》をかけたりしている。

何枚もの板の上に白い土の茶碗や壺がのせられ、外で天日に乾かされている。窯は、その仕事場の前に大きな土饅頭《どまんじゆう》のように五つならんでいるが、風雨にさらされてきたない黒ずんだ色であった。窯場の前には、おびただしい薪《まき》が積まれてある。窯のうしろからは黒い煙が立っていた。

材料の粘土は、丘陵のように堆積《たいせき》されていた。職人や雑役夫が集って働いている。織田村三十いくつかの窯元の中で、坪平は一、二といわれるだけに働く人間の数も多い。これは、が、いまは、その連中が落ちつかない様子で、裏山のほうを見上げているのだ。

さして高くもなく急でもないが、奥は高い遠山につづいている。

宝泉が眼を放つと、斜面の松や杉林の中で小さな人影が十人ばかりも動いていた。何かを捜しているような様子である。さっき血相を変えたようにして飛び出して行った平太郎もその中に加わっているらしい。

「どうしたのですか？」

宝泉は、わけが分らずに、近くにいる職人に訊《き》いた。この職人は、壺や皿、茶碗などを乾燥板にならべていたのだが、手を休めて皆と一しょに裏山を眺めているのだった。

「へえ……」

三十くらいの職人は、宝泉にきかれてあいまいに笑った。返事も渋っている。

「何かあったのですか？」

宝泉は重ねて質問した。とにかく、これだけの職人たちが手を休めて、裏山を凝視しているのは普通ではない。

「へえ、狂人が出たのです」

職人は、その様子と違って、気乗りのしない返事だった。

「狂人？」

宝泉はあきれて、答えてくれた職人の傍に立ち、裏山にまた眼を戻した。相変らず、松、杉の林の中を十人ぐらいの人間がいそがしく動いている。

「どうしたのですか?」

宝泉が訊いたのは、その狂人が平右衛門の身内の人間ではないか、と疑ったからだ。でなければ、これほど騒ぐことはない。

「さあ、よく分りません」

職人は表情のない顔で答えた。

「よく分らない? では、こちらの知合いの人ではないのですね?」

「へえ」

ふしぎな話だ。この地方では狂人がそれほど珍しいのだろうか。

山で声が高くなったので、宝泉はまた視線を向けた。林の中の人むれが藪《やぶ》を泳ぐように右往左往している。

「あっちだ、あっちだ」

と、叫んでいた。狂人を追っているらしい。棒を持っているところをみると、見つけ次第に袋だたきにでもするつもりだろうか。騒ぎが大げさすぎた。

「もし。その狂人というのは、何か悪戯《わるさ》でもするのですかえ?」

宝泉は再び職人に問うた。凶暴な狂人は何んでもない人間に襲いかかることもある。この村の人間がそんな被害でもうけたことがあるのか、と思った。

「さあ」

職人は首をかしげている。自分でも分からないらしい。してみると、そういうこともなかったのだろう。

「この村には、よく現れるのですか?」

宝泉は、しつこいくらいに訊いた。

「そうでもありませんが……」

三十くらいの色の黒い職人は、何をきいてもはきはきしなかった。

「その狂人は、どこから来るのですか?」

「さあ」

「この村の人ではないのですね?」

「へえ」

「あの山の向うの村にでもいるのですか?」

「さあ」

不得要領な返事は、どうやら宝泉の追及を職人が迷惑がっているようでもあった。見ると、山では人数が下りにかかっていた。目ざす狂人を捉《とら》えることができなかったらしい。その引きあげ組の中に、平太郎の姿がはっきりと見えた。

宝泉は、もとの庭に戻り、自分の部屋にはいった。彼は再び絵具の前に座った。

そのうち、平太郎がここに姿を現すだろう、彼が来たら事情を訊いてみようと宝泉は思った。

たかが狂人ひとりに騒ぎ方が普通でない。職人たちは手を休めて山狩に向ったのだ。平太郎も目の色をかえてとび出した。

何かある、と宝泉は考えた。彼は平太郎の足音が戻るのをそこで待っていた。

宝泉が待っているのに、平太郎はその部屋に戻ってこなかった。彼の代りに、親の平右衛門が彼の前に現れたのは、夕方近くであった。

「先生、何んぞよい工夫がつきましたか？」

平右衛門は、下絵の紙をのぞいた。そこには、まだ線一つ引いてなかった。

「いや、まだ思案がまとまりません」宝泉は小鬢《こびん》を掻《か》いた。「明日までには何んとかまとめたいと思っています」

「いや、それならちょうど、よろしゅうございます。それは、ちょっとおやめになって下さい」

平右衛門は幸いのようにいった。

「ははあ、では、中止ですか？」

宝泉は平右衛門の顔を見た。平右衛門は、微笑していた。

「中止ではありません。さきほど鯖江からご家老のお使が見えまして、少々、絵の趣向を変えて頂きたいということでございます」

「ほう、ご注文があるわけですね？」

「そうです、そうです。今までは先生にお得意のものを描いて頂くつもりでしたが、それはあと回しにして、先に、特にお願いしたい図柄があるそうです」

「何んでしょうか。わたしには、あまりむずかしいものは出来ませんが」

宝泉は、相手が武家だから、武者絵かもしれないと思った。

「ご家老さまは、先生に絵図を描いて頂けないだろうか、とのことでございますが……」

「絵図？」

宝泉は意外そうに訊き返した。

「さあ、こう申しても急なことで、ご納得がゆかないかも分りませんが、実は、来月、ご家老の佐野外記さまがご出府になられます」

「おう、江戸の藩邸にお出かけになるのですか？」

「急に決ったことだそうです。ついては、お殿さまに国のお土産を献上したいというので、いろいろお考えになりましたが、前に申しました通り、お殿さまはまだ五つという御幼少でございます。てまえどもの壺や皿ではお気に召しません。そこで、まだご存知ないご本国の模様を絵にしてお目にかけたら、ということになったそうです」

「それはよい思いつきですな」

「わたしもそう思います。ご幼少ながらお殿さまですから、本国がどのようなところかご存知ないのでは困るわけでしょう。いえ、それよりも、いずれご成長の暁は、ご入国ということになりますから、それまでには絵の上でよく本国の景色になじんでいただこう、という佐野さまのお考えでございます」

「うむ、なるほど」

「絵なら、殿さまもおよろこびですから一石二鳥で、まことに好都合ということになります」

「その絵をわたくしにご用命なさるわけですか？」

「はい。先生がこちらにご滞在なさったのがちょうど幸い、この思いつきもそこからでございます。……先生、この領国を思う存分に歩いて頂いて絵図に仕立てて頂けませんか」

平右衛門の申出は、宝泉に思いがけなかった。そして彼には予期しない幸運でもあった。

鯖江藩の幼君に見せる絵図の写生に、領内をくまなく歩いてくれというのである。

しかし、ここに少し困ったことがある。宝泉が歩いてみたいのは鯖江領内だけではない。

できれば越前一国を踏査する名目が欲しいのだ。

「それは願ってもないこと、お殿さまのお目にとまるなら絵師冥利《みょうり》に尽きます。凡庸なわたしですが、一生一代の名誉と思い、懸命に描かせて頂きます」

宝泉は感謝をこめて平右衛門にいった。

「おお、それでは引きうけて下さるか？」

「ぜひとも」

「それはありがたい。いや、先生の腕なら間違いはない。それに、なにせご幼君にご覧に入れる絵ですから、普通の山水画と違い、いわば分りやすく、きれいに描いて下さい」

「承知しました。ところで、ご主人、それは鯖江領内だけでよろしゅうございますか？」

「と、申されると？」

「鯖江のお殿様にお見せするのだから、領内はもとよりのことですが、それだけでは少し狭いような気もいたします。いっそのこと、越前一国もそれに加えたら、名所旧蹟《きゅうせき》も数多く描きこめるので、絵柄も一段と面白うなると思いますが」

「はて」

平右衛門は首をかしげていたが、すぐにぽんと膝《ひざ》をたたいた。

「それはまことによい思いつきですな。それなら、かえってお殿さまもお喜びかも分りませぬ。どうぞ思うように描いて下さい」

「それでは、そう決めてよろしゅうございますか」

宝泉は内心の喜びが隠せなかった。彼の顔は思わず輝いた。

「ついては、ご主人、わたしはこの国にはとんと不案内でしてな。そういうものを描くからには、どなたかご案内を頼めますか？」

「いや、もっともなことです。よろしゅうございます。わたしの息子平太郎に先生をご案内させることにしましょう」

「なに、ご子息を？　それは願ってもないことです」

「何んにいたせ、ご家老の佐野さまが江戸に向われるのも間近いこと、あまり日がありませんから、先生のご都合さえよろしければ、明日あたりでも早速出立《しゅったつ》していただきましょうか」

「わたしも、そういうご事情なら、早いほうがいいと思います。それでは、明日の朝早く出立ということにして、平太郎さんに伝えて下さい」

「承知しました」

話は宝泉の思うようにとんとんとすんだ。彼は、ふと思いついたように訊《たず》ねた。ここで、

「平太郎さんといえば、先ほど何やら裏山で騒ぎがあって出かけられましたが、職人衆に訊《き》いてみると、狂人が出たそうですな？」

「はい」

平右衛門の顔が曇った。

「あれをご覧になったのか」

平右衛門はつぶやくように言った。

「ちょうど、ご子息がここに遊びに見えていたときですから、何事かと思って外に出たのです」

「困ったものです。ときどき、ああしてこの辺に現れるのです」

「それは、この村に迷惑をかけているからですか？」

宝泉は職人に訊いたと同じ質問を言った。

「凶暴な狂人でして、村の者も困っています。いつぞやは、何もしない女子供を半死半生

の目に遭わしたことがあるので、そいつが現れ次第追い払うことになっています」

質問は同じだったが、職人の答とは違っている。職人は別に迷惑を受けていないと答えたのだ。はてな、と思った。

「それは男ですか、女ですか？」

「男です」

「まだ若いのですか？」

「そうですな、あれで二十二、三ぐらいにはなるでしょうか。どうも狂人の年齢はよく分りませぬ」

「名前は分っているんですか？」

「名前も生国《しょうこく》もよく分っていないのです。多分、よその国からここに来たのでしょうが、日ごろは野山にでも寝ているらしく、めったに里にはこないのですがね。よく百姓家の台所やイモ畑などが荒されているので、そんなものをたべて生きているんですね」

「なるほど。それでみなさんがああして懸命に追いかけているのが分りました。狂人は捕えてから折檻《せっかん》でもするつもりなのですか？」

「なにしろ狂人相手ですから、こちらで手荒くならないとも限りません」

平右衛門は言った。

宝泉の心にはまだ職人の返事がひっかかっている。平右衛門の話よりも、何んの考えも持たない職人の答が正直そうに思えた。

もし、そうだとしたら、平右衛門は、なぜ、そんな嘘をつくのだろうか。たかが一人の狂人に十人の人間が必死に騒ぐのが異常である。宝泉は常識的なことをきいた。

「そんな迷惑をかけるような狂人を、どうして野放しにしているのでしょう？　取り押えて牢《ろう》にでも入れるということはないのですか？」

「相手がなかなかすばしこいので、どうにもならないわけです。それに、この辺はご承知のように小さな領分がいくつも隣り合っていますから、他領に逃げ込めば、そこまでは追って行けないわけです。どうも困ったものです」

平右衛門は、その話を早く打ち切りたいような様子だった。そこに平太郎が前の姿のままで現れた。

平右衛門が息子にいった。

「平太郎、先ほどおまえにも話した通りだ。先生は明朝からご領内の写生に出かけられる。おまえ、よくご案内して差し上げろ」

その晩、宝泉は与えられた居間で明日の出立の用意などしていた。まるきりこの国を出て行くのではないから、あまり荷物になるものは残して置くつもりだった。とにかく、この小さな旅は写生だけして帰ればいいのである。仕上げは、この部屋に籠《こも》って絵巻物に描き込むつもりだった。そのため、絵具、筆など一切ここに預けて置くことにした。ただ一管の矢立《やたて》と写生帳があればことが済む。

ただ、彼には、その写生帳のほかに心憶《こころおぼ》えのものを書く紙が用意されていた。それは特に漉《す》いた紙で、ひろげれば畳半畳敷ぐらいにはなるが、揉《も》み込むと爪《つめ》の中に入り込みそうなくらい小さくなる。もちろん、これには見聞した機密の内容を秘《ひそ》かに書いて、衿《えり》にでも縫い込んで江戸に帰るつもりだった。

宝泉の文十郎は、妻の雪に何んとかして自分の無事であることを報《し》らせたかった。消息文などは思いも寄らないので、それとなしに妻にだけ分るものを見せてやりたい。

彼は釣友だちの香月弥作を思い出した。香月は八丁堀の同心だが、彼が文十郎の旅に出たことを詮索《せんさく》することもあるまい。あくまでも釣の友だちとして送ったものを雪に届けてくれるであろう。

宝泉は、それにはこの越前焼の小さな壺《つぼ》でも送ろうと思った。しかし、この家から弥作のもとに直送するわけにはいかない。誰かに頼みたいのだが、それには上総屋の女中お里がいいと思った。

お里には彼が妻帯者であることを知らせていない。香月弥作に送るなら別段咎《とが》められることもなさそうだった。だが、問題は、鯖江に行ったとき、それをどのようにお里に言い含めるかだ。同行者には平太郎がいるので、彼にはなるべくこの国のものを江戸に送ったことを知らせたくなかった。

長い間、この坪平に厄介になっている上は、些細《ささい》な行動も不審になるようなことは避けなければならなかった。

幸い平太郎とは近く鯖江に行く。宝泉は、この坪平から筆洗用として小さな壺でも乞《こ》い請けようと思っていた。

そんなことを考えていると、彼の耳は庭の向うに足音が通って行くのを聞きつけた。

宝泉はそっと障子をあけた。こちらの影が映らないように行灯《あんどん》の灯《ひ》を消して外を窺《うかが》うと、庭の垣根に沿ってまるい提灯《ちょうちん》が一つ動いている。

宝泉は提灯の火影《ほかげ》で、その影が平右衛門であることを知った。すでに夜も四つ（午後十時）近くになっている。宝泉はまたもや胸が騒ぎだした。今ごろ平右衛門は一人でどこに行くのだろう？　もしかすると、自分の身分を察して誰かに密告に行くのではなかろうか。そんな疑いがすぐに胸に来るのだ。

夜更けに主人ひとり、誰も連れないで出かけるというのが尋常ではなさそうだった。

彼は、その晩、蒲団《ふとん》の位置を変えて、短刀をわきに引き寄せて寝た。しかし、何事もなく夜が明けた。

「ご主人はおられますか？」

朝、食事を運んできた女中に訊いた。

「まだお戻りなりませぬ」

女中はうっかり答えた。戻らぬというところをみれば、この女中は主人の行先を知っている。密告ではなかったのかと安心した。

「して、昨夜《ゆうべ》はどこに行かれたのですか？」

「隣村の知合いに碁を打ちにおいでになりました」

女中は少し困ったような顔をして、答えた。

なるほど、碁打ちなら夜を徹することもある。殊に平右衛門が昨夜出かけたのは遅い時刻だったから、あるいは徹夜を覚悟で行ったのかもしれない。それにしては今朝の出立が分っているのに不用意なことだと思った。

平右衛門が戻らないでも、平太郎と一しょに予定通り出発していいのか、それとも彼が戻ってくるまで延ばすのか、宝泉が判断に迷っていると、息子の平太郎が午《ひる》ごろに顔を出した。

「先生、まことに申訳ございませんが、親父の平右衛門が昨夜碁を打ちに行って、そのまま帰りませせぬ。これから出かけるのも半チクになりますから、いっそのこと出立は明日の朝に延ばしたいと思います」

と申し出た。

「おう、そうですか。わたしはどちらでも構いませせぬ。平右衛門さんもよっぽど碁がお好きのようですね」

宝泉は笑っていった。

「はい、あれがただ一つの道楽でございます」

息子の平太郎は苦笑していたが、彼も浮かぬ顔をしていた。

宝泉は出立が一日遅れたので、その日は何んとなく突き放されたような気持で送った。一日ぐらいはどうでもよいが、せっかく気負い込んでいた気持がはぐらかされると、気落ちがしないでもない。

すると、外が暗くなって間もなく、この家の女中が来てこっそりと告げた。

「先生、表に女の方が見えて、ぜひそこでお目にかかりたいと申しておられます」

ほかに心当りがないので、それが鯖江の上総屋の女中のお里だと察した。宝泉は、そこにある壺を一つ懐に入れた。岩絵具をとかすのにもらいうけていたものだ。表に出てみると、ずっと離れた土塀の暗いところにお里が忍ぶように立っていた。

「どうしたのだ？」

宝泉は叱るように低い声できいた。鯖江から織田村までは相当な距離である。それを女の脚で暗い中を歩いて来たのだ。

「先生にどうしてもお逢《あ》いしたくて」

お里は袂《たもと》を噛《か》んでいた。宝泉はこのあたりの女の一途《いちず》さにおどろいた。

彼もあたりを見回して、

「こんなところに来てはわたしも迷惑だ。近いうちに用事があって鯖江の町に行くことになっている。今夜はこのまま早く帰るがいい」

と諭した。

「鯖江の町にこられるのは本当ですね？」

お里は疑うような眼をあげた。

「嘘ではない。実は、この辺の見物にこの家の息子さんが案内して下さることになっているのだが、ご主人の平右衛門さんが昨夜から碁打ちに出かけられて一日出立が延びたのだ」

宝泉が言うと、

「平右衛門さんが碁打ちなどに行くもんですか」

と、お里はそれを聞いて、嘲《あざけ》るように言った。

お里は平右衛門の昨夜の行先を知っているらしい。田舎のことだし、かなり遠くとも隣のように様子が分っているのだ。殊に平右衛門はこの辺の大きな窯元だから、だれ知らぬ者もないのだろう。

「では、どこに行ったのだ？」

宝泉はきいた。

「平右衛門さんには妾《めかけ》がいるのです」

「妾？」

宝泉はおどろいた。しかし、あり得ないことではない。平右衛門は八年前に妻と死に別れている。金があるのだから、それくらいの囲い女がいてもふしぎではなかった。

「この辺ではだれ知らぬ者がありませぬ。平右衛門さんのおかみさんが死んでからすぐに出来た女ですが、隣村においているのです」

お里は宝泉の無知を嗤《わら》うように教えた。

「道理で女中も碁打ちだとは言ったが妙な顔をしていた。その妾というのは若いのか？」

「二十七、八です。なんでも金沢から旦那《だんな》が連れて来たということですが」

それなら、昨夜、平右衛門も早く帰るつもりで出かけたが、女のもとで思わず帰りが遅れたのかもしれない。

「ねえ、先生。先生は本当に平太郎さんと鯖江に来るのですか？　それはいつですか？」

お里は自分のことに話を引き戻してたたみかけてきいた。

「それも平太郎さんの考え次第だが、先に鯖江の町に行くというから、明日ぐらいには行くことになろう。そのときはきっとおまえのいる上総屋で泊る」

「きっとですね？」

お里は宝泉の胸にもたれて念を押した。

宝泉に新しい考えが起った。

「お里、少しきくが、昨日、この辺の山に狂人が現れたのだ。だいぶん職人たちが騒いでいたが、その狂人が悪戯《わるさ》をしてみんなに迷惑をかけるということからしい。聞いたことがあるか？」

「狂人ですか」

お里は少しためらっていたが、

「他人に迷惑をかけるのではありませぬ。この辺では狂人が出ると殺してもいいことになっています」

「なに、殺す？」

　狂人であっても人間に変りはない。それを殺してもいいというのは、そのようなおきてでもあるのだろうか。

「それはどういうわけだ？　この辺に限って許されているのかね？」

「ここでは申せませぬ」

　お里は暗い中であたりを見回すようにした。

「詳しいことは、先生が上総屋においでになったときに申します」

　深い事情が伏在していそうなので、宝泉もそれなりに黙った。一つはだれが暗がりで聞いているか分らないという警戒心からだった。

「おまえに頼みがある」

　宝泉は持ち出してきた越前焼の小壺《こつぼ》をお里の手に握らした。

「これを江戸に送ってほしい。宛先は八丁堀の香月弥作という人だ。わたしの名前でなく、おまえの名前にしてくれ。仔細《しさい》があって内緒で送ってほしいのだ」

# 判官

大岡忠相《ただすけ》が町奉行所に行くのは、たいてい午後三時になっている。二時に下城ということになっているが、なかなかきっちりとはいかない。どうしてもいろいろと用があって暇どることになる。

三時に奉行所に顔を出すと、山積した決裁事項が彼を待っている。月が変って、今日から彼が月番だった。

気のせいか、葉を渡る風が涼しく感じられる。

奉行のもとには詰所の役人がそれぞれ書類を差し出す。それは各係りによって担当が違うので、忠相のもとには管掌別になって書類が整置されてある。

今日は行政上の決裁書類のほか、判決をしなければならない事件が四十六件ある。

公判事項が年々ふえるばかりである。

享保《きようほう》三年には一万一千六百五十件の裁判済みのものがある。これを一日に平均すると三十二件に当る。享保四年には二万五千九百七十五件を記録している。一日平均七十一件だ。享保四年からは町奉行が二人となったが、たとえば、享保五年についてみると、訴訟数は三万四千五十三、公事《くじ》数二万六千七十となっている。

訴訟数というのは出訴の数で、これを受理して裁判したのが公事数である。だから、年間九千件近くが翌年繰越しになり、それに当年の数がふえてゆくから、判官も忙しいわけだ。この点、現在の裁判官や検事の受持件数の多忙さと変りはない。

もっとも、奉行がいちいちこれを裁判するわけではなかった。小さなものは与力にさせ、大事だと思うのは自分が裁く。

与力が差し出した中に「安寿尼《あんじゆに》殺し下手人《げしゆにん》吟味一件」というのがある。これは先々月大岡忠相自身が係りとなって、いま伝馬町《でんまちよう》大牢に未決のまま拘置されている長州無宿幸太《たいろう》の一件書類だ。

忠相は真先にそれを黙読した。

書類には、与力宮杉長太郎による調書や、当人の口書《くちがき》（自供書）などが添えられている。

「この者は重罪人でございますから、なるべく早く罪科申渡しのほどを願います」

記録係の与力が傍らから言い添える。

忠相はうなずいて仔細に読んでいたが、宮杉の取調べも、下手人の自供も辻褄《つじつま》が合って、ほとんど間然するところがない。

「今日で幾日留め置いているかな？」

忠相は訊《き》く。

「三十五日ほどに相成りまする」

「そうか」

忠相は少し考えていたが、書類を脇に押しやると、

「次」

と言った。

「は？」

与力は奇妙な顔をしたが、仕方がないので別な一件を出した。これは民事だ。財産相続に関する訴訟である。

忠相はそれを読んでいたが、

「これは何某《なにがし》に裁きをさせい」

と戻す。

与力は言われた通り、その書類に付箋《ふせん》をつけ、吟味方与力の名前をしるした。

忠相はまた次々と請求したが、安寿尼殺しの書類はいつまでもそのままになっている。

その日、大岡忠相は、「安寿尼殺し下手人吟味一件」には手をふれずじまいに終った。

奉行が眼を通す書類は非常に多い。帳簿でも、「言上帳《ごんじよう》」「月番牢帳」「人預帳」「無宿牢帳」「牢屋両溜《りようだまり》病人届帳」などの囚獄関係から、「差紙留帳《さしがみとめ》」「御用覚帳《ごようおぼえ》」「諸事《しよじ》御触留帳《おふれとめ》」「町方証文控帳《まちかたしようもんひかえ》」「町方屋敷改帳《まちかたやしきあらため》」「犯科帳」などの民事、「捕者帳《とりもの》」「流罪ノ者書留帳」「町囲帳」「赦《しや》帳」「盗賊方牢帳」「検使罪科留帳」などの刑事関係をくるめて総数は八十数種に上っている。この中には住宅、民生、消防、水道などの行政も含まれているから、その所轄事務は大そうなものである。

町奉行は、二時に下城して役所に登庁し、五時には退庁するから、これらに全部眼を通すわけではない。下僚の与力に分担させるが、それでも忙しいことには変りはない。緊急決裁を要するものは屋敷に持ち帰る。

忠相は、その日、五時近くなって、屋敷で見る書類をまとめさせたが、「安寿尼一件」はその中には入らず、黙って未決の部に入れてしまった。

この事件は先々月の末に起り、大岡忠相は掛りとなったが、すぐに北町奉行の月番交代となって、そのまま一か月見送られてきた。だから、今月、再び忠相の月番となったので、すぐにも手をつけるかと思われたのだ。

少くとも、長州無宿の幸太という犯人を逮捕し、それを自白に落した与力の宮杉長太郎には、忠相の判決を早く待つ気持がある。

それで、係りから本日は決裁なしと聞かされた宮杉は失望したが、町奉行は評定所が開かれる式日以外には、ほとんど毎日出勤するので、まあ、明日もある、と思っていた。

ご奉行にしても、この一件が重罪であることは分っているはずだ。尼と雇い女と二人を殺したというだけでなく、殺された安寿尼は、当将軍家のご生母に縁《ゆかり》の深い大久保伊勢守に長く仕えてきた奥向の女中である。

大久保家としても、身内同然に考えて、この裁判の成行きを重視している。ご奉行がそれを知らぬはずはない。こんなふうに宮杉は思っている。

——ご奉行も大事をとって、いま、二、三日は記録などを熟読し、ゆっくり考えられるのであろうか。

それなら、ほかの書類と一しょに屋敷に持ち帰りそうなものだ。今までの忠相のやり方がそうなのだ。これは役所での噂だが、彼は早寝をして夜中にひとりで起き、香をたいて大事な記録書類に克明に眼を通すという。——今度はそれが見えないので、宮杉には合点がゆかなかった。

誰しも、担当した大きな事件の行方は気がかりなものである。実は、宮杉は、牢内にこっそりと岡っ引の手先を微罪の体にして入れ、幸太の様子を探らせたものだった。

「へえ、幸太の野郎は、案外落ちついております。飯をよく食らい、夜も鼾《いびき》をかいてぐっすりと睡《ねむ》っております」

牢から出てきた諜者《ちょうじゃ》の報告であった。

諜者が牢内の幸太の落ちつきぶりをどう報告しようと、与力の宮杉には彼が下手人であることを疑っていない。判決が延びるとしても幸太の有罪を信じている。

一方、大岡忠相は屈託ありげな顔でわが屋敷に戻った。

用人の山本右京太が主人の不機嫌な表情を見て、唾《つば》をのみこんで迎えた。主人の忙しさは知っているが、仕事が円滑に片づいたときは、疲れた顔でも明るい表情になっている。今の重い顔色は、役所の事務が思うように捗《はかど》らないからだろうと用人は察した。

忠相は奥に入る。その境目までは用人の右京太が送ったが、奥向の入口までは妻が出迎えていた。

忠相はくつろいだ着物に更《か》えて、遅い食膳《しょくぜん》の前に座った。仕度はかえたが、顔色は一向にくつろいだものにならない。黙って箸《はし》を動かしている。

妻も黙って夫の給仕をしていた。夫は、何か思案をしている。妻はその思索を妨げたくないが、あれでは食事の味が分らないだろうと思った。食膳には夫の好みのものが皿にもりつけられてある。

忠相は魚が好きだ。伊勢山田奉行のときは新鮮な魚だったし、種類も豊富だったので彼も大そう喜んでいた。江戸に転勤となってからはそれが不自由となった。どうしても鮮度が落ちるし、種類も少ない。それで、妻は料理に苦労している。

しかし、今の場合、どのように気に入ったものを出しても、その味は舌に分るまいと思う。妻は、夫を団扇《うちわ》であおぎながら夫のむっつり顔に付き合っていた。

縁のすだれが微《かす》かに動いていた。その向うの庭は闇の中である。近くの石のかたちがわずかに白くみえる。この二、三日、蒸し暑さがとれて、急にしのぎやすくなった。

「隠居は寝たか？」

忠相は箸を措《お》くとぽつりと訊いた。

「はい、まだ起きておられましょう」

妻は夢からさめたように答えた。

起きているなら話したいことがあるから様子を見てこい、と夫は命じた。妻はすぐに起《た》って行く。

隠居というのは、別棟に寝起きしている伊川申翁《しんおう》のことである。元は医者であったが、忠相には遠縁に当る者だ。子がないので屋敷に引き取ったが、世話をしているのは、ただ、それだけの理由ではない。この老人は博学で、和漢の典故に通じている。忠相が思案にあったとき、話相手になってくれる。彼から暗示をとることが多かった。

妻が戻ってきて、隠居は起きていると報告した。

忠相が茶を飲んで茶室に行くと、隠居はもう来ていて行灯《あんどん》の灯《ひ》からはなれて影のように座っていた。

「虫が啼《な》きはじめましたな」

伊川申翁は忠相が座るのを見ていった。

「まことに」

忠相も耳を澄ました。隠居は、盲目のように剃《そ》った頭をかしげて動かないでいる。

「何かご思案のようですな？」

申翁が誘い出すように細く笑った。

「隠居は、医者を何年やられたか？」

忠相は問うた。申翁の身の上話を聞くようでもあるし、世間話のようでもある。いずれにしても、役所がひけてほっとしたところではじまった閑談の調子であった。

「さよう、三十年くらいやりましたかな」

申翁は首をかしげたまま答えた。彼は牛込の町医者だったが、名医の評判をとったものだ。場所柄、患者に旗本の家族が多かったが、下町や、本郷、芝あたりからも施療《せりょう》を受けに人が門前に殺到した。

「どれくらいの病人を診られたか？」

　忠相は訊く。

「さよう、一年間におよそ二千人、全部でざっと六万人ということになりますかな」

「それは大そうな数だ」

「何しろ三十年間ですから数だけは多うございますな。その代り、殺した者も少のうはございませんな」

「難病、奇病、それも随分とあったろうな？」

「正直、診立《みた》てに見当のつかないものもございました。そのときは仕方がございません。盲《めくら》になって薬を投じます」

　老人は背をかがめた。

「うむ。……その中に、癲狂病《てんきょう》もあったろうな？」

　忠相はさりげなく訊《き》いた。

「癲狂病でございますか？」

　中翁は、このときだけ眼を動かしたが、両膝《りょうひざ》に置いた手はそのままだった。

「それは、ございました」

　彼は少し低い声で答えた。

「あれは、どういうのだな。いや、癒《なお》るものかな」

「癒るものと、不治のものとがございます」

老人はいつになく気勢の上がらぬ声で、

「一口に癲狂と申しても、それぞれ違います。古くは令義解《りようのぎげ》に、癲ト謂《い》フハ、発スレバ地ニ仆《たお》レ涎沫《せんまつ》ヲ吐キ、己ヲ覚エザルナリ、狂ハ或《あるい》ハ妄触走ル如ク、或ハ自ラヲ高賢トシ、聖神ト称スル者アリとあります。これは明《みん》の古医書霊枢《れいすう》からきております」

と説明した。

「その癲というのが狂人だな？」

忠相はきいた。

「さよう。されば令義解をはじめ、その説をひいた先人諸家の説は未《いま》だ迷妄でございます。癲と狂ははっきりと別なもので、その証《あかし》に、狂にはくよくよして鬱《ふさ》ぎたる者、逆に絶えず騒ぎ立てる者、または、忽然《こつぜん》と発狂して四、五日くらいで止《や》み、常の如くになり一月から半年くらいに及びますが、また、前《さき》の如くに狂い出すものがございます。世間で狐憑《きつね》きと申すものもこの類《たぐ》いで野狐《やこ》が崇《たた》るわけではございません。……およそこの病気が出る前には、痴《ち》愚《ぐ》、不眠、不食、わが儘《まま》、癇性《かんしよう》などの徴候がございます」

「なに、その最後の部分をもう一度申してくれ」

忠相の語調が少し変った。

申翁が繰り返していうと、忠相は眼を閉じて聞いていたが、

「隠居、どうじゃな、その狂病は小児もかかるものか？」

と、苦い顔で訊いた。

小児も狂病に罹患《りかん》するものか、と忠相に訊かれて申翁は、少しの間、返事を渋った。それがためらっているように思われる。

訊いている忠相には申翁の逡巡《しゅんじゅん》が何を意味しているかよく分っていた。おそらく、この老人も忠相の質問の彼方《かなた》にある人の幻像を感じたにちがいない。

痴愚、不寝、不食、癇性の前駆症状が狂疾の特徴だと言い切った申翁の断言は、そのままある人の幼稚に当てはまるのである。また、小児は狂疾に罹《かか》らないというのは一般に言われていることだが、それに対して忠相の質問が申翁に向ったのは、やはりある人の面影をどこかに置いている。

申翁の返事が数秒間途切れたのは、その辺の重大さを知ったからだった。

「されば」

申翁は顔をもたげた。

「一般には左様に信じられていますが、小児に狂病がないというのは誤りでございます」

きっぱりと言い切った。

「それでは、やはり幼年でも出るものか？」

忠相は申翁をじっと見ている。も早、この問答には先ほどの世間話のようなのんびりとした調子は見られなかった。ある幻影を中にはさんだ緊張であった。

「狂病に罹る原因《もと》は何んであるか？」

忠相は訊いた。

「これはむずかしいお訊《たず》ねでございます。この年寄も永年医を業といたしましたが、未だそのことに考えが到っておりませぬ。しかしながら、わたくしだけの存じ寄りはございます」

「隠居の考えでもよい。言ってみてくれ」

「されば、老耄《おいぼれ》の世迷言《よまいごと》としてお聞き下さい。……てまえが考えておりますのは、狂疾になるには、まず小児のころの激しい驚愕《きょうがく》がその一つになるかと思われます」

「子供のころにのう」

忠相は脇息《きょうそく》にもたれて顎《あご》を引いた。

「次には何んだな？」

「次には激しき心配ごと、さらに身体の障害、それに婦人の場合は妊娠の際にこの状態になることがございます」

「次には？」

「生れつきによることもございます」

「なに？　生れつき？」

忠相はふいに苦悶《くもん》を眉《まゆ》の間に漂わせた。

「それには証拠があるか？」

「別に多勢の患者について調べたわけではございませんが、てまえが扱いました中に、その例が三つほどございます。患者の母親というのがやはり同じ病気で死んでおります。一つは、両親には何事もございませなんだが、その祖父がそうであった場合と、親戚《しんせき》筋に同病者を出した例がございました」

申翁は相変らず行灯の灯を下げたところに座り、生気のない声で答えた。

忠相は黙った。申翁もそれ以上には説明の口を開こうとはしない。

両人はしばらく黙り合っていた。重苦しい沈黙であった。ある人間の影がその沈黙を支配していた。

実は、忠相は今日お城で吉宗に呼び出された。

これは珍しいことではない。将軍家は民政に心を用いている。町奉行に市井の様子を聞きたがっているのだ。訴訟のこともある、行政のこともある、市民の風俗や生活を聞くこともある。

今日は、薬園や施療院のことにも話が及び、貧民の疾病救済のことに二、三の質問があった。

そのあとである。話の序《ついで》だというふうに吉宗は何気なくきいた。

「貧苦の病人のなかには癲狂者もいるか？」

忠相には患者の病種別までは分らない。すぐに取り調べまして、と返事をすると、

「いや、急がなくともよい」

と、吉宗はいった。それから脇息によりかかって身体を楽にし、

「あれは奇態な病気だな。どうしてああいうことになるものかの？」

といった。これは町奉行への質問ではない。医者でない忠相にきいたのだから、いわば世間話のようなものだった。

「さあ」

　忠相は返事をしかねていた。

「これは典医にもよく聞いたことがないが」

吉宗はひとりで話している。忠相が相づちを打ちかねていると、

「狂病というものは、小児にはないということだが、どうだろうな？」

「…………」

「それに、あの病気は生れつきともいうがな。これはどうかな」

「…………」

　何を訊かれても、忠相には答えようがない。もとより答える必要のない問だし、忠相も、さあ、と小首をかしげて一しょにふしぎがっていて済むことであった。

　実際、吉宗の疑問もそれなりに終って、すぐに別の話題に移った。……

　折から老中松平左近将監《しょうげん》乗邑《のりさと》がお目通りを願っていると御側取次《おそばとりつぎ》が伺いに来たので、忠相はそれを機会に退出したのである。

　そのとき、何気なく吉宗の顔を見上げて、忠相は、はっとなった。

　吉宗の表情がいつになく暗いのである。これは折から陽が翳《かげ》って室内の光線がしぼんだ

せいだけではなさそうである。さっきの屈託のない話しぶりとは、うらはらなものだった。

——

忠相が吉宗のふしぎな表情の意味を知ったのは、そのあとである。

彼は焼火《たきび》の間に戻って、しばらくほかの人の雑談を聞いていた。

将軍第二子の松平小次郎のことがしきりと噂に出ている。

それは、小次郎の怜悧《れいり》さが日に日に増してきて、行末はどのように名君になられるかしれないということなのだが、それについての挿話である。

「一昨年の九月だったかな。松平土佐守殿から、初音という栗毛《くりげ》の馬と、千年《ちとせ》という月毛《つきげ》の馬を献上して、これを上様から小次郎様に賜ったことがあったな。上様は殊のほか小次郎様をご寵愛《ちようあい》遊ばされているから、行末永く居合せ給うようにとのお心であったにちがいない。あの馬も今では小次郎様が自在にお乗り馴《な》らし遊ばされている」

「そうであろう」別な人間がうなずいて言った。「射術もお見事になられた。一年前に上様がご覧になって大そうおほめ遊ばしたが、そのころよりは一段とまたお見事になられた。当りも十本のうち九本までは狂うことはない」

「学問は殊のほかお好きのようじゃ。近ごろでは土肥源四郎が読書をお教え申しているが、ご記憶はほとほとわれらが驚嘆するばかりじゃ。今では論語二十編を滞りなくそらんじておられる」

「あのままでご成人遊ばされると、恐れながらお父君くらいにもなられるわ」

「いやいや、それはもとよりのことだ」

一人が確信ありげに言った。

「これはわれらが考えているのだが、小次郎様こそ、恐れながら神君と上様とをご一しょにしたような方にお成りなされよう。はてさてよき君がお生れなされたものじゃ」

噂をしている歴々の旗本はいずれも年寄だったが、小次郎のことになると、ただわけもなく感激している。なかには眼に涙を浮べている者さえいた。

この人たちの話を聞くまでもなく、小次郎の怜悧さは日に日に高くなっていた。また吉宗も小次郎には殊のほか眼をかけて、小次郎掛りの老中が来ると、何かと様子を乗邑に訊《き》きたがっていた。

忠相もいつぞやそういう場面に行き合せたことがある。乗邑が小次郎についていろいろ言うのを、吉宗は黙ってうなずいていた。何も言わないが、その表情はいかにもうれしげで、下世話《げせわ》に言う親バカそのものだった。

いま焼火の間で話していることも忠相は誰かに聞いたことだった。話は、それ以来小次郎が文武にかけて異常に進歩してきたということに尽きている。

「かような君がおられれば、公儀も安泰じゃ。徳川家も行末万々歳じゃ」

一人が手放しで喜んでいた。

忠相はじっと聞いている。

すると、ふいと忠相は吉宗の暗い顔の謎を解いた。小次郎の明るい話題の裏にあるネガチーブ（陰画）を見たのである。

忠相は、小次郎の陰になっている或《あ》る人物を眼に浮べて、はじめて吉宗から雑談的に話しかけられた狂病問答が蘇《よみがえ》った。

（狂病には小児は罹《かか》らぬというが、そうか？　また、あれは生れつきともいうが、本当かな？）

その声が耳朶《じだ》に蘇ってくる。同時に、その気楽な雑談の調子とは裏腹に、ふと見上げたときの吉宗の暗い顔が浮んでくる。

何もかもそこに焦点が合ってくる。小さい時からの癇癖《かんぺき》、ものを言うとき首を振る癖、さらにまだ年が到らぬというのに異常なくらいの女への興味……先ほど焼火の間で話していた人の言葉は、いずれも小次郎の怜悧なことをほめたたえている。これで幕府も安泰だ、と涙をこぼしていた。しかし、小次郎は第二子だ。この人が将軍家になるのではない。いずれは次の将軍家が立てば臣従する身分である。

焼火の間に詰めていた人びとは小次郎の輝く姿勢に眼が眩《くら》んで、この辺の錯覚を起している。

――吉宗は狂病のことを誰から聞いたのであろうか。いや、そこに思いが到ったのはどのような経路からだろうか。

忠相は城から南町奉行所へ、奉行所からわが家に帰る途中も、そればかりが気になっていた。

まず、医者としては典医がいる。現在は、典薬頭《てんやくのかみ》の今大路延寿院をはじめ、丸山昌貞法《ほう》眼《げん》、河野松庵法眼、村上養純法眼、数原通玄法眼などが代る代る御前に詰めている。

吉宗は、そのうちの誰かに聞いたのかもしれない。でなければ、子供には狂病がない、とか、生れつきのものとか知るはずはなかった。

それもあまり深くは訊かなかったと思う。やはり、忠相と話したときのように、世間話のようにそれとなく聞いたのではなかろうか。だから、吉宗の真意は医者どもには分らなかったであろう。

では、なぜ、吉宗は忠相にそのようなことを言い聞かせたのか。——

忠相と申翁とは、まだ相対している。

申翁は忠相の憂鬱《ゆううつ》そうな顔を見上げて、

「何か気がかりなことでもございますか?」

と訊いた。

忠相は自分に返った。申翁から見て、自分もまた吉宗と同じ憂愁を面上に漂わせていたのであろうか。

「いや、別に」

と、微笑してみせた。

申翁はうなずいて、

「町奉行ともなられれば、いろいろと気苦労がございますな。科人《とがにん》の断罪、これはお心を遣われることでしょう」

申翁は忠相の予期しない話題に逸《そ》れた。

忠相の顔色で推察をそのほうに回したらしい。しかし、この場合、忠相にとってはかえってほっとしたことだった。

「なかなかむずかしいものだ。たとえば、当人が白状したと申しても、それが真実かどうか、こちらで判断せねばならぬでのう。とかく吟味役は落すことに急になる」

忠相が申翁の言葉につい頭に泛《うか》べたのは「安寿尼殺し吟味」のことである。先ほど奉行所を退出するときも、その書類が机の上に載っていた。

それは忠相が先々月の係りとなって扱っている。だが、今日はどうにもそれを手にする気になれなかった。吉宗に言われたことが心を占領して、このような重量感のある事件の裁断に手をつける気がしなかった。

それと、もう一つは香月弥作から聞いた話がある。

(どうも、あの下手人はいささか疑問に思われます)

弥作は遠慮がちにそう言った。遠慮というのは、それを手がけた吟味方同心が弥作の同僚だったことだ。

弥作は、その次第を述べた。このとき忠相は聞き置く程度に済ませていたが、そのことも安寿尼殺しの一件書類を机の上から手にとるのを大儀がらせたといえる。

むろん、申翁はそんなことは知らない。

「そうでしょうとも。当人の白状はなかなか見極めがむずかしゅうございます」

申翁は頭《こうべ》を垂れ、いつもの彼らしい独り言の饒舌《じょうぜつ》になった。

「それにつけても、てまえ、前に読みました書物の記事が未《いま》だに心に残っておりまする。おてまえ様にはとっくにご存じのことと思いますが、てまえ、何も知りませんので、それを読みましたときの感銘がまだ鮮やかに残っておりまする」

申翁はここでちょっと言葉を区切り、

「昔、唐の京師《けいし》に大工某《なにがし》という者の妻がおりましたが、これは心よからぬ者で、間男《まおとこ》があることを夫にうすうす感づかれているのをかねてから苦にしておりました。ところが、たまたま、亭主の大工が仕事のことで親方と喧嘩《けんか》をしました。朋輩《ほうばい》が心配して、ある晩、親方の家に彼を連れて行って謝らせ、仲直りの酒盛をしました。親方の家を酔って出ましたが、それきり行方知れずになった。家へも帰らない。妻は翌朝親方の家に怒鳴り込んで、おまえが殺したに相違ないと、官に訴え出ましたそうな……」

申翁《しんおう》は首を前に垂れて、ぶつぶつと独り勝手な饒舌をつづけた。

「官では大工の親方を拷問《ごうもん》したため、親方は身に覚えがないことながら、苦痛に耐えかねて殺したと白状しました。

すると、死骸《しがい》はどうしたかと訊かれたので、親方は窮して濠《ほり》の中に投げ込んだという。官では二人の下役《したやく》に命じて濠の中を捜させた。しかし、あろうはずがないので、その旨を報告すると、上役《うわやく》は、捜し方が悪いから見つからないのだ、十日間のうちに必ず捜し出せ、と申しました。しかるに、十日を過ぎたが死骸は出てこない。そこで、役人は窮余のあまり相談をして、改めて十日の猶予を願い、ぜひもない、だれかを殺して、その死骸を持って行こうということになりました」

申翁は抑揚のない声で述べている。

いつものことだ。丁度、坊主の読経を聞いているような心地である。

「彼ら下役二人は味気ない心で橋のあたりに殺すべき人間を捜していると、向うから一人の年寄が驢馬《ろば》に乗ってやって来るのに出遇《であ》いましたので、たちまちこれを川に突き落し、驢馬は皮を剝《は》いで売ってしまいました。十余日たち、死骸が腐爛《ふらん》して見分けができなくなるのを待って、見つかったとばかり老人の死骸を役所に担ぎ込みました。官はさっそく大工の女房を呼び出して首を実検させると、女房はみなまで見ずに大声をあげて泣き叫び、わが亭主に間違いないと申しました」

申翁は唇の乾きを舌の先でしめした。

「一方、殺された年寄の家では、彼が忽然《こつぜん》と行方知れずになったので百方捜しているうちに、ある日、まだ剝いで間もない、血の乾き切らない驢馬の皮を売り歩く男に出遇いました。その毛皮がまさに自分の驢馬のものに相違ないから、その男を官に訴えました。男は名前の分らぬ二人の男から買ったと申立てたが、申訳が立たない。この男も到頭拷問のため、実は年寄を殺し、驢馬を奪ったと、心にもない白状を述べましたそうな」

忠相の思案がだんだんに固まってくる。老人の話などは、ただ退屈なリズムとして声が聞えているだけだった。

忠相は勝手に自分だけの思索を追っている。

「……可哀想に驢馬の皮を売っていた男は拷問の果てに疲れて死んでしまいました。そして、大工の親方も斬《ざん》に処せられてしまいました。するとそれよりかなり経ってから、ある泥棒が官に捕まりました。彼は白状して、あるとき盗みをしようとある家に忍び込んだとき、家の中で口喧嘩がはじまっていた。女の声で、こんなやくざとも知らず、おまえのために亭主殺しまでしたと、たしかにそう言ったと申します。官が調べてみると、その家は、前に申しました大工の家で、姦婦《かんぷ》がその夫を殺して死骸を縁の下に隠していたことが分りました。ついでに年寄を殺した下役も、その罪を述べました。……これは祥刑要覧《しょうけいようらん》という書物に出ておりますが、拷問というのは恐ろしゅうございますな。無実のために殺された人間は、あとで真の下手人が出てもどうにもなりませぬ」

忠相の思案が成った。――

申翁の呟《つぶや》きとも知れぬ単調な話を聞いている間に成った忠相の思案は、翌日自分の屋敷に同心香月弥作を呼びつけた用事で現れた。

「どうじゃ、黒坂江南の行方はまだ分らぬか？」

「はあ、何とも申訳がございませぬ」

弥作は恐縮していた。

「もう一人いたな。了玄《りょうげん》と申す鍼《はり》医者だが、これも逃げたままか？」

「はい」

「それでは、例の目安箱《めやすばこ》に投げ文した浪人者岩瀬又兵衛も、なかなか捜し出せぬのう」

「まことに不手際で恐れ入っております」

弥作は探索の進まぬことを詫《わ》びた。

「この前、そのことでそちが申していたな、黒坂江南の用いた艾《もぐさ》入れが越前焼であったことじゃ。それから察すると、江南もやはり越前の人間か、それに関わりのある者かのう？」

「それだけではまだ決められませぬが、てまえは左様にも推察しております」

「それに逃亡した鍼医者了玄の用いた艾の話、あれは面白かったな」

「はあ」

委細は弥作が忠相に報告したことだったが、しかし、それだけのことでは、逃げ去った山下幸内の身もとも分らねば、目安箱の岩瀬又兵衛なる者も行方が知れない。それに、幸内に家を貸していた百姓茂平の怪死の真相も分らぬ。あれは自分で川にはまったものやら、だれかに突き落されたものやら未だに突き止めていない。何もかも分らぬづくしである。

「それから、そちが申していた安寿尼殺しだが……」

「はあ」

弥作は、衝《つ》かれたように忠相の顔を窺《うかが》った。忠相の言葉は飛躍しているようだが、弥作の秘《ひそ》かに考えている線にぴたりと沿っているのだ。

「あれは大久保伊勢守の家に永く使われていた女中だそうで、大久保家からはわしのところまで、下手人《げしゅにん》の断罪をなるべく急いでもらいたいと言って来ている」

下手人というのは、同心宮杉長太郎が落した無宿人幸太のことだ。

しかし、これについては、先日も疑わしい点を弥作は忠相に遠慮がちに具申している。

「それにつけても、わしは思うのだが、大久保家も以前は上様の越前の地の代官をしていた」

「はあ」

「……奇怪な鍼医者黒坂江南も越前焼のことから、そちは越前関係の人間とみた。あるいは了玄もそうかもしれぬ。艾のことをもっと調べると面白いかもしれぬのう」

「は。……」

「あれも越前、これも越前……のう、弥作。そのほか、そのほうに越前に関係のある心づいたことはないか？」

弥作にすぐ浮ぶのは、釣友だちの庭番青木文十郎のふしぎな出奔だった。

青木を見たという人間が上州松井田の宿にいる。これは自分の想像かもしれないが、青木は越前国に向ったのではなかろうか。突飛なためにまだそれは忠相にも言っていない。

弥作は迷っていた。

# 山下幸内

奉行の宅から戻った香月弥作《かつきやさく》は、すぐに藤兵衛《とうべえ》を呼びにやらせた。

これまでは探索のことが彼に重苦しくのしかかっていた。折角、起用してもらったが、捜査の行手が戸を閉められたように塞《ふさ》がっていた。

岩瀬又兵衛《いわせまたべえ》は何処にいるのかさっぱり手がかりがつかめない。かれに関連ありそうな了玄《りょうげん》も、黒坂江南《くろさかこうなん》も霧のように消えてしまったままだ。

岡っ引の藤兵衛も必死に働いてくれているが、これも日ごろの実力が出ないでいる。毎朝、報告にくる藤兵衛の顔色が可哀想なくらいであった。

「子分だけじゃ心もとねえので、わっちが毎日歩いております」

藤兵衛は埃《ほこり》にまみれた裾《すそ》をはたいて、弥作の家に上ってくるのだった。暑い日中を歩き回っているせいもあったが、聞込みがはかばかしくないので、あせっているため窶《やつ》れているのだ。

「まあ、気長にやってくれ」

弥作は、笑って激励しているが、藤兵衛は肩を落して帰ってゆく。

ちょうど、これと同じ関係が弥作と与力《よりき》小林勘蔵《かんぞう》の間である。小林は弥作を奉行に推薦してくれたので、弥作も彼には面目なかった。

「だいぶんてこずっているようだな」

小林は、弥作の肩をたたいて、

「だが、元気でやってもらいたい。あんたでないとほかにやれるものがいないからな」

と元気づけてくれる。

——与えられた任務は、事件の捜査ではない。要するに、岩瀬又兵衛という一人の人間を捜し出すだけの話だった。

その人間が消えてしまい、関係者から糸が切れてしまうと、こちらの組織も動かしようがないのである。

弥作は、藤兵衛と話し合ったことだ。

「どうだ、岩瀬又兵衛は江戸からはなれずにいると思うか?」

「江戸の中に残っていると思います」

藤兵衛は断言した。むろん、材料があっていっているのではなく、永年の経験からくる勘だった。

弥作も賛成した。彼にしても直感である。

——事実、岩瀬又兵衛が江戸を去ったという気はしない。この広い江戸のどこかにいる。今日も、どこかの家の中に座っているかもしれないし、雑踏のなかを歩いているかもしれない。山下幸内《こうない》にしても、同じようなことがいえそうである。

藤兵衛の聞込みにしても、同じ場所を何度も根気よく繰り返している程度で、新しい発見はなさそうである。ほかに方法がないから、そうしているといったほうが当っている。

ただ、今日は、奉行の大岡越前守《えちぜんのかみ》から重大な話があった。

「芝《しば》の安寿尼《あんじゅに》殺しを、その方の手で洗い直してみよ」

という命令だった。これが弥作を見違えるように元気にさせた。

これは、いま牢《ろう》に入れられている科人《とがにん》の無実を証明するだけが目的ではない、というのである。

「へえ、お奉行さまがねえ」

急いで駆けつけてきた藤兵衛も、久しぶりに生々とした眼をした。

「さすがに眼が高くていらっしゃる。旦那《だんな》のお見込みと違わねえわけですね」

「ご奉行とおれと同じに見ては困る」

弥作は苦笑して、

「しかし、安寿尼殺しの筋から一件ものをほぐそうと考えつかれたのはさすがだ。正直、おれも張合いが出た」

と、明るい顔になった。

「やっぱり越前にかかわり合いがあるとお奉行さまも踏まれたわけですね?」

と、藤兵衛も口もとがほころんだ。

「そいつは分らぬが、まあ、やれるだけやってみよう。藤兵衛、気持を換えて踏ん張ってくれ」

「おっしゃるまでもありません。これでわっちもようやく頭の上の蓋《ふた》が取れたような気がします。……だが、旦那、熊谷の旦那のほうはよろしいんですかね？」

藤兵衛にはそれが気がかりだ。当然、前に手を着けた熊谷の持場を荒すことになる。のみならず、いま熊谷が引きあげている幸太《こうた》も洗い直すことになるのだ。

「仕方がない。熊谷のほうは何んとかするが、おまえも芝の勘七《かんしち》にちっと都合が悪かろうな」

「なに、そいつは大丈夫です。話せば分ってくれると思います。この際遠慮しておられません」

「一件を洗い直すからには、やっぱりおまえが勘七にいろいろと聞いてからはじまることになろう。おまえ、すぐ芝に飛んではじめてくれ」

「かしこまりました」

「おれも友だちの熊谷にはちっと顔が悪くなるが、まあ、何んとかなだめてかかるとする」

藤兵衛は急いで煙管《きせる》を筒に仕舞ったが、最近の彼になく元気が出ていた。

「じゃ、旦那、明日の朝、何んとか目鼻をつけてお報《し》らせに上ります」

「頼む」

藤兵衛が帰ってから弥作は考えた。

こうなった以上、文十郎《ぶんじゆうろう》の行方もはっきりと確かめておきたい。この前から心にかかっている通り、文十郎の旅先が越前のように思えてならないのだ。彼のふしぎな使命の正体も知っておかなければならぬ。

「釣竿《つりざお》を出してくれ」

弥作は、今日半日は釣でもしながら、さし当っての思案をまとめようと思った。

千駄《せんだ》ヶ谷《や》の西に当る玉川の上流の土手を弥作は釣竿をかついで歩いた。

陽はかなり西に傾いたが、まだ強い光が川面《かわも》にぎらぎらと映っている。

川の東側は永井信濃守《しなののかみ》の屋敷がかたまっているが、西側になると、内藤駿河守《するがのかみ》の広大な下屋敷《しもやしき》が長々と塀を連ねている。あとはほとんどが畑だった。この付近は閑静な場所だけに下屋敷も多く、なかには町家の寮もちらほらと混じっている。

こんもりと茂った森がある。農家が昔のままに残っていた。

土手を歩いているうちに水車小屋があった。鈍い音が回っている。

弥作は土手の草に腰を下ろした。いい加減な餌《え》づけで糸を水の中に投げたが、水勢はかなり速く、すぐに竿を動かさなければならなくなる。

どんな魚がいるのか見当もつかないが、ものを考えるのが主な目的なので、しまいには竿を振るのが面倒になり、糸を流れのままにまかせた。

――釣といえば、青木文十郎のことは遂にお奉行にはうち明けなかった。これは自分だけの推測で、裏づけがないためでもあったが、一つは青木の使命が公儀のほうから内密に出ているらしいことを考慮したからだ。組頭村垣《むらかき》左太夫《さだいふ》に掛け合ったことで、青木の妻雪が左太夫からひどく叱られている。その迷惑も考えなければならなかった。お奉行に話せば、さらに表向きになる。

しかし、どうも気にかかってならない。

もう一度雪を訪ねて行きたいが、ひとりで家を守っている他人の妻のところにたびたび訪れるのも気がひけた。もう少し日にちが経ってからにしたい。また、そのほうが青木の行方を知る何らかの変化が聞けるかもしれない。

明日の朝は藤兵衛が芝の探索の結果を報告して来るはずだが、さんざん勘七が手を着けたあとだから、新しい情報が入るとも思えない。このほうの期待はうすい。

どうしたものか。

つくねんと水の流れに眼を落していると、

「釣れますか？」

と、頭の上で声がした。

弥作が見上げると、二十七、八くらいの侍が着流しで立っていて、にこにこと先方から笑いかけてきた。

「どうも」

相手の微笑に応《こた》えて香月弥作もほほえみを返した。その若い武士が弥作の魚籃《びく》をのぞいているので、少し照れた。

弥作は、この辺の下屋敷に詰めている国侍が通りがかりに立ちどまったのかと思った。

「調子はいかがです？」

向うから訊《き》かれた。

「いや、実はわたしも今日が初めてなので。しかも、たった今ここに来たばかりです」

弥作は片手で竿を動かして答えた。

「なるほど……それじゃ、わたしが少し先輩ですな」

「ほう、あなたも？」

「左様」

若い武士は指で示した。気づかなかったが、草むらの下に竿が一つ突き出ている。この茂みのためにこの武士の姿が眼に入らなかったのかと思ったが、土手の草だから、それほど深くはない。

「あまり釣れないので退屈して、その辺をぶらりとひと回りして来たのです」その武士は説明した。「するとあなたがここにいらしたので……わたしはまた、この川沿いから釣場を変えて見えたのかと思いました」

「で、少しは……？」

「わたしの獲物は、ウグイが三尾ほど魚籃の中に入っております」

「ウグイが釣れますか？」

弥作のほうがおどろきの声をあげた。

「わたしの腕で半日がかりで三尾では情けない。人がここに寄りつかないはずですよ」

相手はのんきな性格とみえて、

「わたしも横でご一しょしましょうかな。ご迷惑でなかったら?」

と、提案してきた。

「どうぞ」

まだ思案のまとまらないときだし、この辺の屋敷の勤番《きんばん》武士だったら変った話も聞けるかと思って、弥作は歓迎だった。

相手はわざわざ竿を取りに行き、魚籃を手に提げてここに戻ってきた。

弥作がのぞくと、暗い魚籃の中で魚が赤い腹を見せて動きもしなかった。だいぶん前に釣ったものらしい。

「この辺は流れが速いので、糸を合せるのに手がくたびれます」

その武士はのんびりと話した。

「そうですね。わたしもあまり忙《せわ》しいので、つい竿をそのままにしています」

「先ほどから拝見して、どうもわたしと同じ性分の方だと思いました。……釣に気合が入っていません」

二人は笑い合った。若い武士は、いきなり相手の気持を自分の中に引き入れるだけの魅力を持っていた。

「休みのときには、よくここに見えますか?」

弥作から訊いた。

「左様、ときどきですが」

相手が否定しないところをみると、やはり江戸詰の勤番者かとも思えた。

「では、お近いわけで？」

弥作がその武士に、住居が近いか、と訊いたのは、この辺の下屋敷にいる人間かどうかをそれとなく確かめたのだ。

「いや、そう近くもありません」

若い武士はやはり明るい顔である。水の上の反射が鼻のあたりに揺れている。

「と、ご遠方で？」

「神田《かんだ》の近くです」

「神田？　それは遠いですな」

彼のかすかな期待が裏切られた。

しかし、神田の近くからここまで釣にくるとは物好きな、と思った。格別、いいものがかかるというでもないのに、ご苦労なことである。釣場なら向うのほうに多い。

それは、弥作の眼からみても、彼はそれほど釣上手とも思えなかった。だが、好き者は何処にでも出かけるのかもしれない。

「あなたはお近いのですか？」

先方が問い返した。

「え、まあ……」

弥作は口を濁した。今の考えで、遠いといえば不自然になる。

「それは愉《たの》しみですな」

にこにこと笑っている。

「失礼ながらいずれかのご藩中で？」

若い武士は屈託のない訊き方だった。

藩の名前を口に出すのはよほどの場合とされたものだが、この武士は平気でたずねた。

無神経というよりも、弥作を自分と同じ勤番侍かどうか知りたかったのであろう。

「はあ……西国のほうです」

弥作はつい答えた。身分を知られたくない気持から、西国の藩中だと返事がていねいになった。

「ほう、それは……」

さすがに相手は藩名までは問わなかったが、

「ご定府《じょうふ》詰とみえますな？」

と訊いた。むろん、糸を流れに放ったままである。

「は？」

「いや、お言葉にお国の訛《なまり》がありませんでな」

「…………」

「むしろ、下町の訛が耳に快くひびきます。それで、ずっと江戸詰のお方だと思いました」

弥作は返事に詰ったが、相手の人なつこい調子に、苦笑となって出た。

八丁堀の同心はむつかしい言葉は使わない。むしろ、わざと伝法な調子を使うが、これは科人《とがにん》を吟味する必要上からもきている。その言葉の癖を、この若い国侍の耳が捉《とら》えていたのである。

――うかつには出来ない。

弥作はひそかに自戒した。

「これからも、この辺においでになりますか？」

その男が訊く。弥作が、ときどきは、と答えると、

「それでは、また、お目にかかれますな」

と、彼は竿《さお》を川から上げ、しまいながら、馴々《なれなれ》しくいった。

若い武士は帰り支度にかかった。陽がかなり傾いたから、これで失礼する、というのである。

「そうだ、わたしも帰らねばならない。……途中まで、お邪魔でなかったら、ご一しょさせていただきましょうか？」

弥作は申し入れた。相手が神田の近くと言ったので、道順には違いがない。

「ほう、では、同じ方角で？」

相手の武士は迷惑顔でなかった。

「実は、わたしもあの辺なのです」

「それはお連れができてありがたい」

若い武士のほうから感謝された。

釣竿と魚籃《びく》を持った人間が二人、落日を背にして歩き出した。紀伊国坂《きのくにざか》を下り、溜池《ためいけ》に出て、数寄屋橋《すきやばし》門外の近くまで来た。この間ほとんど話はしなかった。今日初めて遇《あ》った仲だし、互いに素性も名前も知っていない。釣場ならともかく、歩いてまでしゃべり合う間柄でもなかった。

どちらかというと、弥作のほうが不機嫌になっていた。夕陽が首筋に暑い。裾《すそ》はほこりを浴びている。

「では、わたしはこの辺で」

弥作はいい加減な地点で足をとめた。

「おや、あなたはそっちの方角ですか？」

若い武士はのんきそうに見返って、

「せっかく、あの辺まで足を伸ばされて獲物が無かったとはお気の毒ですな」

と、わざわざ慰めてくれた。

「いや、今日で大体様子が分りましたから、また出かけます」

「そうですか。では、またお目にかかれるわけで。いや、失礼」

互いに会釈して離れたが、ここまでは普通の道連れがたもとをわかったというだけだった。

弥作が次にしたのは、釣道具を町家の天水桶《おけ》の陰に入れて、先ほどの武士のあとを尾《つ》けることだった。このときは弥作の眼も露骨に職業的な光に変っている。

釣竿を持った武士は弥作の視界から離れることはなかった。一方はお城の濠《ほり》を隔てて廓《かく》内《ない》の高い石垣がつづいている。片方は町家だが、武士はその濠沿いの広い路《みち》を真直ぐに歩いているのだ。どこまでも見通しが利くから、こちらの身を隠すのに苦労だった。

男は東に向って比丘尼《びくに》橋を渡り、一石《いっこく》橋を通り過ぎる。この間に廓内に入る橋といえば、鍛冶《かじ》橋《ばし》門と呉服《ごふく》橋《ばし》門とがある。このまま真直ぐに行くと、鎌倉河岸《かまくらがし》に出て神田に入るのだ。

(やっぱり、あの男は嘘をついていなかった)

弥作が町家の軒を拾いながら歩いていて妙に感心した矢先、あっと思ったのは、相手の姿が突然濠にかかった橋を渡りはじめたからだ。

橋は常盤《ときわ》橋《ばし》門で、内側には諸大名の屋敷がひしめいている。俗に大名小路と呼ばれているところで、その辺が辰《たつ》の口《くち》に当っている。若い武士は、その橋を渡り切って、いかめしい曲輪《くるわ》の中に消えた。

これより内に入れぬ身分の弥作は、橋の手前で茫然《ぼうぜん》となった。辻番《つじばん》の男が胡散臭《うさんくさ》そうに小屋の中から弥作をのぞいていた。

曲輪の中に入った若い男は、すぐとっつきの東側にある大名屋敷の広い門をくぐった。

「ただ今お帰りで」

門番が顔を見てお辞儀をした。

「釣れましたか？」

別な門番が男の提げた魚籃の中をのぞく。

「不漁だ。小さいのが三尾。いや、暑いのにくたびれもうけだった」

男はちらりと真向いの屋敷の塀に眼をくれて、そのまま中に入る。

「本多織部《ほんだおりべ》さまは相変らずの調子だな」

若い武士を見送った中間《ちゅうげん》が微笑し合った。この中間の着ている法被《はっぴ》の印が太輪の蛇の目だった。越前《えちぜん》福井三十万石松平越前守の屋敷である。いうまでもなく徳川家の親藩だ。

ついでに、本多織部と中間が名前を呼んだ男がちらりと眼を投げた真向いの屋敷は、間《ま》部若狭守《なべわかさのかみ》となっている。これは同じく越前国鯖江《さばえ》の藩主。

本多織部は、この上屋敷の敷地内を例の調子で歩き、今度は構内にある別な開き門の中に入った。

その途中も往き遇う藩士たちに何度も敬礼された。藩士たちは、この藩邸を取り巻く長屋に住んでいる。二階建てになっていて、これが往来に向いているのだが、別に独立の門構えの屋敷を持っているのは用人以上の重役だった。

本多織部は、その門内に入ると、玄関には行かず、横の木戸を押した。

出て来た中間が、

「これはお帰りなさいまし」

と、膝《ひざ》を地面についた。

「今日はこれだけだ」

魚籃ごと渡して、

「手を洗うぞ」

と、庭の隅にある井戸端に行った。

中間が水を汲《く》み上げて、その手に水を移すと、織部は手をこすり合せ、ついでに水を受けて顔をざぶりと洗った。

中間が気をきかして腰の手拭《てぬぐい》を抜く。それを平気で受け取って水に浸し、両肌《もろはだ》脱いで身体を拭《ふ》きはじめた。

「権助《ごんすけ》」

「へえ」

「叔父貴《おじき》は居られるか？」

居るという返事だった。

「先ほどまでお客さまが見えていましたので、玄関にお送りしているお姿を拝見しております。

「客？　だれだ？」

「太宰弥右衛門《だざいやえもん》さまにございます」

「太宰先生か」

織部の唇にうすい笑いがうかんだ。

弥右衛門とは儒者太宰春台のこと、荻生徂徠《おぎゆうそらい》門下の逸材である。

織部は庭を回って離れの杉戸をたたいた。

「叔父上、おられますか？」

「おう、いるぞ」

内側から太い声がはね返ってきた。

本多織部が入ってゆくと、八畳ばかりの部屋に書籍が散乱している。そのほか雑多なものが取り散らかされて、足の踏場もない。

「座れ」

と言ったのは、三十四、五の、大きな体格の男だった。織部が叔父と呼んでいる本多源《げん》二郎《じろう》であった。

「お客だったそうで？」

織部は、自分も手伝ってその辺を片付け、座り場所をつくった。

「ああ、春日町《かすがちよう》が来てな」源二郎は胡坐《あぐら》をかいた。「経世論を一くさり聞かされたよ。当今の米価下落を弁じて、近く何か書くそうだ」

「あの人は詩文よりそっちのほうが向いていますな。やはり徂徠学でも別な面を受け継いでおられるようで」

「確かにそうだ。とにかく、あの仁の経学《けいがく》は一応傾聴に値する。分析のほうもなかなかだ。今日は議論を一刻《いっとき》ばかり聞かされてうんざりした。……あの人の笛を聞くなら愉《たの》しいが、堅《かた》い話ばかりではさすがにわしも疲れた」

太宰春台には笛をよくする余技があった。源二郎はそれを言っている。

本多源二郎は越前家老本多修理《しゅり》の弟で、とうから隠居していた。当人は別な役に就けられるのを嫌い、気楽でいいからといって、自ら若くして隠居を願い出たのだ。こうして兄修理の屋敷に寄食し、本を読むくらいの道楽でごろごろしている。まだ女房も無かった。

兄の本多修理は、困った奴だ、と言っている。源二郎はほかからの忠告には絶対に耳を貸さない性質《たち》だし、頑固なところがある。それでいて太宰春台と交るくらい学問をしているから、忠告するほうが言い負かされる。

本多修理は本家でもあり筆頭家老でもある本多内蔵助《くらのすけ》の親戚《しんせき》で、元はといえば、越前家の付家老の岐《わか》れに当る。

もう一人、何もしない部屋住みの者がいる。これがいま源二郎と相対して座っている修理の次男織部だった。

——困ったものだ。織部も源二郎とよく似た男になるぞ。

親の修理は、弟と次男とが仲がよく、しかも源二郎の感化を次男の織部が受けているのに顔をしかめていた。

(源二郎、少しは織部を叱ってくれ。あれがおまえのようになるのを心配している)

兄の言葉に源二郎はいつも笑うのだった。

(これぱかりはわたしが言っても直りませんな。ありゃわたしの後継ぎになりそうです)

叔父といってもまだ若いし、織部もこの叔父には何んの遠慮もない。叔父、甥《おい》というよりも、気の合った友だちだった。

「春日町もいいが、絶えず室鳩巣《むろきゅうそう》を非難しているでな。あれさえなければいい男だ」

源二郎は春台のことをいって、片手で凝った肩をたたいた。

「釣はどうだった?」

叔父の源二郎は訊《き》いた。

「駄目です。三尾だけでした」

織部は笑った。

「おまえにしては不出来だな。今日は晩酌の肴《さかな》を楽しみにしていたのだ」

「釣場が違ったのです」

「おまえもだんだん凝ってきたな。どこへ行った?」

「ちと変ったほうで。実は千駄ヶ谷の裏に流れている玉川の上流に参りました」

「妙なところに行ったな」

「魚は不漁でしたが、まんざら時化《しけ》でもありませんでした」

「どういう意味だ?」

「奇態な釣仲間に遇《あ》いました。わたしがここに戻って来るのに常盤橋御門外まで尾《つ》いて来ましたよ」

「どこの藩の者だ？」

「藩の武士ではありません。江戸弁の、粋《いき》な着流しでしたが、八丁堀の同心と見受けました」

「なに、同心？」

源二郎が眼を光らせた。

「いえ、同心が尾けたとしても、別に仔細《しさい》があってのことではないでしょう。ああいう連中は、一応身元を確かめないと気が済まないようです」

「用心したほうがいい」叔父は忠告した。「この前、おれがしつこく追っかけられた」

甥の織部は声をあげて笑った。

「あの節は、さすがの山下幸内もさんざんでしたな」

「命がけだった」源二郎も苦笑した。「少々悪戯《いたずら》が過ぎた。あのあと四谷《よつや》に家を借りていたくらいだから、これは細工が念が入り過ぎた」

「ずいぶん諸方から召抱えに来ましたな」

「面白かった」

源二郎は眼を愉しそうにしている。

「あれもおれという人物を知って抱えに来たのではない。将軍家の眼におれの投書がふれて、それが評判になったというのでやって来たのだ。面白いではないか。当節は浪人者が溢《あふ》れているから、仕官は容易なことでない。やれ、誰かの口利きでなければならないの、当人の人物試しだの、身元調べだの、さんざん小突き回された挙句《あげく》、ようやくしがない禄《ろく》に取り立てられる。……ところが、あの場合、将軍家が褒めたというだけで大きな評判になった。おれを買いに来たのではなく、その評判を買いに来たのだ」

「中にはずいぶんと高禄の申込みがあったでしょうな？」

「あった」源二郎はうなずいた。「いきなり使者の口から三百石《こく》と切り出されたものだ。おれが辞退すると、禄に不足があるのかと間違えて、今度は四百石ではどうかと言い直してきた。これは西国の大名だがな。よそに取られると思ってあせったのだろう。事実、よそからもあった。互いがそんなふうに思い込んでいるから、おれの禄高は上るばかりだ。とんと競市《せりいち》のようだったな。……どこの馬の骨とも知れぬ、この山下幸内をよ。買われたのは人間じゃない。山下幸内という手紙の化身だ。いうなれば、評判の見世物を求めに来たのだ」

「しかし、あれは立派な文章でしたな」

甥の織部が褒めた。

「何度もおまえは感心してくれるが、こちらとしては思った通りを書いたまでだ。目安箱《めやすばこ》という制度が、ちょっと目先が変っているでな。つい、悪戯心が出てきた。しかし、あれは苦労した。なにせ、書くのに三日がかりだったからな」

「鳩巣先生が将軍家から見せてもらってえらく褒めていたそうですが、叔父上の学識なら、さもありなんと思います。荻生徂徠先生もどこかで写しを見せてもらって感嘆したそうですな」

「思わずほうぼうで取り上げられ、面目を施した」

叔父《おじ》の源二郎は笑った。

「あのことは春台先生もご存じないでしょう？」

「一向に気がついていない。わしの前であのことを言われると、どうも自分の眼のやり場に困るよ」

「だが、どうしてああいうものを書く気になったのです？」

「世の中であんまり公方《くぼう》のことを名君だと煽《おだ》てるからだ。こちとらは少々人間がひねくれて出来ている。ものをまっとうに見ない性分さ。そこで、公方が利口ぶってやっていることがいちいち気に入らない。目安箱という隠れ蓑《みの》を使って文句を言ってやりたくなったのだ」

「その直言が、公方の気に入られたのですな」

「それも公方が名君ぶっているからだ。だから、感心してくれたのはその点で、わしの主張したことはどれ一つも取り上げてくれない」

「上杉流の軍学者と書いたのは、どういうことからです？」

「なに、勿体《もったい》をつけたのさ。まさか儒者とも書けないだろう。化けの皮が剝《は》げるでな。軍学者と書くぶんには、あの文章からして丁度いい加減なところだ」

「あなたもあれほど反響があろうとは思わなかったでしょう?」

「正直、自分でおどろいた。悪戯で川の中に石を投げたところ、思いがけない波紋が起ってこっちがあわてたというところだ。その波紋というのが、今も言う通り、公方の一声で世間が騒ぎ出した。そういう点では、わしは公方の威勢をやっぱり偉いと思っている」

「危ない芸当でしたな。もし、父に知れたらどうします?」

「兄貴か。あの気性なら、早速、詰腹《つめばら》ものじゃ。おまえ、親父には絶対に洩《も》らしてはならぬぞ」

「分っております」

「未《いま》だに兄貴が何も言わないところをみると、おまえがよく約束を守っていることは分る。これからも口外してはならぬぞ」

「それはいたしませんが……しかし、惜しいですな」

「何が?」

「父はあなたを仕様のない弟だと思っています。もし、山下幸内ほどの達眼と素養があったと分れば、ずいぶんと喜ぶと思います」

「バカをいえ。おまえの親父は秩序を堅く守っている人間だ。おれがそんなことをやったと分ってみろ、どんなに嘆くかしれない」

# 雲の切れ間

弥作が家に戻って晩酌をしていると、相手をしていた女房のお陸が思い出したように言った。

「そうそう、忘れていました。今日、小さな荷が届きましたよ」

「どこから？」

弥作は盃《さかずき》に酒をつがせて訊いた。

「北陸路から戻ったという知らない旅の人が届けてくれたのですが、越前《えちぜん》の鯖江《さばえ》というところでことづかったそうです」

「越前の？」

弥作は盃を措《お》いた。

「見せてくれ」

「はい」

女房は、油紙に包んだ木箱らしいものと、書付とを一しょに持ってきた。木箱はかなり重い。書付には、たしかに香月弥作の名前が書いてある。これは送り主が旅人にことづけた覚え書らしく、

「鯖江、上総《かずさ》屋うち、さと」としてあった。女文字で、上手ではなかった。

「知っている人ですか？」

「いや、知らない人だ」

弥作は見つめている。

「上総屋というのは旅籠《はたご》屋だと、この荷物を届けた人は言ってました。さという人は、そこの女中だそうです。ぜひ、届けてくれと、くれぐれも言いつかったそうです」

「そうか。知らぬな」

「あなたに心当りがないというのは、忘れているんじゃないですか。ずっと前に御用のことから世話になり、その人が越前に戻って、お礼のつもりでこれを送ってくれたのではないでしょうか」

女房は想像を言った。

「さあ。御用の筋でお礼をもらったことはあんまり無いからな。……まあ、なかを開けたら分るだろう。こっちの荷を解《ほど》いてみてくれ」

「はい」

お陸は油紙をほどいた。木箱が出たが、それはまだ新しく、蓋《ふた》は紐《ひも》でしっかりと縛られてあった。

「解きましょうか」

「待て」

弥作は、その蓋に書かれた「壺《つぼ》」の一字を見つめていた。

「壺ですね。どこの焼きでしょうか」

弥作は返事をしないで、文字を見ている。墨の濃い、雄渾《ゆうこん》な筆蹟《ひっせき》だった。

お陸は、折角送られてきたというので早く内容を見たがっている。弥作はそれを抑えた。

むろん、この蓋の文字は女の筆ではない。木箱も新しいから、発送の直前に書かれたと思われる。これをことづかって届けてくれた人は、十日前に越前を出発したというから、これも弥作の心に符合するものがあった。

しかし、「壺」の筆蹟がだれのものか、弥作には決定できなかった。鑑定は、青木文十郎の妻の雪のほかにいない。

「箱はそのままにしておけ」

弥作は怪訝《けげん》な顔をする妻にそれを大事に仕舞わせた。雪に遇《あ》う明日が待たれた。

藤兵衛の声が玄関でした。

「藤兵衛か。いま、飯にしようとしたところだ。まあ、一ぱい呑《の》め」

弥作が盃を出すと、藤兵衛は頭をかいて受けた。

「どうも、この酒は苦いようです」

「明日の朝、くるということだったが、早かったな」

「これが吉報で早く伺うのでしたらいいのですが、どうもいけねえので、明日まで待つのが苦になって、いっそ今日の間にうかがったのです」

「勘七が荒したあとだから、およその察しはついていた。やっぱり駄目か」

「へえ。何も出てきません」

「まあ、そうがっかりするな」

弥作は、藤兵衛を力づけて、

「おれも、今日は昼から玉川に魚釣りに行ったのだ」

「へええ」藤兵衛は、ちょっと眼をみはった。「そりゃ、お気晴らしをなすってよろしゅうございました」

「魚は釣れなかったが、ちっとばかり面白いことがあった」

「何ンですかえ？」

「一しょに釣りをしている奴がいてな。どこかの国侍だと思っていたが、おれの下町訛《なまり》をちゃんと当ておった。向うは黙っていたが、おれを八丁堀だと見当をつけたらしい」

「そりゃ、先方もただの国侍ではありませんね？」

「いや、おれの身分を推量しおったから、こっちも負けぬ気で、その男のあとをつけたのだ。すると、常盤橋《ときわばし》門に入って行ったぞ」

「大名小路でございますね？」

「辰の口《たつくち》で、もちろん譜代大名ばかりだ。その長屋にいる江戸詰の藩士だろう」

「どこの藩の方でしょうね？」

藤兵衛としては軽い問だったが、弥作の眼の色は、酒のせいだけでなく、生き生きとしていた。

「おれも同じ疑問をもって、帰ると早速、切絵図をひらいたものだ。すると、藤兵衛、常盤橋御門を入って、すぐ、とっつきの東側が、越前家だ」

「………」

「もう一つある。その真ン前、道一つ隔てた西側が越前鯖江の間部《まなべ》若狭守《わかさのかみ》の上屋敷だ」

藤兵衛が盃を措いて、弥作の顔を見つめた。

「そりゃァ、奇態でございますね」

「その藩士はどこの家中か知らないが、もし、両越前内の藩中の者だったら、少し面白い」

「………」

「おれと同じようにその男が釣をしていた場所の近くには、越前の代官所にいた大久保伊《い》勢守《せのかみ》の下屋敷がある。殺された老尼僧も越前の出身、鍼医《はりい》黒坂江南も、艾《もぐさ》を入れるのに越前焼のおはぐろ壺を持っていた。藤兵衛、こう越前づくしではおれの頭も少々おかしくなってきた」

「なるほどね」

藤兵衛は腕を組んでいたが、やがて、自分から、あっと声をあげた。

藤兵衛は膝《ひざ》をたたいて、弥作に言った。

「旦那《だんな》、安寿庵《あんじゅあん》のほうがうまくゆかねえので、そのせいにされても困りますが、いまのお話で、ひょいとわっちの胸に浮んだことがあります」

「いや、お笑いなすっちゃ困りますが、あんまり旦那が越前づくしをおっしゃるので、わっちも突飛なことを思いつきましたので……」

「遠慮せずに言ってくれ」

「こうです。いま、牢《ろう》に入れられている幸太という無宿者も、実は、越前生れの野郎じゃねえでしょうか」

「なに？」

弥作が、きっとなって藤兵衛の顔を見た。

「いや、そう正面からごらんになると、てれますが、ひょいと思いつきを申し上げたまでで……」

「藤兵衛、そいつはうまいぞ」

弥作の声は大きかった。

「へえ、さようですか」

藤兵衛は自分で興奮してきていた。

「だが、幸太は長州《ちょうしゅう》生れだぞ」

「一応はそうなっていますが、なに、無宿人のことはよく分りません。どうにでもごまかされます。五人組請合いの、まっとうな人間とは違います」

「うむ、うむ」

「それに幸太の白状も、少しあやしい。ひょっとすると、あいつの申立てが本当で、熊谷の旦那や芝《しば》の勘七に無理に責め落されたんじゃありませんかね」

「……そうか。そういう考え方もあるな」

弥作が腕組みすると、

「旦那、こいつはわっちのほんの心に浮んだ根も葉もねえことですから、どうかお笑いなすって下さいまし」

「いや、そうではない。おれはじかにあいつを調べたのではないから分らぬが、ちっとばかり人間も変っているようだな」

「へえ、何んだかハキハキしねえところがあるようです。これは勘七から聞きましたから間違いようはありません。勘七が言うには、幸太という野郎は少々うすノロじゃねえかと言っておりやした」

「うすノロかどうか、そいつは分らないが、何かわけを持っていそうだな。そいつがまた越前国につながれば面白い」

もう一つ、弥作には、送られてきた越前焼の「壺」が心を占めている。

「幸太というやつは、嘘をついているように思えてなりません」

老練な岡っ引の藤兵衛の言葉に、弥作はうなずいた。藤兵衛の想像は、弥作の考えと同じだった。

「おまえにそう言われると、おれもそんな気がしてくる。……当夜、幸太は誰かに連れられて芝辺の夜鳴《よなき》屋台で酒を飲まされた。これは屋台のおやじがそう言っているから間違いはない。問題は、相手の男につかまって屋台へ連れられてくる前どこにいたかだ。こいつは誰も見ていた者がないから何んとも言えない」

「左様でございますね。もう一ぺん、幸太の奴を引き出して調べ直したら面白うござんすがね」

藤兵衛は、その役を弥作がしたら、と言いたそうだった。

「それはむずかしいな」弥作は眉《まゆ》をよせて言った。

「与力の宮杉さんも、熊谷も、幸太を落したことでほっと安心しているのだ」

「左様でございます。これでお白洲《しらす》で幸太のお仕置が決れば、大手柄でござんすからね」

「幸太を普通の人間が調べ直したところで同じことだ。また、宮杉さんや熊谷をおいて他人が再吟味をやるということもできないからな」

法的には可能かもしれない。たとえば、お奉行がその吟味の仕方に不審を抱いて、別な人間にやり直しを命じることはできる。だが、その場合、最初の訊問《じんもん》を担当した人間の感情問題が残る。

「むずかしいもんでござんすね」

藤兵衛がうつむいて膝の上で煙管《きせる》を構え、煙草を揉《も》んだ。思案するときの彼の癖だった。

「何かいい方法はございませんかね?」

と、ひとり言のように呟《つぶや》く。藤兵衛もなんとか弥作や自分の手で幸太の調べをやり直してみたいのだ。

その翌《あく》る朝、弥作は早く起きて、近くの与力屋敷に小林勘蔵を訪ねた。

「ばかに早いな」

勘蔵は弥作の来訪で女房に起されたらしく、洗ったばかりの顔で出て来た。

「お願いしたいことがあって伺ったのです。昨夜《ゆうべ》一晩考えて、これはぜひ小林さんにお力添えを願おうと思いましてね」

「いやに気合を入れたもんだな。わたしの出来ることなら何んでもするよ」

「お奉行に曲げてお願いしたいことがあるのです」

「藪《やぶ》から棒になんの話だ？」

「小林さん、いろいろと探索が行き詰って申訳ないのですが、いま、雲の間から一点だけ晴間を見たような心地がしているのです。だが、それをやるにはわたしも命がけのことをお願いしなければならない」

「大そうな言い方だな」

小林勘蔵は笑った。

「遠慮のないところを聞かしてくれ」

それから小林との間にひそひそ話が交され、小林も次第に真剣な顔色になった。彼も小さな声で問い返す。しばらくすると、小林のほうが緊張していた。

「早速、これからお奉行のところに伺おう。お城に出られる前がいい」

勘蔵から、そう言い出した。

二人が大岡忠相《ただすけ》の屋敷に着いたのは、またそれから半刻《はんとき》のちである。

大岡の公用人山本右京太が、

「これは早い」

と、おどろいた。山本は一度奥へ引っ込んで引き返し、二人を座敷に通した。

「早いな」

待っている二人のところに忠相が入って来た。

庭木には朝の陽がまだ梢《こずえ》の上にしか当っていない。昼間は暑いが、爽《さわ》やかな空気が書院に流れていた。

まず、小林勘蔵から願いの筋を述べた。つづいて弥作が説明をした。

長い話である。それを主人は終始黙々と聞いている。

「よかろう」

忠相が言ったのは話を十分に納得したとみえた。

途中も、この返事を危ぶんで来た二人だった。懸念しただけの理由は十分にありすぎた。こちらから申し込んだ話自体が法を無視したやり方なのだ。しかも、十に一つの成功があるかどうか分らない。

失敗すれば、奉行自体が困難な立場に追い込まれる。いや、町奉行だけではなかった。牢屋敷《ろうやしき》奉行石出帯刀《たてわき》がその話を引き受けるかどうかだ。

「帯刀にはわたしから話す」忠相は両人が安堵《あんど》するように軽い調子で答えた。「帯刀にはなんとか了解がしてもらえるだろう。むろん、万一のときはわたしが責任を負う」

調子は明るかったが、その言葉は二人の心に重く落ちた。

小林勘蔵と別れて家に戻った弥作は、女房に、送られてきた木箱を風呂敷《ふろしき》に包ませた。

「中も開けてみないで、誰かにお見せになるのですか？」

陸は不審顔だった。

「おれには焼きもののことは分らぬでな。詳しい人に目利きしてもらうのだ」

目利きしてもらうのは、内容の品物ではなく、「壺《つぼ》」の筆蹟《ひっせき》だった。

日ざかりのなかを歩きながら、今朝のお奉行の言葉を考えた。こちらから申し入れたのが無理だと分っていただけに、承知してもらったのが案外だった。一喝されるものと覚悟して小林と一しょに出かけたのだ。

（なに、お奉行には何かいい知恵があるのだろう、お任せしていい）

小林は帰る道にもそう言った。上のほうで考えてくれるのだったら、自分たちでは出来ないことも出来ると思いこんでいる。

しかし、それだけに発案者の責任は重い。万一、失敗したときを考えると慄然《りつぜん》とする。

小林も楽天的なことは言っているが、帰りには気の重い顔になっていた。こちらの要求が受け入れられて、かえって負担を感じているのである。

（えらいことになった）

弥作には胴震いが起りそうだった。

お奉行が決めてくれるまで、まだ時間があった。不安な時間でもある。

その間にでも雪を訪ねて、「壺」のほうを片づけておこうと思った。

「いらっしゃいまし」

年よりの中間《ちゆうげん》が弥作を笑顔で迎え、奥へいそいで入った。主《あるじ》のない家は、その友人を雇い人のほうが歓迎した。それだけに寂しさが感じられる。

庭の縁先に回されたのはいつもの通りだった。

雪がうすい化粧で出てきた。弥作は縁先に腰かけ、雪は座敷に距離を置いて座った。

「まだ、消息は知れませぬか?」

弥作は、挨拶《あいさつ》を短く切り上げて訊《き》いた。

「はい、未《いま》だに」

雪は、うつむいて、

「いつもご親切に」

と礼を言った。

「組頭の村垣さんはどういっておられます?」

弥作は雪を見ないで訊いた。

「別に……」

低い返事だった。

「ここによく見えますか？」

「組頭さまの奥さまが、ご親切にして下さいます」

組頭がこないで妻を見舞によこすのは、女ひとりの留守のためか、それとも、自身では雪に問い詰められて都合が悪いからか――

弥作は風呂敷包みをとりよせて解《ほど》いた。

「これを見て下さい」

蓋《ふた》の文字を雪に示した。

「あ」

雪が声をあげた。

予想した通りだった。

「たしかに夫の字です」

雪は木の小箱の蓋をみつめていた。

「いつ、これをあなたのお手元に差し上げたのでしょうか？」

雪はそれが送られて来たものとは知らず、以前に文十郎が弥作に与えたものと思っている。

（やっぱりそうだったのか）

事実はいえなかった。

「拝借していたものです」

弥作は呼吸を落ち着けていった。

「昨夜、ふと思い出したのです。これは早急にお返ししなければならないと思い、持参したのです」

「壺とありますね」

雪はまだしげしげと蓋を見ている。

「わたくしもついぞ見かけないものですが、いつ、夫はあなたさまにお目にかけたのでしょうか？」

「ちょうど二か月ぐらい前でした。わたしが陶器が好きだというと、これをわざわざ届けて下すったのです。中を拝見したのですが、なかなかいいものでした」

弥作は、あなたがご存じなければ、この場でご覧下さい、と雪にいって初めて箱の紐《ひも》に手をかけた。

厳重にゆわえてあった紐がほどけると、弥作は蓋を取り除《の》けた。内には予想通り黒褐色の壺が納まっていた。動いて割れないように古い布片《ぬのきれ》が詰っている。

「鉄漿壺《おはぐろつぼ》ですね」

小さなものだった。これは、おはぐろをつくって溜《た》めておき、壺の口から小皿に小出しにして歯につけるのである。

「どこのものでしょう？」

雪には焼ものの知識が無い。自分も初めて見るのだと何度もいった。

「越前焼です」

こういって弥作は雪の表情を窺《うかが》ったが、別に反応は無かった。越前という言葉が少しも彼女の心に響かないのである。

「可愛い壺」雪は掌《てのひら》に載せて見ていたが「香月さま、これは新しいものでございますね？」

「左様、まだ使った跡はありませんな」

「主人はどこで、これを求めたのでしょうか？」

雪の不審といえば、そのことだけだった。

「木箱もわざわざこのために特別にしつらえたものではなく、あり合せのものを応用しただけのようです。壺を裸では持参しにくいと考えられたか、求められた先でこの箱を貰《もら》われたのでしょう。するとし、何か書かなければちょっと寂しいので、この文字を蓋にしるされたのだと思います。……そんなことから考えて、これは通りがかりの瀬戸物屋で眼にふれたものを買われたのだと思います」

雪がこの品を知らない以上、越前鯖江の土地の名も、上総屋という旅籠《はたご》の名も、さとという女中の名も教える必要はなかった。

いえば、ただ雪を混乱させるだけだし、要は、青木文十郎が鯖江という町に行っていた事実が分れば弥作には満足だった。

牢内《ろうない》に如才のない男が入ってきた。

二十三、四の横鬢《よこびん》のはげた男だが、その眼つきや動作を見ても、入牢は初めてではない。入墨者《いれずみもの》には、初回者にするようなキメ板の振舞いも無い。「おい、負けてやるぞ」という牢名主《ろうなぬし》の一言に折檻《せっかん》が免除された。

それに、彼は着物の襟をほどいてツルを取り出し、牢名主には手落ちなく献金した。二分金で四枚、二両がとこである。入牢者を裸にする改め役の検査によくひっかからなかったものである。

髭面《ひげづら》の名主が金を掌の上にのせて、新入りをじっと眺め、

「いたわってやれ」

と、キメ板に言った。むろん、金の功徳《くどく》もあるが、その新入りを見ている名主の視線が違っていた。何か心にうなずいている表情だ。

新入りは暮六つ（午後六時）までときまっている。牢格子の留口《とめくち》の前で、大岡越前守《おおおかえちぜんのかみ》様お掛り、武州入間《いるま》郡何村の何兵衛と呼ばわった鍵番《かぎばん》から、へえ、ありがとうございます、と請けとった牢名主も、この入牢者がタダの人間でないと見抜いていたのだ。牢内には、ときどきこういう人間が舞い込むから、牢名主には見わけがつく。

横鬢のはげた新入りは、狭い板の間に目白押しに詰っている平科人《ひらとがにん》の間に入った。はじめから鋭い眼で誰かを物色しているようだったが、すぐに羽目板の片隅に膝《ひざ》をかかえてうつむいている男を見つけると、そこいらの人間をかき分けて彼の傍にいざり寄った。

「おい」

新入りは、力無げにうなだれている男の肩を軽くたたいた。

「おめえ、何をやってここに入ったのだえ？」

男は顔をあげたが、これが幸太だった。うつろな眼とあおい皮膚をしている。返事はなかった。

「おめえ、だいぶん弱っているようだな」

新入りの入墨者が同情した。

「身体が悪かったら、なにも遠慮することはねえ。お上のご慈悲を願って、お手当をうけたらどうだえ？」

親切に低く言い聞かされても幸太は黙っている。くぼんだ頬に黒い髭が伸びていた。

男は、あたりに眼を配り、ちらりと正面の牢名主の顔を一瞥《いちべつ》した。高く積み重ねた畳の上であぐらをかいている牢名主はそっぽを向いていた。

新入りは、幸太の耳に口をつけた。

「おめえが何をやったか知らねえが、お仕置をうけるまでは大切なわが身だ。お上にもそのへんのお考えはあらあな。……よし、おめえはこういう場所に馴《な》れてねえようだから、今度、お見回りがあったら、おいらからお役人に申し上げてやらあ」

沈黙している幸太に、その男はまた肩をたたいた。

「まあ、ここはおいらに任せてくれ。悪いようにはしねえ。おめえは黙って、万事従うことだ」

幸太に反応はなかった。耳に入らぬように相変らずぐったりとしおれている。男は、その様子をじろじろと見て、小首をかしげていた。

暮六つを回ったころ、外鞘《そとさや》から二、三人の足音が入ってきた。鍵役《かぎやく》が、

「ご牢内のお見回りがあるぞ」

と、大きな声で触れた。

「へえい、ありがとうございます」

内から牢名主が答えると、囚人たちは居住いを直した。

提灯《ちょうちん》をつけた鍵役の案内で、与力一人と同心二人が牢名主の前に近づいた。

牢屋同心の巡回は、俗に半棒と称する三尺棒を持って昼間と夜間とを二時間おきに回って来るが、そのほかに奉行所からの与力と同心が臨時に見回りに来ることがある。これは日にちも時刻も定めないで不時の巡視である。ときには、その与力が町奉行の名代《みようだい》として組同心二人を連れて牢内の状況、警備の状態を査察した。

彼らは各牢を巡視し、牢戸前をいちいちあけさせ、牢内の様子を検分するのほか、病人があれば、その容体を聞いて医師にかからせた。また願いごとがあれば、書面をもって上申する。あるいは賄所《まかないじょ》を見回って囚人に食わせるたべものを検査し、賄役へ注意することがあった。

入牢は昼間にはめったに無いから、こうして昏《く》れてからの見回りが多い。

「一同変りはないか？」

このときも、与力が、格子の外から中を見回して鍵役に聞かせた。

牢名主が、

「へえ、ありがとうございます。変りませず、神妙に控えております」

と答える。

各牢を順々に見て、ある牢の前に来て同じことが繰り返されると、突然、留口のところから、

「お役人さまへ申し上げます」

と声がかかった。

鍵役が、

「何んだ？」

と眼を三角にした。

「へえ、この牢内に重病人がおります。御慈悲をもってお医者さまにかけていただければありがとう存じます」

この声の主は、さきほど入ったばかりの入墨者だった。

「病人だと？　誰だ？」

鍵役は不機嫌に訊《き》く。

「へえ、長州無宿の幸太でございます」

入墨者は、牢内の名主や、一の役、二の役などに遠慮せずにすらすらと述べた。

「重病人とは大げさな言い方だが、どうしたのだ？」

鍵役は面倒臭そうに訊く。傍に与力と同心が立っているので、あまり素気なくもできない。

「へえ、何んだか知りませんが、先ほどから息使いが苦しそうで、真蒼《まっさお》な顔をしております。このまま放っときますと、明日の朝までに悪くすると息を引き取るかも分りません」

与力がそれを聞いて、つかつかと留口の前に進んだ。

「病人とはだれだ？」

鍵役が留口の錠を外したので、与力は狭い入口を潜って中に入った。囚人どもは粛然としている。

「へえ、この男でございます」

新入りの入墨者が自分のわきにいる幸太を指さした。

与力は鍵役から提灯を受け取って、提灯でその男の顔を照らした。

鈍い明りの中で、幸太が虚脱したように首《こうべ》を垂れている。誰が傍に近づこうが、まるきり無関心である。

「どうした？」

与力が幸太の顔をのぞいたが、返事をしない。

「旦那《だんな》、こいつは口も利けねえようでございます」

入墨者が代って答えた。

普通なら、新入りのくせに先々と立ち回るこの入墨者を牢役人どもが黙っているはずはないが、牢名主自身がこの男の正体を見破っているので知らぬ顔をしている。

「なるほど、これは容体が重そうだな」

与力は大きな声で独り言を言った。

「へえ、全く左様でございます。どうか今夜のうちにお手当のお情けを願えればありがとう存じます」

入墨者はどこまでも親切だ。

「うむ」

与力は大きくうなずいて鍵役に、

「医者に見せるから、外鞘まで出せ」

と命じた。

「承知しました」

奉行所から巡察にくる見回りは町奉行の名目だから、鍵役もいやとはいえない。ぐったりとなっている幸太の腕を摑《つか》んで、

「こっちへ出ろ」

といった。幸太は曳《ひ》きずられるようによろよろと立った。

「これ、あんまり手荒なことはしないように……病人だからな」

与力が鍵役に注意した。

「旦那、ありがとうございます」

入墨者が何度も頭を下げた。

「これでこそお上の御慈悲が行きわたるというものでございます。われわれ牢内《ろうない》の者もどれくらいありがてえか分りません。へえ、よろしくお願い申します」

彼は牢内の一同を代表したように派手な口を利いた。

外鞘まで鍵役に腕を取られてふらふらと出てきた幸太は、相変らずぼんやりとした眼つきをしている。自分がどういう立場に立っているかなど、まるで知ってないふうである。

「医者はどこだ?」

与力は鍵役から近所だという返事を聞いて、

「重態だから、すぐさま駕籠《かご》を用意してくれ」

と、鍵役に有無をいわせない命令調だった。普通なら、牢屋の者を走らせて医者を呼びにやるところだが、与力は逆に医者のところに病人を担ぎ込むというのである。

「その上で、早急に溜送《ためおく》りにしなければなるまい」

と与力は同心にいった。

牢屋内で重病人が出た場合、普通、揚座敷《あげざしき》に入れて養生させることもあったが、重症患者は浅草《あさくさ》か品川の溜《ため》に移送した。

牢屋敷役人から見て幸太の症状はそれほど重いとは思えなかったが、奉行所から来た与力は小林勘蔵といってここでも顔の知れた人物で、その指図には牢屋敷側でも異議が唱えられなかった。

また牢屋敷奉行石出帯刀《たてわき》からも、今夜の監察にはすべて町奉行所側の指示通りにするようにという内命もあった。牢屋敷役人も、これは何かあるなと感じてはいたが、内命の実際の意味までは分らない。

「夜陰だが、今夜中に町医者に手当をさせ、その次第ですぐに溜に送ることにする」

与力小林勘蔵はそういっている。

規定によって幸太を乗せた駕籠は上から網がかけられた。牢屋敷を出れば責任は護送の町奉行所側になる。

駕籠は、与力の小林と、これも奉行所から連れてきた同心二人が付き添い、小者《こもの》に担がせて、小伝馬町《こでんまちよう》から馬喰町《ばくろちよう》へ向った。

やがて浅草橋御門にかかったが、普通、浅草に向うにはここを渡って、茅町《かやちよう》、旅籠町《はたごちよう》、森田町を通り、河岸沿いに歩いて行くのだが、駕籠は浅草橋御門の石垣の見えたところで地に下りた。

「どうだ、苦しいか？」

小林勘蔵が駕籠の傍に来て外から声をかける。

中からは返事が無かった。

「だいぶん苦しそうだな」

勘蔵がひとりで呟《つぶや》き、

「あまり長く駕籠に乗りつづけるのも病体にはよくないだろう。この辺で休めさせよう」

と同心にいった。

同心二人が小者にいいつけて、広い空地の横に駕籠を移した。

この辺は柳原《やなぎわら》土手の切れたところで、暗い中に柳の並木が黒々と濠沿《ほりぞ》いに長くつづいていた。その闇に中間や小者らしい姿がちらほらと見えていた。ここは夜鷹《よたか》の出没する名所でもある。歩いている男たちは、その冷やかし客だ。

「病人も駕籠の中ばかりでは気詰りだろうから、外の新しい空気を吸わせてやれ」

また小林勘蔵がいたわるようにいった。今度は同心二人が駕籠の網を取り除《の》け、垂れを上げて中の幸太をのぞき、

「御慈悲によって、その辺で休ませてやる。暫時《ざんじ》の間、勝手にしていいぞ」

といった。

幸太が駕籠の中からよろよろと出てきた。石責めで痛めた脚がまだよくなっていないとみえ、跛《びっこ》をひいている。彼はのそのそと土手の柳の下に近づき、隠れるようにそこにしゃがみこんだ。

「われわれも、あっちで一服しよう」

と、小林勘蔵は、同心と小者を促し、ゆっくりと反対の方角に歩んだ。暗闇の中だが、勘蔵は別に囚人に監視も残さない。

# 接触

柳原土手にしゃがんでいた幸太は、半刻《はんとき》近くもじっとしていた。かれがようやく腰を上げたのは、自分を送ってきた駕籠の連中が迎えにこないとはっきり分ってからである。

だが、彼の様子にはやはり感情が見えなかった。なぜ自分を捕えに護送の連中が戻らないのか、考えてもみないという風である。脱走しているという態度ではない。普通なら、逃げる機会を与えられて胸をおどらせ、前後左右を用心深く見回すはずだが、幸太の歩き方にはそこいらの通行人と少しも変りがなかった。

彼は魂が抜けたようにゆっくりと片方の脚を曳《ひ》きずっていた。役人が捕えに来ても構わないし、来なくともふしぎでないといった態度だ。

柳原土手は長い。神田《かんだ》川に沿って浅草門から筋違《すじかい》門までつづいている。

幸太が歩いていると、暗い柳の下から頬冠《ほおかぶ》りの女が出てきて、

「ちょいと、おまえさん」

と袖《そで》を引いた。

それにも幸太は反応をまるでみせない。女のほうもみすぼらしい彼の格好に気がついてすぐに手を引っ込めた。

それでも歩くにつれて同じような女が出てくるし、暗闇からは鼠鳴《ねずみな》きが聞えた。

ひやかしの客も通っている。この辺は屋敷者の中間や小者、商家の雇人などが多かった。闇に引っ張りこまれるのを振り切って逃げる男もいるし、こっそりと女に連れられて土手の下に降りてゆく客もある。そこには蓆《むしろ》をかけた小屋掛が並んでいる。

幸太はそれらに見向きもしない。相変らず虚《うつ》ろな歩き方だ。

暗いので幸太に突き当る者もいた。

「気をつけろ」

怒鳴られても黙っている。幸太の身体がふらふらと後によろけるのだ。

「変な野郎だな」

つぶやきながら見送って過ぎる男もいる。

こういう幸太の動作をいちいちうしろから観察している男がいた。頬冠りをして、小者のような格好だが、これが香月弥作だった。また、酔った振りで夜鷹を冷やかしながら、あとになり先になりして歩いているのが藤兵衛である。子分の三人も油断なく幸太のうしろから尾《つ》けていた。

わざと逃がした重罪人だ。泳がしておいても絶えず眼の届くところに彼を置いていなければならない。監視の網は手落ちなく張られているのだ。

幸太は長い土手を歩きつづけている。跛をひいている加減か、いやに速度がのろかった。監視するほうもそれに動作を合せなければならないから、かえって苦労である。

その幸太の姿が、つと傍らの柳の陰に入った。夜鷹に引っ張られたのではない。ひとりで姿をかくしたのだ。

弥作が付きまとってくる女を突き放して、あとを追った。

弥作が土手の下に降りてみると、暗い草の中に幸太の黒い影がうずくまっていた。神田川の水が流れている。

弥作は柳の陰に身を潜めて様子を窺《うかが》っていた。幸太は動かないままでいる。疲れて休んでいるのだ。しかし、警戒する様子がないのは相変らずだった。

弥作のうしろから藤兵衛がそっと寄って来た。

「旦那《だんな》、どうしたんでしょうね？」

藤兵衛も相手があまり動かないのでふしぎがっている。

どのくらい幸太はそこに座っていたか。かなり長い時間だ。ただ困ることは、夜鷹が闇の中から出て来て弥作を誘うことだった。これは藤兵衛の子分の仙吉《せんきち》が追っ払う役をつとめた。

幸太には夜鷹も寄りつかない。土手の草の上にいつまでも根っこのように座っている男に、うす気味悪さを覚えたのであろう。

やがて、その動かなかった彼が起《た》ち上った。やはり緩慢な動作だ。土手の上にあがっていく。弥作もあとから草を踏んだ。夜露で足が濡《ぬ》れた。

幸太はまた歩いていく。行先にアテがあるとは思えない歩き方だ。

柳原土手は長かった。向うに提灯《ちょうちん》の灯《ひ》が見える。この辺の通行人やひやかし客を相手に、みすぼらしい屋台の飲み屋だった。

幸太の影は、その前にふらふらと寄って行った。

「へえ、いらっしゃい」

屋台のおやじの大きな声が聞える。

こちらから見ていて、幸太は茶碗《ちゃわん》に冷や酒を注がせると、顎《あご》を反らせて一気に咽喉《のど》に流したのである。飲み終ると、溜息《ためいき》をついて代りを頼んだ。

提灯の灯で、影絵のように幸太の姿は二度目の茶碗をあおった。飢えた人間のすさまじさだった。

幸太は屋台に両手をついて、大きく肩で息をした。ほかに客がいたが、彼の飲みっぷりに呆《あき》れている。折から女をつれた客が寄って来た。屋台の亭主がそれに気をとられていると、幸太がすうとそこから離れた。あとも見ないですたすたと向うにいく。

亭主があわてて、

「もし」

と、飲逃げのあとを追おうとした。

「いくらだ?」

弥作はうしろから亭主の肩を叩《たた》いた。

「へえ」

「あれはおれの友だちだ。飲み代はいくらだ?」

「へえ、二十文でございます」

「ほれ、渡すぜ」

　銭を投げるように屋台の上に置いた。

　うしろからきた藤兵衛が、

「酒を飲んで、奴も少し元気が出たようですぜ。しかし、どこに行くんでしょう？」

　と、小さな声で弥作にささやいた。

　幸太は闇の中を歩いている。弥作と藤兵衛はうしろから尾けていたが、その藤兵衛はときどき子分たちのところに戻っては配置に気を配っていた。

　判決はないが、人ふたりを殺した下手人だ。当人は与力宮杉の吟味で白状している。それを脱走させているのだから、二人とも異常な緊張だった。弥作も額にうすい汗を滲《にじ》ませている。

　その弥作のうしろから、忍びやかに袖を引いた者がいる。幸太を駕籠《かご》で護送してきた同心の一人だ。

「小林さんが心配しているが」

　与力小林勘蔵も気づかって同心を連絡によこしたのだ。

「見られる通りだ。間違いなくわれわれは尾けている。なにしろ、当人がどこに行くのか分らないのでね。しかし、安心して下さい、と小林さんに伝えてもらいたい」

　むろん、低い声だった。同心はうなずいて引き返した。

小林も懸命なのだ。重罪犯人を逃がしたという責任は、誰の胸にも重い。

「おや?」

うしろで藤兵衛が低くいった。

「奴は曲ったようですぜ」

「しっ」

弥作は藤兵衛の言葉を抑えた。

柳原《やなぎはら》土手の半ばを過ぎたころから、幸太の影が反対側の町角を曲った。

二人は足を速めて曲った地点まで急いだ。見失ってはならないのだ。

夜の町は、星明りと、ところどころ洩《も》れている家の明りが頼りだった。

幸太はうしろを振り返ろうともしない。足がゆらゆらしている。

神田《かんだ》の町に入っていた。しばらく行くと、向うから提灯《ちょうちん》が一つ揺れて来た。

幸太がそれに近づいたので、弥作は、はっとした。その駕籠《かご》がとまった。暗い中でぐずぐずしている。

しかし、駕籠屋は断ったとみえ、幸太は離れて行く。その提灯がこちらに近づいてくると、駕籠には客が乗っていた。

藤兵衛はしばらく離れていたが、すぐに引き返して弥作に耳打ちした。

「いま、駕籠屋に訊《き》きました。奴《やつ》は駕籠が空だと思ったんですね。客が乗っていると駕籠かきが言うと、黙って離れたそうです。奴は、行先を言わなかったそうです。……行先が聞けなかったのは惜しいことをしました」

幸太が駕籠屋にそれさえいっていれば、これから彼が行く目的地に見当がつくのだ。

「しかし、奴は銭《ぜに》を持たないはずですがね」

そうだ、さっきの酒も飲逃げだった。駕籠にもタダ乗りのつもりだったかもしれない。

幸太はそういうことに一切無頓着《むとんじゃく》なのだろうか。まるで当り前のように酒を飲み、駕籠を雇おうとしている。分らない男だ。

前の影がまた辻《つじ》を曲った。あとを追うと、幸太の影が目の前に立っているので、弥作のほうがあわてた。

弥作は幸太の影をすぐそこに見て、あわてて天水桶《てんすいおけ》の陰に身体を隠した。

幸太はぼんやりと一軒の家を見上げている。この辺に多い旅籠《はたご》屋だった。表戸は閉まっている。

彼は、その軒の下に近づいて表戸を叩いた。

中からはすぐに誰も起きないらしく、幸太は少しじれったそうに強く叩いた。

ようやく戸があき、手燭《てしょく》の明りがこぼれた。

幸太が低く何か言っている。

「さあ、ちょっとお待ち下さい」

多分、泊らせてくれと言ったのを、遅い時間を考えて女中が主人にでも相談に入ったのであろう。幸太の影は外に立ったままだ。

ここに泊るつもりだろうか。それにしては大胆だと思った。重罪犯人の脱走で、今夜中にでも大捜索があるのを幸太も知らぬはずはあるまい。それが伝馬町《でんまちょう》の大牢《たいろう》とはさほど離れていない神田の宿に泊ろうというのである。さきほどからの無警戒さといい、この動作といい、弥作は幸太の心が測られなかった。

入口に再び灯が射した。亭主が出て来た。相手の人相を眺め、一言のもとに断ったらしい。幸太は素直に離れて行く。そのままの方向に進んでいるのだが、さすがに疲れているようだった。

今度は右にも左にも曲らず、どこまでも同じ方角だった。

藤兵衛がうしろから来て低く報告した。

「旦那、旅籠屋に訊いたら、人相が悪いので断ったそうです。なんでも、今晩一晩泊らせてくれといったそうですがね」

弥作はうなずいた。

一体、どこまで歩くのだろうか。緊張した彼も少し脚がくたびれてきた。

幸太のほうはもっと疲労している。牢から出てそのまま駕籠に乗り、今度は浅草門から歩きつづけだ。その途中でちょっと休んだが、屋台では茶碗酒を二杯あおっている。牢内で弱った身体にこの酒だから、まともに歩けないのが普通だ。弥作は幸太の強靭《きょうじん》さにおどろいた。

幸太はどんどん歩く。

盲滅法《めくらめっぽう》に歩いているのか、ちゃんと地理を知って歩いているのか、判断がつかなかった。足の運びこそ頼りないが、おのれのすすむ方向には少しも迷いがない。見えないところに子分の三人が、同じように網を絞った位置で尾《つ》いて来ているはずだった。

やがて、家の途切れたところに出た。片方が広い濠端《ほりばた》で、お城の石垣と森が星を遮っていた。

いつのまにかこんなところに出たのである。場所は広いが、闇が濃くなって尾けるのがむずかしくなった。弥作は少し前進した。

その幸太の影が、突然、濠端近いところで横になった。

弥作が気づいたのは、そこが常盤橋《ときわばし》門に近いことだった。

地べたに寝転んだ幸太の黒い影がそこに見えた。いびきさえ聞えている。

「奴、くたびれたんですね」

藤兵衛が来て弥作にささやいた。

「どうしましょう？　朝までこの調子ですぜ。なにしろ、奴は牢《ろう》で虐《いじ》められた挙句《あげく》はじめてこれだけ歩いて来たんですからね。それに酒も入っていまさァ」

「酔いが出たのかもしれぬな」

当人がいびきをかいているので、この話声が聞えるはずがなかった。

暗い濠の上に長く伸びているのは常盤橋だった。

「こんな場所にあんな野郎が寝ていれば、朝になって辻番が取り押え奉行所に突き出すに決っています。すると、奴はまた伝馬町に逆戻りでさ」

藤兵衛は心配した。そうなると、せっかくここまで幸太を泳がしてきた甲斐《かい》がないのである。

「まあ、それまで様子を見よう」

それ以外に方法はなかった。弥作には、この場所が常盤橋門外ということに異常な興味がかかっている。幸太がここに来て横になったのは偶然だろうか。

「旦那《だんな》」藤兵衛がささやいた。「夜明けまでこうしているのはいいとして、明るくなると、みんなで幸太を取り巻いているのが通行人に見られます。子分たちも交代にしましょうか？　旦那もお疲れでしょうから、帰って一休みして下さい」

これは、藤兵衛が夜明けまで幸太の様子に金輪際変化が起きることはないと踏んだからだった。

「そうだな、いや、おれはここに居よう」

「そうですかい。じゃ、あっしも……」

「いや、おまえのいう通り、五人もこいつを取り巻くことはない。子分たちだけ帰してしまえ。そして夜が明けたら、一人だけでいいからここに寄越すんだ。あとの二人はおまえの家に寝せてやれ」

「分りました」

藤兵衛が三人を呼んで、この処置を伝えた。

「しかし、よく寝るもんですな」

幸太から離れたところで二人は地面に腰を下ろした。

「奴は、さっき旅籠屋を起していましたね。ありゃよっぽどくたびれていたからに違いありません。これが旅籠だと、奴は一日一晩中睡《ねむ》りつづけるかも分りませんね」

この場所ではそうはいかない。問題は、夜が明けてから通行人が浮浪者を見とがめて辻番に報《し》らせることだった。その前に何んとか幸太を起して歩かせなければならない。

夜明け近くなると、身体が冷えてきた。幸太はいびきをつづけている。

夜が明けた。

弥作も、藤兵衛も地面に腰を下ろしたまま一睡もしなかった。その間、幸太は睡りつづけていた。ときどき寝返りを打ってはまたいびきをかきはじめる。地面に横たわって、背中の痛さもこたえぬらしい。

藤兵衛の吐いた吸殻も、その辺にかなり散っていた。

「おや、人が来ましたね」

藤兵衛は左を見た。石町《こくちょう》のほうから、人足のような男が二人、足早にやってくる。二人は町家の軒の下に入った。

人足二人は、おや、というように道端の幸太の姿に眼をやったが、酔って寝ていると判断したか、笑いながら通り過ぎた。

弥作はほっとした。

「いま何刻《なんどき》だ？」

「へえ、もう六つ半（午前七時）になりましょう」

場所柄だけに町なかとは違って、それほど早く人が通ることはない。辻番から番人が一人出て、夜明けの空気を吸い込むように背伸びをした。かれは十間と離れていないところに転がっている浮浪者を発見し、かれをみつめていた。

弥作がひやりとしたのは、その番人が棒を持って寝ている幸太の傍に寄ったことである。横で藤兵衛がごくりと唾《つば》を呑《の》んだ。

番人は幸太の背中を棒でつついた。幸太が眼をさました。

「これこれ」

番人の声が聞える。

「こんな場所柄に寝る奴があるか。起きろ」

幸太はゆっくりと半身を起した。相変らずぼんやりした様子でいる。

番人はそれを寝が足りないとみたか、背中を棒で軽く叩《たた》いた。

立っている番人に幸太が顔を上げて何かいっていた。番人はかがんで相手のいうことを聞き取っている。番人は辻番所に引き返した。

「何をいったんでしょうね？」

藤兵衛が不審げに呟《つぶや》く。

番人が蓆《むしろ》を一枚片手に曳《ひ》きずって来た。幸太は頭をぺこぺこ下げて礼をいっている。それで、寒いから蓆でもあったら恵んでもらえないか、と幸太が頼んだことが分った。

幸太はその蓆を背中から巻くようにして身体を包み、のろのろと立ち去った。番人がそのうしろ姿をのんびりと見送っていた。

幸太は顔を蓆にすっぽりかくして、のそのそと数寄屋《すきや》橋の方角へ歩いている。弥作と藤兵衛とがかくれていた場所から出たとき、幸太の姿は、濠とは反対の両替屋の塀の下に入った。彼はそこで蓆をかぶったまま、またごろりと横になった。この辺は金座後藤の近くで両替屋が多い。常盤橋《ときわばし》とは向い合せになる。

それから一刻《いっとき》ばかり経って通行人もふえた。しかし、軒先に寝た乞食《こじき》を誰も注意する者がなかった。

すると、はじめて変化が起った。

かなり人通りがふえたころだ。常盤橋門外付近は、大名小路をひかえているので、武士や屋敷者の往来が多い。

蓆をかぶって寝ていた幸太が、ひょいと頭をもたげた。ちょうど、傍を無関心に通りかかった武士が、声でもかけられたように足を止め、幸太を何気なく見下ろした。

その武士の様子は急変した。彼は幸太に近づき、背中を曲げて蓆の中をのぞきこんだ。

彼の表情には驚きがひろがった。

その武士は、短く幸太に言葉をかけると、大急ぎで常盤橋門内に消えて行った。幸太は、また前のように転んでいる。

離れた町家の軒下から見ていた弥作と藤兵衛とは顔を見合せた。ようやく手応《てごた》えらしいものがあったのだ。

「幸太を前から知っている人ですね？　あれは」

藤兵衛が低くいった。

「うむ、幸太が呼びとめたのだ。むろん、先方を知っている。あいつ、あそこに寝て、知っている人間が通りかかるのを待っていたのだ」

弥作の言葉に藤兵衛もうなずいた。

「あの武士はどこの藩中でしょう、廓内《かくない》に屋敷のあることは確かですが」

「帰って、絵図で大名小路にある屋敷の名を見ることだな」

「すると、幸太の奴、大名屋敷の者にかかり合いがあるんですか？」

「あの様子ではそうかもしれぬ。もう少し、成り行きを見よう。……おや、さっきの人が駕籠《かご》の者を連れて出てきたぜ」

藤兵衛が眼をやると、あの年配の武士が橋を渡って大股《おおまた》で戻ってきていた。うしろに駕籠を従えているが、むろん、町駕籠ではない。

武士は、幸太のところにくると、駕籠を彼の傍にすえさせた。小者に指図をして、幸太を抱えるように駕籠の中に入れた。

そのまま、すうと棒鼻が上る。

ろと命じた。

藤兵衛が顔色を変えて飛び出そうとするのを、弥作は引き戻した。眼で、黙って見てい

幸太を乗せた屋敷の駕籠は、武士を先にして、再び常盤橋門内に入った。その進行中、藤兵衛だけがはらはらしていた。

「旦那《だんな》」

彼が眼の色を変えて弥作にいったのは、すべてが終ったあとだった。

「あれでいいんですかい？」

かみつくような顔だった。

藤兵衛としては、折角の重罪人を何んともしれぬ屋敷者に連れ去られたのが不安でならないのだ。幸太は再びこちらの手に戻ってこないかもしれない。いや、奪われた上はもう探索のしようもないところに逃げて行くに違いない。

まだ未決だが、判決になれば当然死罪にもなる科人《とがにん》を、眼の前で逃がしていいものか。幸太の無罪を信じることと、法とは別なのだ。これで幸太がこっちの手に戻ってこなかったら、責任はどうなる！

さすが老練の藤兵衛が顔色を無くしていた。

「行こう」

当の弥作は静かに藤兵衛を促した。

弥作は藤兵衛と肩を並べて歩いた。まだ緊張がつづいている。昨夜は一睡もしなかった

が、疲労は感じなかった。むしろ、大事な科人を逸走させた不安が圧迫感となっている。

「藤兵衛」彼は傍を歩いている彼をいたわるようにいった。

「そう心配するな。あとは何んとかなる」

「へえ」といったが、藤兵衛は動揺がおさまらない顔色だった。

「小林の旦那がこれを聞かれたら、どんな思いでしょうね？」

「うむ、小林さんもおどろくだろうが、わたしからよくいっておく」

この言葉を藤兵衛は弥作の空元気《から》とみた。

「なあ、藤兵衛、おまえ、幸太の様子に何か気づかなかったか？」

「様子とおっしゃいますと？」

「妙な奴だと思わないか？」

「へえ、そりゃ、もう確かに……」

「あいつは逃げる機会に恵まれてもあわてはしなかった。当り前のような格好で歩いていた。普通ではできないことだ」

「そうですね」

「それから柳原土手で酒を飲んだ。当人の懐は無一文なのだ。酒がよほど呑《の》みたかったと解釈しても、そのあと、辻駕籠《つじかご》を止めようとしたり、宿を起して客になろうとしたりした。全く金のことなどは苦にしないといった様子だった。実に平気なのだ」

「そうでしたね」

「牢《ろう》で痛めつけられたとしても、少しどうかしているよ。そのくせ、あの常盤橋門まではまるで道順をのみ込んだように、迷いもせずに行ったのだ」

「そうですね。……あっしは野郎はあそこに迷い出たと思ってました。道端にごろりと寝ていびきをかいたときは、よっぽどくたびれたなと思いました」

「そりゃその通りだ。だが、こうはいえないか、奴は、ようやく自分の目的地に着いて安心したとな……」

「なるほど」

「前に旅籠《はたご》に泊ろうとしたのも、夜明けを待つつもりで畳の上で寝たかったのだ。それも宿の看板が眼についたので、ふらふらと戸をたたいたと思うな。しかし、そこを断られると、あそこに行ってごろりと横になった。硬い地面の上だったが、あれほどよく眠ったのだから、奴めしんは丈夫なほうだろう。それに、蓆《むしろ》をかぶったところは、あいつの日ごろの習慣が出たともいえるな」

「あっしもそれは考えていました。幸太はああいう浮浪人ですから、そういうことにはなれているんでしょう」

「浮浪人だ。……しかし、変っている。まるでうすノロみたいじゃないか」

「旦那、ほんとうにそういう様子の人間です」

「その幸太があそこに通りかかった人間に声をかけたのは、よっぽどよく知っていたとみえるな。いや、先方が駕籠で常盤橋門内に担ぎ入れたのはむろんのことだが、幸太はそうしてくれる人間が通るのを待っていたのだ。それも一人ではない……」

弥作が、幸太の知合いは一人ではあるまいといったので、藤兵衛は、おや、という眼をした。

「じゃ、あのお武家だけとは違いますか？」

「わしはそう思う。あの人だけが幸太の目当てではなく、知合いはほかにもいたのだ」

「分りました。それで、あの野郎、あそこに寝転んで待っていたのですね。たった一人だけでは、待っていてもアテになりませんからね」

「その通りだ。幸太は自分の知っている何人かのうちの一人でも、あそこで遇《あ》えればよいと思っていたのだ」

「それにしても、大名小路に入ったあの駕籠のご家中はどなたさまでしょうね？　あそこにはお大名方の屋敷がめっぽうかたまっていますからね」

「藤兵衛、おまえにも似合わないな。わしにはよりどころがあるのだ」

「何んとおっしゃいます？」

「ほれ、あの駕籠の陸尺《ろくしゃく》のかんばんを見たか？」

「へえ、……なるほど、うかつでしたね」

「わしは気をつけていた。ちょっと変っている印だ。八角形の中にかたばみの崩しだ。武鑑で調べれば分るだろう」

「旦那、お邪魔でなかったら、あっしもお屋敷に寄せていただきます」

「お互い、調べた上でひと休みとしよう」

弥作は微笑した。

「けど、旦那、もし、それが分っても、幸太がこっちの手元に戻るとはいえませんね」

「それは何んともいえない。だが、その家中さえ分れば、まだ幸太を大きく泳がしているようなものだ」

「けど……」といったが、藤兵衛には弥作がひどく楽天的に見えた。「幸太がどこかの家中にかくまわれたとしても、奴をどうして先方から取り戻すか難儀だし、第一、その屋敷にかくまわれているという証拠を握るのがむずかしゅうござんすね」

「そりゃむずかしい」弥作はその意見には賛成した。「だが、何んとか工夫はつくものだ。わしはそう絶望はしていない。ほれ、窮すれば通ずるというではないか」

軽い冗談が彼の口から出たほどである。事実、弥作の眼には何か思い当ることのあるような表情があった。

「旦那、一ばん分らねえのは、どこのご藩中にしても、どうして野郎がかくまわれたかですね。幸太がどうしてこんなところにつながりを持ったかです」

「まあ、一どきにもつれたものを解こうと思っても無理だ。こいつは、うす紙を剝《は》ぐように、だんだんむいてゆくより仕様《ほど》があるまい」

弥作の家に帰った。

弥作は座敷に武鑑と切絵図を持出した。まず、上下二冊の武鑑を藤兵衛と二人で丹念にめくった。

しばらく経ってから、

「旦那、これじゃございませんか？」

藤兵衛がはずんだ声で弥作の前に武鑑を開いてさし出した。

「そいつだ」

弥作は、藤兵衛が差し出した武鑑の開いた場所を見るなりいった。

武鑑には火消編、小者の法被《はっぴ》の紋、陸尺の印などが船印や幔幕《まんまく》などの模様と共に付いている。弥作と藤兵衛が見たのも、その陸尺の着る印で、八角形の中にかたばみの崩しが入っている。

その武鑑の文字によれば、これは越前鯖江《えちぜんさばえ》五万石間部《まなべ》家のものである。

弥作の顔にふいと安堵《あんど》のような色が出た。藤兵衛は息を呑んだような顔をして開いた武鑑をみつめている。

「藤兵衛、どうだ、少しは事情が分ったか？」

「こりゃおどろきました。幸太の野郎が間部様の御家中に拾われたとは、全く胆《きも》を奪われました」

藤兵衛は本当にびっくりした顔をしている。

「どうおどろいたのだ？」

「へえ、ここにも越前国が出て参りましたので」

「そうだ、昨夜も歩きながらおまえに話したな、この事件は何もかも越前づくしだとな。……またここに一つ現れた」

しかし、弥作は藤兵衛にもう一ついえないことがある。

青木文十郎が越前焼のおはぐろ壺《つぼ》をことづけたのもこの鯖江だった。つまり、文十郎は鯖江の城下に入っているのだ。あるいは入ったことがあるのだ。現在はどうか分らぬとしても、一度はその土地を踏んでいる。

これは偶然だろうか。あまりにも似たようなことが重なり合うと、そこにはっきり決ったかたちになってくる。

「と、こいつはどうなんでございましょうね？」吐息をついて藤兵衛が腕を組んだ。「幸太が鯖江様の御家中に介抱されたとなると、旦那《だんな》もおっしゃったように、一人や二人の顔見知りではございませんな。いわば、御家中のかなりの人間と知合いということになりますね。旦那、こいつァ、もしかすると、御家中でももっと上のほう……」

「おまえもそう思うか。こうなると、幸太という人間の正体を知りたい」

「野郎も実際は越前の人間だったわけですね？」

「そうだと思う。長州無宿といっていたのは嘘だ。幸太は浅草橋から歩いてまるで自分の一ばんよく知った場所に向っているみたいだった。だが、常盤橋《ときわばし》御門内には入れない。辻番に咎《とが》められるから、あそこで寝て人を待っていたのだ。……それにしても幸太は丈夫な身体を持っているな。あれだけ牢内で痛めつけられたのに、一晩中地面の上に寝て大いびきをかいていたし、近ごろの夜の冷えにも平気だったのだ。あの様子でみると、奴は平常からどこにでも寝転べる男だろう」

「そりゃもう……野郎は無宿で乞食《こじき》同然でございますからな」

いや、おれがいっているのは、そんな意味ではない……と弥作は思ったが、その理由は藤兵衛にいわなかった。

「旦那、幸太が担ぎ込まれた先が鯖江藩中だと分ってみりゃ、こりゃ奉行所から掛け合って幸太の身柄を受け取れますね？」

藤兵衛がほっとした顔でいうと、

「何をいう。そんなことをしたら、結局、元の杢阿弥《もくあみ》だ」

と、弥作は一蹴《いっしゅう》した。

奉行所から掛け合って幸太の身柄を鯖江藩から受け取らないというなら、幸太は逃がしたままで置くのか。

藤兵衛は弥作の言葉にまた不安が戻ってきた。これは責任問題である。

当の弥作は、せっかく泳がした幸太が間部の屋敷と関わり合いがあるところまで突き止めたのに、また伝馬町の牢《ろう》に彼を連れ戻したのでは何んの意味も無くなる、というのだ。

「けど、旦那、それはまあごもっともとして、幸太の動きだけはこちらも知っておかなければいけませんね」

「おまえは幸太を始終眼の前に見ていなければ心配らしいな」

「そりゃもう、その通りでございます」

「それに越したことはないが、何か工夫があるか？」

「へえ、誰かを間部様の御家中に近づけて様子を訊《き》いてみるという手もございます。なに、中間や折助《おりすけ》だと口が軽うございますから」

「それも一つの方法だが……」

弥作は自分の思いつきを打ち明けたかったが、それは途中で呑《の》み込んだ。藤兵衛には話せないが、先日、玉川の上流で出遇った釣の若い武士のことである。

その男が鯖江藩の人間だとすると、あまりに好都合に出来すぎる。そう希望したいが、事実は違うかもしれぬ。だが、彼には接触してみたい。

「まあ、幸太もあんな身体だ。当分はどこにも行けないだろう。おれの考えだが、もし、間部様の屋敷に引き取られたとすると、しばらくは養生させるというところではないか」

「そうでございますね。それだとこちらも少しは安心でございます。その間に何んとか格好をつけたいものでございます」

藤兵衛はまだ浮かぬ顔をしている。それは、この重罪容疑者が溜《たまり》に護送途中脱走したことで、与力の小林勘蔵の責任はもとより、その上司や、ついには奉行にも累が及ぶことだろう。それに、幸太の脱走を助けたことで弥作も小林も一しょに重い罪に問われる。

「腹が減っただろう？」

弥作は案外明るい顔でいった。

「おい」と、奥に手を叩《たた》いて妻のお陸を呼んだ。

「朝飯を持って来てくれ。そうだ、藤兵衛が少し元気がない。酒を一しょに飲む」

「いいえ、旦那、あっしはそんな……」

「まあ、いい。お互い、一晩中脚を棒にして幸太のあとにつながって歩いたり、夜露に打たれたりしたのだ」

「へえ」

その酒が運ばれてきた。

「どうもわけのわからねえことになりました」藤兵衛はこぼした。「岩瀬又兵衛さんを探しているうち、次々と奇妙な殺しが起って、こんぐらがってしまいましたね」

こんぐらがったという藤兵衛の言葉は、現在の状態をいい得て妙だった。

「ひとつ、じっくりいこう。藤兵衛、あんまり気にするな」

「へえ、まあ……」

# 裏の人

「なに、逃げた？」

愕然《がくぜん》として報告者をみつめたのは、三十二、三の、痩《や》せぎすの男だった。菊の間詰、五千石、大久保伊勢守《いせのかみ》政忠である。

眼の前にいる男が訪ねて来てから、伊勢守は人払いをしたままだ。千駄ケ谷《せんだや》の大久保家の下屋敷で、住居も上屋敷と違って華奢《きゃしゃ》に出来ている。使っている人間も男手より女が多かった。別宅という名前通り、伊勢守のくつろぎ場所になっている。

屋敷の周りには一流の庭師に造らせた自慢の庭園があった。が、今は、その庭も縁側の障子を閉めて眼から遮断している。秋の気配が動いたとはいえ、部屋を閉め切ると、まだむし暑い。

そのむし暑さの加減か、伊勢守の額に汗が滲《にじ》んでいた。この報告を聞いたときに汗がよけいに噴き出たのである。

「信じられない」伊勢守は茫然《ぼうぜん》とした顔つきだった。「あの幸太が厳重な牢《ろう》を破って逃げたとはの」

「いえ、それが牢破りではございませぬ」

報《し》らせに来た者は伊勢守の膝《ひざ》とはあまり離れていなかった。これは町人の風体だが、伊勢守を見上げた眼がすがめであった。

「喜十《きじゆう》」伊勢守はその男の名を呼んだ。「当人が牢破りをしたのではないというのか。では、どういうのだ？」

「どうやら奉行所のほうでわざと逃がしたようでございます」

「逃がした？」伊勢守は前にも増しておどろいた声で問い返した。

「わけの分らない話だ。人殺しと決った科人《とがにん》を奉行所が逃がす、そんなことがあってよいのか？」

「こっそり手を回して牢屋敷の者に訊《き》いてみたのです。どうもそうとしか思えないふしがあります。幸太は牢内で病気ということになり、南町奉行所から見回ってきた小林という与力が、すぐさま溜送《たまりおく》りに命じたそうでございます。ことは幸太を駕籠《かご》で護送する途中に起りました。なんでも、浅草橋御門あたりでひと休みしているとき、幸太が脱《ぬ》けて逃げたそうでございます。……合点のいかない話で、厳重な護送の眼を晦《くら》まして逃げるほど幸太はまともな知恵を持っていませぬ。やっぱりわざと逃がしたとしか思えないふしがあります」

「しかし、幸太の吟味は済んでいる。当人は白状して爪印《つめいん》まで捺《お》したというのだ。また、こちらからも安寿尼《あんじゆに》殺しの下手人として早いとこ処分をするよう南町奉行大岡越前守《おおおかえちぜんのかみ》まで再三催促している。越前は、まことにごもっともと請け合っているのだ」

伊勢守はいった。

「それを奉行所の与力が逃がす……。むろん、与力風情《ふぜい》などの独断では出来ぬことだ」

大久保伊勢守は汗ばんだ顔をかしげていたが、

「大岡越前……やりおったな」

と、合点したようにつぶやいた。

喜十という伊勢守の家来が、主人をすがめで見つめた。

「やはり、大岡越前の指図でしょうか？」

喜十は、半信半疑の顔つきになった。

「わしにはそう思われる。もし、奉行所で計画的に幸太を逃がしたとなれば、与力の一存ではゆくまい。大岡越前が出て来たといってもよかろう」

伊勢守は眼を別なところに向けていた。障子には明るい陽があったが、廂《ひさし》の影がかなり下っているのは夕方近いからである。

「だが、大岡殿がどうしてあのことを知ったのでしょう？」

すがめの男はまだ疑問を持っていた。

「前にお報らせした通り、黒坂江南のところに同心や町方《まちかた》あたりがうろうろと出入をしておりましたが、あれは別のことから探りを入れていたらしく、深いことは何も知っておりませぬ。江南に逃げられてからはそのままになっているのが何よりの証拠です。少しも動いておりませぬ。……それよりも、てまえの考えですが、奉行所のほうで幸太の犯行に疑いを持ち、一応野放しにして泳がしているといったところじゃございませぬか？」

「だが、拷問《ごうもん》までかけて当人の自白を取ったのだ。今さらそんなことをするかな？　いや、仮りにも人間二人を殺したのだ。それに、当方からも処刑を早くしてくれと催促している人間だ。そいつを逃がして泳がせる、考えられないことだ……もし、それをやるとすれば、これは越前の細工しかない。もしや、越前にはあちらのほうから話がきたのではないかな？」

そういった伊勢守は、急に不安な顔色になった。

「さて、どんなものでしょう」喜十はそれもまた疑問だという顔で、「あちらさまもそこまでは思い切ったことはしますまい。なにしろ、ことが明るみに出れば、あちらさまも困ることになります。ほかの人間ならともかく、相手が大岡様では考えられませぬ」

「喜十」伊勢守は気を変えて言った。「幸太が逃げてから、もう、まる二日になるな？」

「はい。ちとてまえの耳に入るのが遅すぎました」

「奉行所では騒動しているか？」

「表向きは目立っていませんが、だいぶあわてているそうでございます」

「泳がしているつもりで逃げられたのかもしれぬ」

「しかし、幸太はあんな奴でございますから、自分の知恵で逃げられたかどうか……」

「しかし、奉行所ではあわてているというではないか。裏を掻《か》かれたということも考えられる。奉行所の手落はともかくとして、知りたいのは、幸太がいまどこにいるかということだ。尋常な知恵をもたない男のことだ、うろついていればすぐに町方につかまるはずだからな。ひょいとすると、奴は再び常盤橋《ときわばし》門内に捕えられたのではなかろうか？」

「てまえも実はそれを考えております」

「奉行所の反応を見よう。明日、幸太の処刑を早くするよう厳重に大岡越前に申し入れてみるのだ」

「喜十」大久保伊勢守はいった。「それにしても、幸太が常盤橋門内に囲われたとなると、ことは重大になってくる。こちらに入った情報では、近く鯖江《さばえ》から家老佐野外記《さのげき》が出府するそうな」

「佐野外記が？」すがめの喜十は定まらぬ瞳《ひとみ》で伊勢守を見た。「どういうつもりでしょう？」

「目的は分らぬ。しかし、いずれはわれらのところに現れるに違いない。奴め、六万石になるかならぬかの瀬戸際だからな、必死でいるのだ」

「………」

「鯖江はもともと城下町になるような場所ではない。北陸街道の寂しいところだ。いうなれば、あすこにちょいと名の知れた寺があって、その門前町が延びたような場所だ。鯖江五万石といっても別段城があるわけではないし、館《やかた》のようなものをつくっているだけだ。入府のときには家来の屋敷にも困ったくらいだ。何んとかして詮房《あきふさ》殿の時代の全盛に返そうと思っている。なにしろ、当主は幼いでな、家老の佐野外記が懸命となっている」

「やはり国替えを希望で？」

「そうなのだ。上州高崎のころが忘れられないでいるとみえる」

「…………」

「先方はそれでよいかもしれぬが、迷惑なのはこちらだ。鯖江のことは何んとか早く身をかわさなければならないが、それにつけても幸太に逃げられたのは痛い」

「鯖江の家老佐野外記の出府と、幸太逃亡の一件とは関わりがあるのでしょうか？」

「いや、それはあるまい」伊勢守は鼻のわきに汗を溜《た》めて否定した。「外記の出府の準備が早すぎるでな。それよりも気がかりなことがある」

「何んでございますか？」

「これは丹生《にゅう》の陣屋から報らせてきたことだが、妙な人物があの辺をうろうろしているそうな」

「妙な人物？」

「うむ。明らかによそ者だ。それも江戸のほうから来たと思える。なんでも、自分では旅絵師と名乗っているそうだが、例の織田《おだ》村の窯元平右衛門《へいえもん》が自分の家に引き取っているそうな」

「そりゃどういう筋合の者で？」

「分らぬ」伊勢守は苦い顔をした。

「まさか常盤橋門で出した者ではございますまいな？」

「何んともその者の素性に見当がつかぬ。どうも、これは別の線から出ているようにも思えるが」

「それで、鯖江のほうの処置はどうなのでございますか？」

「その点は陣屋の者に探らせてみた。平右衛門は佐野外記とは昵懇《じっこん》でな、焼物のことから往き来がある。だから、その旅絵師は鯖江の線ではないと思うが、あるいは、という気がしないでもない。それだとその者に対する鯖江の出方が見ものじゃ」

「別の線と申しますと？」

「たとえば、公儀の人間じゃ」

「まさか」喜十が主人の懐疑を否定した。

「おとわを呼べ」

大久保伊勢守が喜十の退《さが》ったあと侍女に言った。
二十二、三の、色の白い女が入って来た。権高《けんだか》な顔をしている。美しいが、白磁のように冷たい感じだ。伊勢守の妾《めかけ》で、もと屋敷に出入の植木屋の娘である。
「お呼びでございましたか？」

女中を遠ざけて、伊勢守の傍近くに座った。

「いま、喜十が戻った」

伊勢守は女の指を自分の掌《てのひら》の中に揉《も》んでいた。

「存じております」

女は、にこりともしないでいる。

「例の幸太が牢屋《ろうや》から逃げたそうだ」

「左様でございますか」

女は、別におどろいた表情でもなかった。あまり感情を見せない女なのである。

「あのとき安寿尼と一しょに幸太も殺せばよかった」

伊勢守が後悔したように言う。

「それはご無理でございましょう。幸太を殺していれば、下手人が作られませぬ」

「それはそうだが……奴が逃げて面倒が起きるとなれば、いっそ殺《や》ってしまったほうがよかったと思うのだ」

「あのときはそれが出来ませなんだ。もともと、あの妙な男をこちらの手に入れたからこそ、安寿尼様が殺せたのでございます」

「たしかに、あの際はそういう計画だった。あいつが逃げるとは思わなかったからな。いや、幸太を逃がしたのは奉行所の考えらしい」

「大岡越前様でございますか？」

「わしはそう思う」

「評判のお方でございますな」

「知恵者だと世間では言っている」

「もし、奉行所が幸太をわざと逃がしたとなれば、大岡様には裏の事情は分っているのでございますか？」

「うすうすは知っているのかもしれぬ。こちらでうるさく処刑を催促している重罪人を逃がしたのだ。越前に考えがあっての処置とみたほうが狂いがあるまい」

「もしや、あの線から大岡様に密告があったのではないでしょうか？」

「それも喜十といま話したばかりだ。わしの考えでは、それはないと思っている。大岡の動きは別なところからだ。……それに、妙な人間が丹生のお陣屋あたりをうろうろしていると、向うから報《し》らせがあったでな」

「それは大岡様が出した部下でございますか？」

「奉行所がそんなことをするわけはない。今までのしきたりに無かったことだ。おれはもっと上のほうから来ている人間ではないかと思っている」

「上のほう？」

おとわは、その冷たい瞳を陽の潤《しぼ》んだ障子に投げかけた。

「まだ、はっきりせぬが、いずれにしてもこちらにとっては具合の悪い人間だ。なに、陣屋の川辺《かわべ》はしっかり者だ。不審な奴なら、何んとか始末するだろうが……」

「殿様、どうやら荒模様になったようでございますね」

だいぶん荒模様になってきたと言った妾の言葉で、大久保伊勢守はあたかも中空に浮んだ黒雲を見るような眼つきを瞬時に見せた。

「なに、大事あるまい」伊勢守は自分の不安を隠すように言った。

「いよいよとなれば、安藤対馬守《あんどうつしまのかみ》殿に出てもらうだけだ」

「あちらにはいちいち成行きを報らせてございますか？」

おとわは訊《き》いた。今度は逆に、伊勢守の指を両手に揉んでいた。不安がる子供をなだめているときのしぐさに似ている。

「報告してある」伊勢守は言った。「鯖江の野望も万事、対馬守殿は承知しておられるのだ」

「思うようにならぬものでございますな」おとわは嘆息した。「敵が安寿尼様の身元を察して窺《うかが》いそうになったので、こちらは安寿尼様を消して……」

「これ、大きな声をするでない」

「いいえ、誰も聞いてはおりませぬ」

障子の陽は失《う》せて深い廂《ひさし》の影も無くなり、蒼然《そうぜん》とした夕闇が部屋の隅に立っている。女は行灯《あんどん》に火を点《つ》けようともせぬ。

「安寿尼様を生かしてはあとの面倒になります。あの方の口から、家重《いえしげ》様の御生母の出生の秘密が知られまする。安寿尼様はこちらから扶持《ふち》料を出してお養い申したお方。まさかこちらの線で消したとは誰も気がつきませぬ。ここまではまず都合よく運びました。……ただ、身替りの下手人に少々手順の狂いが起きたようでございますな」

「あいつは……」伊勢守が言ったのは幸太を指してのことである。「尋常の知恵は持っていぬ。いうなれば、狂った人間だ。子供のように何も分らぬ。あいつの口から大事が漏れようとは思えぬが、しかし、常盤橋門内が、もし、またあの男を手に入れたとすれば、われわれにとって面倒な人質には違いない」

「それなら、大岡越前様は幸太を常盤橋門内に引き渡すつもりで放したのでございますか？」

「それは考えられぬ。越前もまだそこまでは分っていまい。幸太が逃げたとすれば、犬が飼主のところに戻ったようなものだ」

「けれど……わざと幸太を逃がしたなら、奉行所の者が彼のあとを見張っていたと考えねばなりませぬな。それはどうでございましょうな？」

「そなたの言う通りだ。奉行所は幸太の不審に気づいて、そのへんから泳がしてみるつもりになったのかもしれぬ。気がかりなのは、もし、幸太が常盤橋門内に走り込んだのを奉行所の者が見届けた場合、そこから越前がどう判断するかだ」

「でも、あのことは根が深うございますし、入りくんでおりますから、ただそれだけのことでは、いくら大岡様でも分りはいたしますまい。ただ、何かと当分は探られることでございましょうな」

「先日も奉行所の者らしい人間が、この辺をうろつきおったそうな。あれは喜十が道端に投げつけて当座を防いだが、これからも油断がなるまい。奉行所が当屋敷に目をつけはじめたことは、それがいずれの線からきたにせよ、こちらも準備をしておかねばならぬ」

「殿様」

おとわは切れ長な眼を伊勢守の長い顔に止めた。

「わたくしにはまだ解《げ》せませぬ。奉行所がなぜ急に前に出て来たか。ただ安寿尼様殺しの詮議《せんぎ》だけではないような気がいたします。その前から手下の者が四谷《よつや》の黒坂江南《くろさかこうなん》のところを窺っておりました」

「そのことだ」

伊勢守も尖《と》がった顎《あご》をうなずかせた。

「いろいろ考えてみたが、どうも分らぬ。安寿尼の一件が起って、その探索にかかるのなら、これは奉行所の仕事として当然だ。だが、そなたのいう通り、その前から奇態な方角に奉行所の触角が動いている」

「誰か一件を大岡様にこっそり報らせた者があるのではないでしょうか？」

「どの方角からあったというのか？」伊勢守は反問した。

「それは考えられない。もし、鯖江の方角だったら、これはかえって自分の不利益になる。先方の企《たくら》みが不成功と決ったあとならともかく、今の段階ではそれはない」

「わたしもそう考えます」

と、おとわは利口そうな澄んだ顔をうなずかせた。

「だからふしぎでございます。よほど、この内情を知った者が見えないところに介在しているようでございます。殿様、お心当りはありませぬか？」

「それを探すのに苦労しているのだ。……これは安藤対馬守殿の言葉だが、考えられるのは例の目安箱《めやすばこ》のことだ」

「目安箱？」

「あれは上様が直々《じきじき》に鍵《かぎ》を持っておあけなさる。ご自分でご覧になって、不用のものは焼却を命ぜられるが、役に立ちそうなものは御老中《ごろうじゆう》一統に回覧をなされる。しかし、ときには御老中方にもお下げ渡しのないものもあるらしい。……対馬守殿の言葉だが、その中に、もしやこの一件を上書した目安があったのではないかと想像なされているのだ」

「それには拠《よ》りどころがございますか？」

「心当りが無いでもない、といわれるのだ。もう二か月も前だが、一通だけ御座所の手文庫にしまわれたものがあるらしい。これは対馬守殿がお側取次《そばとりつぎ》衆からこっそり聞き出されたことだが、心当りがあるとすれば、それだといっておられる」

「そのことについて上様から御老中方にお言葉はなかったのでございますか？」

「無い。今もって何も仰せられないそうだ。これは謎だ。謎といえば、もし、そこまで知っている者がいたとすれば、誰が目安にして奉ったかだ」

おとわは自分の考えを追うように沈黙したあと、

「殿様」

と顔をあげた。

「それで、上様はその目安のことで大岡様に調べるように仰せられたのでございましょうか？」

「そこが分らぬ。……もし、上書にはっきりしたことが書いてあれば、奉行所の動きがもう少し敏活でなければならぬ。今のありさまはあまりにも鈍すぎるからの。何んとも面妖《めんよう》な話だ。皆目《かいもく》、霧の中に包まれているようなものだ」

翌日の夕方、大久保伊勢守の乗物は、大手より五丁、大名小路の一角にある老中首座安藤対馬守重行の上屋敷の門内に消えた。

安藤対馬守は、美濃加納《みのかのう》で六万七千石を領している。加納は、岐阜の近くで、家康の妹が居た所で有名だ。享保《きようほう》七年に加判《かはん》の列に座った。

伊勢守が駕籠《かご》を降りて玄関の前に行くと、式台に安藤家の用人和田勝兵衛《かつべえ》が出迎えていた。この訪問は、今朝使者をもって打合せ済みである。

勝兵衛が伊勢守を一間に通した。

「主人《あるじ》は先ほど下城したばかりで、ただ今休息を取っております。まもなくお目にかかれると存じます」

用人和田勝兵衛が伝えると、

「何卒《なにとぞ》ごゆるりと」

と、伊勢守は挨拶《あいさつ》した。

伊勢守は茶と菓子を出されて、しばらく泉水で鯉の跳ねる音を聞いていた。広い屋敷の中はこそとも物音がしない。

やがて廊下に微《かす》かな足音が伝わったので、伊勢守は思わず膝《ひざ》を直した。

「お待たせした」

と入って来た対馬守は五十年配。額が広く、肥えた鼻の両隅に皺《しわ》が深い。がっしりとした顎に意志の強さが窺われる。

伊勢守から短い挨拶があったのち、

「緊急の相談とは何んだな?」

と、対馬守から用件を促した。

「実は、陣屋からの報《し》らせでございますが、鯖江の家老佐野外記が出府するそうにございます」

と伊勢守はいった。

「そうか。何か特別な用事を持ってのことか?」

対馬守は訊き返した。

「そこまでは判じかねますが、例の一件で来ることは容易に想像されます」

「うむ」

対馬守も眉《まゆ》の間に微かな暗いものを漂わせた。

「それから、一見別なことになりますが、この問題について南町奉行大岡越前守が出て来たようにございます」

「越前が?」

対馬守は伊勢守の顔にふいと鋭い眼を止めた。

「どういうのだ?」

「まだはっきりした様子は分りませぬが、実は、この前も申し上げた安寿尼殺しの下手人を牢屋敷《ろうやしき》より釈放したのでございます」

「伊勢、詳しく聞こう」

対馬守が片膝を動かした。

それから二日経ったのちである。

大久保伊勢守の用人が大岡忠相《ただすけ》の公用人山本右京太を訪ねて談じ込んだ。

大久保家の用人がこうして山本を訪ねてくるのは、安寿尼殺しが起ってから三度に及んでいる。

「主人伊勢守が申しますには、安寿尼は当屋敷とは特別な因縁の者ゆえ、ただいま奉行所で捕えられている下手人の処分を早くおこなっていただきたいということです。これは前から御奉行に申し上げていることですが……」

「いや、承っています」

山本右京太はうなずいた。伊勢守の用人が見て山本の顔色はさほど悪いとも思えない。うろたえているところもなかった。

「主人越前守も特に大久保殿の御意向を承って、なるべく御希望通りにすると申しております」

「いや、それにつきまして近ごろ妙な噂を聞きますので、主人伊勢守も気がかりなことだと申しております」

「妙な噂、と申されると？」

山本は訊《き》き返す。その表情も不自然なものとは思えなかった。

「されば、下手人として捕えられている無宿者幸太と申す者が牢屋敷から脱走したという風聞です」

伊勢守の用人はじっと相手を見た。

「さあ、そんなことはございますまい」

山本は否定した。

「なぜなら、てまえはそういうことを聞いておりませんので、何かのお間違いでございましょう」

「いいえ、その噂はかなり確実だということでございます。それも奇怪なことに、奉行所で下手人の脱走を手助けしたということなのですが」

「知りませんな」

大岡の公用人は笑って否定した。

「仮りにも重罪人を奉行所が取り逃がす、左様なことが考えられましょうか。噂なら、根も葉もないことです」

この返事を伊勢守の用人は狡猾《こうかつ》だと取った。表情も変えないでいるので、とぼけているとしか思えない。

「それなら安心ですが、こういう噂が流れるのも幸太の処刑が遅れているからだと思います。たびたび当家よりお願いした通り、一日も早く処分をお急ぎ願いたいものです」

「主人越前守が帰りましたら、御希望のことはとくと伝えておきます」

三度の使が三度とも同じ返事なのである。子供の使のようだが、実は伊勢守の用人としては、今日は、この最後の言質《げんち》さえ取っておけばよかったのだ。

だから、何ぶんにも、と頼んで用人は立ち帰り、その次第を伊勢守に報告している。

「奉行所では、その事実を隠すつもりだな」

伊勢守は報告を聞いてあざ笑った。

「まさか認めるわけにはいくまいからのう。よしよし、そのような返事を聞いた上からには、こちらの出方もある」

伊勢守は、相談相手の安藤対馬守の頼もし気な顔を眼に浮べていた。

# 何を見たか

浮浪者幸太の逸走を中心に江戸で大久保伊勢守《いせのかみ》が焦りをみせているとき、越前では旅絵師宝泉《ほうせん》が坪平《つぼへい》の離れで黙々と絵をかいていた。

「ご免下さい」

襖《ふすま》の外で声がした。入って来たのは主人の平右衛門《へいえもん》だった。

「おや、これは御主人」

宝泉は絵筆を措《お》いた。

「先生、ご精が出ますね」

平右衛門は横から絵絹をのぞいていたが、それには松に楓《かえで》を配した渓流の図が半分進んでいた。

「ほう、これは鯖江《さばえ》の川でございますな。だいぶん出来ましたね」

「いやいや、なかなか思うようにいかないので弱っています」

宝泉は疲れたように指を伸ばした。

「ご注文主の鯖江の御家老様も、さぞかしお待ちかねだと思いますが」

「それについては、先生、少しお願いごとがございます」

「ほう、何んでございますか？」

女中が茶を運んで来たので、平右衛門の口は途切れた。

「実は」

女中の足音が襖の向うに消えてから、彼はつづけた。

「鯖江の佐野様は、実は今朝江戸表にご出立《しゅったつ》になりました」

「かねがね佐野様のご出府は平太郎さんから聞いていましたが、今朝お立ちだったのでございますか」

「お帰りは多分来月の末あたりになるだろうと思います。先生、その間にこの絵は出来ますでしょうな？」

「そりゃもう、それだけ期間を頂ければ、十分に仕上げられます」

「さあ、そこでございますが」

平右衛門は膝《ひざ》を進めた。

「実は、それが出来るまで、早急にもう一枚絵をはさんで頂けませんでしょうか？」

「ほかにご注文があるのでございますか？」

「まことに言いかねるが、これは佐野様のほうからではなく、さるお方のご注文で、丹生《にゅう》郡内の景色をかいて頂きたいというのでございますが」

宝泉の眼はひとりでに光った。

「左様。ご注文主のことは、ちょっと今は事情があって伏せさせて頂きますが、これもわたくしどもには大切な得意先でございます。先生がこの前、息子の平太郎と一しょにこの辺一帯をお歩きになったのを知って、てまえどものところに江戸の絵師が滞在されているなら頼んでくれまいかと、てまえまで申し出られたのでございます」

「なるほど。いや、この前平太郎さんにほうぼう連れて行って頂いて、思わぬよい景色を見せて頂きました。そういうご注文なら、わたくしもぜひ描きたいのですが……というて、それでは佐野様のほうが遅れそうだし、はて困りましたな」

宝泉は困ったように腕を組んだ。

「いいえ、先生、佐野様が江戸から帰られるまでに出来ていなくとも、てまえから何んとか取りつくろいます。こちらのほうはわたくしからもお願いしたいのですが」

平右衛門のすすめに宝泉は、考えるように手元の茶碗《ちゃわん》を取り上げた。

「この前、鯖江様のほうからご領内の名所旧蹟《きゅうせき》をかくようにと仰せられましたが、今度は、丹生郡内の山水を写せと仰せられるのですか?」

「左様です。この丹生郡に関係の深い筋からのお頼みで、わたしもお得意先ではあり、たってのことに先生にご無理を申すのでございます」

「いや、わたしもここにお世話になって殊のほか親切にしていただいている。そのご恩義を忘れてはいませぬ。それでは、お気に入るかどうか分りませんが、やってみましょう」

宝泉は微笑して引き受けた。

「おう、それではご承知下さいますか。それはありがたいことです。で、この前は一通り鯖江様の領内を歩いていただきましたが、今度は描いていただくのに注文がございますので」

「なるほど、場所に指定があるわけでございますな」

「左様。それは、ここから北のほうに山越えでゆきますと、蒲生《がもう》という港がございます。まず、そのあたりをまとめていただきたいということですが」

「途中はよほど険しい山歩きでございますか？」

「なに、さして難儀な道ではありませぬ。歩いても半日がかりで出られます。先生の写生には、まず三日もあればよろしいかと思います」

「ちょっとお訊《たず》ねしますが、そのご領内は、鯖江様のぶんではございませんか？」

「はい、それは紀州《きしゆう》家の支配地になっておりまして、途中の葛野《かずらの》というところに紀州様の代官陣屋が置かれています」

「おう、左様でございますか」

思いなしか宝泉の眼が微《かす》かに生気を帯びたように思われた。

「紀州様とおっしゃると、では、ただ今の公方《くぼう》様の……？」

「はい、左様でございます。まだ公方にお成りになる前、江戸赤坂の紀州邸におられた時分に与えられた土地でございます」

「それなら、わたしもぜひ拝見したい。……いや、公方様の采地《さいち》というだけではなく、山越えで海の見えるところまでゆくなら、さぞかしいい景色もございましょう。こうしてご厄介になっていると、とかく前面に見えております山の向うが、一体、どのような場所かと絵心が起きますでな」

「行ってご覧になれば分りますが、なかなかよいところでございます。ついては、途中までまた息子の平太郎に送らせます」

「おう、また平太郎さんにお世話になるのでございますか。それはさぞかしご迷惑でしょうな。して、いま途中までとおっしゃったが、あとはどなた様のご案内になりますか？」

「それは、お願いした先から人が出てくると思います。先生、では早速、明日にでも出立していただけますか？」

「はい、分りました」

「どうも先生にはいろいろとご無理をお願いして相済みませぬ。ではよろしく」

平右衛門はひざに両手を置いて頭を下げた。

宝泉は、平右衛門の去ったあと、絵筆を置いたまま、描きかけの絵絹にじっと眼を止めていた。しかし、それは絵の調子を見ているからではなく、平右衛門のいまの申出を考えていたのである。

丹生郡内の名所を絵にしてくれという新しい注文は、宝泉の青木文十郎にとって願ってもないことだった。前にも鯖江藩から同じような依頼を受けたが、だが、今度の注文ははっきりと、画題の土地を指定するというのだ。越前の西海岸に至るまでほうぼうにその場所があるらしい。

しかし、文十郎には微《かす》かな不安が起きていた。前回の注文のときには無かったものである。依頼主が誰だか分らないというのが理由の一つでもある。宝泉にはその絵の依頼主に想像がつかないでもなかった。懸念はそのため起っているともいえる。

宝泉は庭先に眼をやった。夕方近い光が木の葉や石の上に落ちていた。

宝泉は、しばらくして主人の平右衛門の部屋を訪ねた。

「先ほどはありがとうございました」

旅絵師を迎えた平右衛門は頼みを受けたことに改めて礼をいった。平右衛門の部屋は広いが、床の間にも、畳の隅にも越前焼の壺が一ぱいに並んでいた。

「不用意なことに筆がだいぶん痛んでいることが分りました。ついては、これから鯖江の町に行って筆を求めて来たいと思います」

宝泉は申し出た。

「それはいけませんな。けど、福井ならともかく、鯖江の町にはろくな筆も売ってないと思いますが」

平右衛門はいった。

「いいえ、そう立派な筆でなくともよろしいのです。雑なものでも一本か二本は必ず書きやすい筆があるものです。絵かきのわたしなら、択《えら》べば分ります」

「そうですか。筆が痛んでいれば絵もかけますまい。……で、明日の出発に間に合いますか？」

「これから鯖江の町に行って帰れば夜になると思いますので、いっそ、この前お世話になった上総屋《かずさ》に泊り、明日の朝早くこちらに戻ってくるつもりでございます」

「鯖江にお泊りなさるのか」

平右衛門は不満そうな表情をしたが、しいて止めもしなかった。

「では、お待ちしています。朝早く帰っていただきましょう。先方も、おひるごろには先生を案内して参りますと約束してあるので、先方で待っておられると思いますのでな」

「分りました」

「そうだ、先生、あなた一人ではお寂しいでしょうから、倅《せがれ》の平太郎をお供させましょう」

平右衛門は明日のその約束を心配してか、平太郎を鯖江まで同行させるというのである。

「平太郎さんなら話相手ができて、わたしも退屈しなくて済みます。けど、お忙しいときにお手間をかけるようで心苦しい次第です」

「いや、そのご心配は無用です」

宝泉は部屋に戻って支度をしたが、荷物の中に忍ばせている短刀を懐の奥に呑《の》んだ。

襖《ふすま》の外から平太郎が声をかけた。

「先生、お支度がよろしいなら、お供をいたしましょうか」

鯖江の町に入ったのは夕方であった。

「これは、先生。いらっしゃいまし」

上総屋の亭主亀次郎《かめじろう》はなつかしそうに宝泉を迎えた。

「おや、平太郎さんもご一しょですか」

「ご主人、この辺に筆を売っている店はございませんかな？」

平太郎は亀次郎に訊《き》いた。

「筆ですか。さあ、先生のお使いになるような上等なものはあるかどうか分りませんが、お寺の前に一軒、そういうのがございます」

「あ、そうでしたな。先生、ついでですから、今のうちにわたしがそこまで行って買い求めておきましょうか」

平太郎は宝泉にいった。

「でも、それでは……」

「いいえ、十本ぐらい買って参りますから、先生はその中から択んで下さい」

平太郎は宝泉を宿に置いて、こまめに出て行った。

宝泉が二階の部屋に入ると、お里が茶を持ってきた。彼女は、はじめから平静を失っていた。

「いらっしゃいまし」

お里は湯呑《ゆのみ》を置くと、そこに座って宝泉の顔をみつめた。彼女の眼は、激しい感情で小さく震えているようだった。

「先生、この前からお待ちしていましたが、とうとう、おいでになりませんでしたね」

「いや、あのときは、つい、こちらに寄る間もなくて……」

宝泉が言訳をすると、

「いいえ、先生のお気持はもう分っています。わたくしはどうせ旅先の女、先生がお相手下さる身ではございませぬ」

お里は恨むように涙ぐんでいた。

「申訳なかった」

宝泉はわびた。

「だから、実は今日、筆の買物に口実を作って、ここに一晩厄介になりに来たのだ」

「でも、坪平の平太郎さんが一しょでしょ。どうして平太郎さんを連れてくるんですか？　わたしは先生お一人で来て下さるかと思っていたんです」

「あちらは親切でわたしに付いて来て下さるのだ。断るわけにもいかない」

「今夜泊って、明日はもう織田村にお帰りですか？」

「うむ……お里さん、ときに、この前お願いした壺《つぼ》は江戸に送って下さったか？」

「はい。ちょうど、江戸に帰るお客さんがあったので、ことづけておきました。……わたくしは先生との約束はちゃんと果しております」

「済まぬ」

そのとき梯子段《はしごだん》の下で亭主の声が聞えたので、お里は膝《ひざ》を起した。

「先生、今夜、平太郎さんが寝てから、近くのお宮の境内まで来て下さい。わたくしは先に行って待っております」

お里、お里、と亭主が下から呼んでいた。

「きっとですよ」

お里は強い眼を宝泉の顔に残すと、未練げに起《た》って行った。

その夜、宝泉は隣に敷いた平太郎の寝床を窺《うかが》って身体を起した。

平太郎は軽いいびきを立てていた。宵にお里がわざとすすめた酒の効き目が出たのかもしれない。平太郎は蒲団《ふとん》の中に身体をもぐらせると、すぐに健康そうな熟睡に入ったのである。

宝泉はそっと襖をあけたが、その微《かす》かな音も平太郎の寝息を変えなかった。

宝泉は梯子段を静かに降りた。手洗に行くようなふりで裏に回った。主人は別な部屋で寝ているが、そこからも人の起きている気配はなかった。お里と一しょに居る若い女中も熟睡しているに違いなかった。

暗い中で見当をつけている裏戸にさわると、抵抗もなく開いた。お里がここだけ戸締を外していたのだ。

外は月だった。宝泉は蒼白《あおじろ》い路《みち》をたどって、一町ばかり先の小さな宮の前に出た。その高い石段にも月が光っていた。

「先生ですか?」

石段を上り切ったときにお里の声が聞えた。暗い樹の陰に彼女の姿が滲《にじ》んでいた。

「よく来て下さいました」

お里は宝泉の手を握ると、引っ張るように大きな銀杏《いちょう》のうしろに連れ込んだ。

「うれしゅうございます。先生が来て下さらないとどうしようかと思っていました。安心しました」

お里は宝泉の胸にとりついた。その肩は夜露に湿ったように冷たかった。

「だいぶん待っていたか？」

「はい、小半刻《こはんとき》」

「よく出られたな？」

「平太郎さんに酒をすすめたのですが、早く寝てくれればいいがと祈っていました」

「出てくるとき、平太郎さんはいびきをかいていた。……主人や朋輩《ほうばい》に気づかれなかったか？」

「朋輩のおみよは若いから大丈夫ですが、もしかすると、主人はわたしが出て来たのを知っているかもしれません。でも、何をいわれても構いません。こうして先生にお会いするのはめったに無いことですもの」

「そなたの気持はありがたいと思っている」

「ただそれだけですか？　このお里を好きだといっていただけないのですか？」

暗い中で女の弾んだ息がせわしなく宝泉の頰にふれた。

「先生、わたくしは先生が忘れられません。せつないくらいでございます」

お里は宝泉に取り縋《すが》って、その胸に顔を押しつけた。胸に顔を押しつけた田舎女のひたむきさは、宝泉をぐいぐい追い詰めた。

「待ってくれ」宝泉はいった。「そなたのその気持はよく分るが、返事は、わたしがもう一度この鯖江に戻ってからにしてもらいたい」

「そのときはわたしを連れて行って下さいますか？」

「だから、その決心をつけて戻ってくるといっている」

「うれしゅうございます。で、いつ、鯖江に戻って来ていただけますか？」

「まず、十日だ。十日経っても戻ってこないときは……」

宝泉が、十日経っても戻ってこないときは、と何気なく洩《も》らしたので、お里は咎《とが》めるように屹《きっ》と顔をあげた。

「十日経ってもお戻りにならなかったら……？」

「いや、必ず戻ってくるつもりだが」

「でも、気にかかることをおっしゃいますね。十日経っても鯖江に戻られなかったら、そのままどこかに行ってしまうおつもりですかえ？」

お里は男の衿《えり》に指をかけたが、もう息が弾んでいた。

「そんなつもりはない。実は、今度、丹生郡内の山水を絵に描くように頼まれてな。それを写すのに十日ばかり歩き回るのだ」

宝泉が説明した。

「その絵の旅で、何か戻ってこられそうもない事情があるのですか？」

お里は問い詰めた。納得がいくまで男の返事を取らねば安心ができぬ思い詰めた表情だった。

「いや、そういうことはないが……」

宝泉は少し声を落して、

「人間、生身《なまみ》のからだだ。殊に馴《な》れぬ土地を歩き回るのだから、病気にかからないとも限らない。朝晩涼しくなったとはいえ、まだ日中は暑い。暑気当り、水当りということもある。思わぬ怪我も考えねばならぬ。そういう次第で、予定の十日が少し遅れるかもしれないというのだ」

「いやなことをおっしゃいます」

お里は、不吉なことを聞くというように首を振った。

「お願いですから、お身体だけは大事にして下さい。今お怪我のことを申されましたが、わたくしもそれが心配で、ここに疵《きず》に効く薬を持って参りました」

お里は袂《たもと》から小さな袋を取り出して、

「この中には蓬《よもぎ》が入っております」

「蓬？」

「はい。この丹生郡内だけでとれる薬草でございます。もし、お怪我をなすった場合、これを擦《す》り潰《つぶ》して傷口に当てられると、どんな薬よりもよく効きます。この辺ではこれを干して艾《もぐさ》を造っているぐらいでございます」

残念なことに、隠密《おんみつ》青木文十郎は、町奉行付同心香月弥作のように艾の一件を知っていなかった。

「そなたの心尽しはありがたい」

宝泉は小さな袋を手に取った。

「怪我をしたときは、必ずそなたの言葉を思い出し、傷の手当をしよう」

「ぜひ、そうして下さいまし」

お里は宝泉の身体から手を放さなかった。宮の森には梟《ふくろう》が啼《な》きつづけた。

「それで、平太郎さんもずっと先生について歩くのでございますか？」

「いや、途中で絵の注文主の方と交替するそうだ。つまり、平太郎さんはそれまでの案内役だ」

「それはどなたでございます？」

「分らぬ。何んでも、この国の北の海まで歩くそうだが」

雲が流れて月をかくした。

「くれぐれも身体に気をつけて下さいまし」

お里は宝泉に縋っていいつづけた。

「そして、一日も早くお帰りを待っています」

「分った。……では、ぼつぼつ帰ろうか。平太郎さんが眼を醒《さま》して、わたしが戻ってこないと知れば、心配するといけないからな」

「先生が平太郎さんを連れておいでになったのを恨みます」

お里はまた同じ恨みごとをいった。暗い中で彼女は妖《あや》しい眼になっていた。

「やむを得なかったのだ。お里、この次に遇《あ》うのを楽しみにしてくれ」

「はい」

「平太郎さんのことだが、あれは平右衛門さんの一人息子だというが、よく出来た人だな」

「しっかり者でございます。平太郎さんの前に男の子がいたということですが、これは亡くなったとかで、平右衛門さんもあの平太郎さんを頼りにしておられます」

「兄があったのか。死んだとは不憫《ふびん》だな。……それでは、帰ろう」

「わたくしは夜明けまでもここに居とうございます」

「これ、分らぬことをいうものではない。平太郎さんの手前もある」

「先生」

お里は宝泉の胸をさらに押した。

「きっと心変りはなさらないでしょうね？」

「約束は守る。その代り……」

「その代り？」

「いや、わたしが鯖江に戻ってからだが、この辺の様子でいろいろ訊《き》きたいことがある。知っていることは何んでもいってくれるな？」

「そりゃ、もう、どんなことでも」

「こういうことをわたしが頼んだとは誰にもいわないでくれ」

「分っております」

「では、いつまでここに居ても際限《きり》がない。帰ろう」

宝泉はお里の肩を押し返した。お里は堪《こら》え切れなくなったように、宝泉に身体を投げかけた。

高い銀杏の樹の上の梟の啼声がとまった。

上総屋の近くに来て、宝泉が先にこっそり裏から入った。彼は足音を忍ばせて梯子段《はしごだん》を上り、二階の襖《ふすま》をあけた。暗い中で平太郎はやはり鼾《いびき》をつづけていた。宝泉は静かに蒲団《ふとん》にくるまった。

すると、横の平太郎は寝返りを打った。

「先生」

平太郎が急に呼んだので、宝泉は、どきりとなった。

「どこかにお出かけでございましたか？」

宝泉は気づかれたと知ると、いい加減なごま化しではかえって怪しまれると思った。

「手洗に降りたとき月があまりいいので、庭をひとめぐり歩いてきました」

「そうですか。先生はやっぱり絵かきさんでございますな」

平太郎はそういって、もう一度寝返りを打ち、向うをむいた。

宝泉は、じっと平太郎の寝息を聞いていた。

鯖江から山に向うまでは、かなり広い田圃《たんぼ》の間を歩く。織田の町は緩やかな丘陵地帯のなかにあるが、この辺一帯の地形があまり高くないのである。この台地は、ひろがったまま越前の西海岸線までせり出している。

織田村から、その高低のない山路《やまみち》を、宝泉と平太郎とは北に向って歩いていた。坪平の家を出るとき平右衛門は、くれぐれも気をつけて、と門口まで見送った。

路々、平太郎は峰の一つを指しながら、

「少し前まで、わたしのほうの窯もみんなあの頂上近くにありました。そこまで土を運んで、焼き上ったものは山から降ろすのですが、そのために職人や人足たちの小屋が山の中にあったものです」

その山の峰々には松や杉の木立が蔽《おお》い繁っていた。

「今でもああいう山にはのぼり窯《がま》がありますが、窯元も平地に窯を降ろしているのが半分、山に置いているのが半分というところでしょうな」

単調な山歩きは、ときどき背負《しょい》こに薪《たきぎ》を負った村人に出遇うだけである。

「ご注文主は、どこまで来て下さるのですか？」

宝泉は訊《き》いた。

「もう少し先に行って峠を下りますと、糸生《いとう》村になります。そこは葛野の御陣屋の支配でしてな。お迎えの方は峠を下ったところに待っておられるはずです」

「葛野の御陣屋というと、今の将軍様の御領地でございますな？」

「そうです。現在でも代官がお一人、手代《てだい》衆など四、五人詰められていて、あとは土地の者が雑役に使われております。むろん、お代官や手代衆は、紀州家から見えている御家来衆です」

「すると、わたしに絵をお頼みになったのは、その葛野の御陣屋の方でございますか？」

「いいえ、そうではございますまい。大方、糸生村の山持ち分限者《ぶげんしゃ》がお願いしたのではないでしょうか。まあ、もう少し行きますと、いずれはそれがはっきりすると思います」

なぜか平太郎も絵の依頼主については口を濁していた。

その峠を過ぎた。山の下に入江のように引っ込んで平地がひらけ、青い田がまるで海のように見えた。

「あれが御陣屋でございます」

平太郎はそこから下を指した。大きな瓦《かわら》屋根がいくつもいりくんで陽を受けて光っている。それは山裾《やますそ》になっていて、小高い地形を利用し、石垣を築き、その上に白い塀がめぐらされていた。

「つかぬことを訊きますが、今のお代官は何んという方でございますか？」

「菅沼隼人介《すがぬまはやとのすけ》様とおっしゃいますが、主には手代の川辺半左衛門《かわべはんざえもん》様が取り仕切っておいでになります」

ここの陣屋は紀州家の飛地として年貢米の収税事務を取り扱うだけだった。

「今の上様がここに初めて御領地をお持ちになったころの手代に、大久保八郎五郎様とおっしゃる方がおられましたね？」

宝泉が訊くと、

「よくご存じで」

平太郎は彼の顔をぬすみ見るようにして答えた。

しばらく行くと、葛野の陣屋の前に出た。

石垣の上に白い塀をめぐらし、その上に巨《おお》きな屋根が重々しく出ていた。裏には役人の住居らしい屋敷がつづいている。館《やかた》という感じだった。

宝泉は懐しい眼で見て通った。これが吉宗の初めて貰《もら》った領地だと思うと、彼の足も知らぬ他国を踏んでいるようには思えなかった。平太郎は門前を警備している小者に腰をかがめた。

風に吹かれた青田は波のようにそよいでいた。その行手には一定の高さの山なみが屏風《びょうぶ》を立てたようにつづいている。

「ときに平太郎さん」

宝泉は初めて自分の気持を出した。

「丹生郡の細木《ほそぎ》村というのは、どの辺に当りますか？」

「細木村？」

平太郎は宝泉の顔に振り向いた。

「よく、そんな村の名前をご存知ですね？」

「昨夜、あの宿に泊ったとき、客の話にその村の名前が出ましたのでな」

細木村の名前を初めて知ったのは、宝泉の文十郎が江戸を立つ前であった。しかし、用心深い彼は織田村に逗留《とうりゅう》しても、細木村の名前は出さなかった。いま、平太郎と二人だけになったので、ようやく自然なかたちでその位置を訊いたのである。

「細木村というのは、この山を越した北側に当ります」

平太郎は、その方角を指さした。

「ほとんど海に近いところですがね」

「ははあ。で、つかぬことを訊きますが、今度の絵の写生では、その細木村を通りますか？」

「通ると思います」

平太郎は答えた。

「しかし、その村があったのは今から大ぶん前で、今はほとんど人家はありません」

「とおっしゃると？」

「今から十五年ぐらい前になりますか。その村に百姓一揆《いっき》が起りましてな、いま通ってきた紀州藩の御陣屋に強訴《ごうそ》をかけたのです。理由は年貢をまけろということで、いつまで経ってもそこの百姓が納めないのですな。それで、御陣屋でも腹にすえかね、細木村で一揆の中心になっていた土地を全部焼き払ってしまいました」

「すると、そのときの手代が大久保八郎五郎様で？」

「そういうわけです。もっとも、その八郎五郎様はお亡くなりになり、御次男様というのがいま伊勢守様となられて江戸で出世されておられますが」

歩きながらの説明だった。

「一揆の本拠を全部焼き払うとは、思い切った御処分でしたな」

「しかし、御陣屋でも百姓どもが騒いで年貢を納めないとなると、そこまで腹を立てられるのは当り前だと思います」

「なるほど。で、焼き払われた家の百姓はどうなりました？」

「さあ」

平太郎が、焼き打ちされた細木村の村民がどうなったか分らないといったので、宝泉はふしぎに思った。

「分らないというのは、どういうことでしょう？　この辺は田舎のことで、十里向うの出来事がその日のうちに伝わってくるはずだと思いますが」

「その通りですが、細木村の人間だけはさっぱりわれわれには分りませぬ」

平太郎は同じ調子で答えた。それがどうも口を濁しているように思われたので、宝泉もそのまま黙ってしまった。

彼はもっとそのことを突っ込んで訊きたかったが、あまり追及すると平太郎に妙な具合に取られそうなので、手控えたのである。

「おや、向うにどうやら先生の出迎人が見えましたね」

路が竹藪《たけやぶ》の端を回ったとき、狭い路傍に一人の男が立っているのが眼に入った。年のころ三十五、六で、この辺の百姓のなりではあるが、小ざっぱりとした着物を着ている。体格がいいのは、山仕事でもしているからであろう。

その男も宝泉と平太郎を見つけてこちらに歩いてきた。

「織田村の平太郎さんですか？」

と、男はまず彼に口をきいた。

「左様でございます」

「わたくしは綾部《あやべ》村の卯平《うへい》の使いで来ました。こちらが宝泉先生ですね？」

彼は旅絵師に眼を向けた。

「はい、わたくしが宝泉です。このたびはわざわざお出迎えで恐れ入りました」

「ああ、それでは卯平さんからの……？」

平太郎は少しおどろいたように宝泉に紹介した。

「先生、卯平さんというのは綾部村の庄屋《しょうや》をつとめておられます。代々、土地の分限者で、古くから庄屋をやっておられます」

道理で旅絵師に頼むくらいの道楽をするのも無理はないと、宝泉はひとりでうなずいた。

「何はともあれ、これから卯平の家に来ていただきますが……平太郎さん、それでは先生はここでわたくしがお預りすることにいたします」

庄屋卯平の使いと称する男は平太郎の労をねぎらった。

「では、先生」

別れ際に平太郎はいった。

「どうぞお大事に。それから、御用がお済みになったら、一日でも早く織田村にお帰りになるのを親父と一しょにお待ちしています」

「お世話になりました。では、いずれまた……」

宝泉は新しい男に自分の身柄を預けることになった。平太郎はもと来た山路《やまみち》をふり返りながら帰って行った。

「どうも遠いところをご苦労さまです」

二人きりになって庄屋の雇い人はいった。

「これから、その綾部村まではどのくらいございますか?」

宝泉は前方の山を見ながら訊《き》いた。

「左様、まず三里でしょうな」

相手の言葉に宝泉は百姓らしくない訛《なまり》を感じた。

## 彼はどうなったか

宝泉《ほうせん》は庄屋卯平の雇い人の案内で山路を歩いた。どこを向いても陽の下に厚い山林がつづいているだけで、人家らしいものはなかった。また狭い畑すら見かけなかった。

「先生」雇い人はいった。「どこを描いていただくかは、主人の卯平がお伺いしてお願いすると思いますが、まだ陽が高うございますから、この辺でお気に召したところがあれば、お心にとめておいて下さい」

雇い人は、道すがら気に入った場所があれば、写生の心づもりにしておいてくれというのである。

「つかぬことを伺いますが」宝泉は訊いた。「細木《ほそぎ》村というのは、これから遠くございませんか？」

「細木村ですか。……もう少しばかり北のほうに入ります」

「あまり手間取らぬようでしたら、かねて、その辺の景色がいいと平太郎さんに聞いていますので、ご案内願えませんか」

「平太郎さんがそんなことをいいましたか？」

三十五、六の、その雇い人は頑丈な顔つきに男らしい微笑を泛《うか》べた。

「よろしゅうございます。なに、寄り道になるといっても一刻《いっとき》とはかかりますまい。向う

しますの家には夕方までに入ればいいわけですから、先生さえお疲れでなかったら、お供をいた

「脚のほうは旅馴《たびな》れがしております」

それでは、と雇い人はその山路から岐《わか》れた細い径《こみち》をたどりはじめた。

この径はいくらか険阻な山の間についている。

雇い人は、路が狭くなって彼の前に立った。宝泉は頑丈な彼の肩や背中を眼の前に見ることになったのだが、その男の足の運びには前から気がついていた。宝泉は懐に呑《の》んだ短刀をそっと着物の上から押えた。

やがて、路は山峡《やまかい》に入った。鬱蒼《うっそう》とした樹に日光が遮られて暗く、ひんやりとした風が顔に当った。そこを抜けると、片方の山がなだらかな斜面で下りていた。思いがけないことだったが、その斜面の裾《すそ》に久しぶりの畑が現れた。次の山陰には四、五軒のみすぼらしい百姓家が谷間《たにあい》を流れる川のほとりに建っていた。

宝泉は、ふと、その貧弱な百姓家の庭に蓆《むしろ》をしいて草が陰干にされているのを見た。それは葉の裏の白い蓬《よもぎ》だった。

宝泉は、お里が吳《く》れた同じ蓬が腰に吊《つ》った袋の中に収まっている。

「あ、あれですか」

案内人は宝泉の質問に振り返って答えた。

「この辺の山には蓬が生えましてね。それが薬用になるといって、ああして百姓が干して

は蓄えているのです。なかには、それを原料に艾《もぐさ》を造っている家もございます」

二人は、その貧しい村を過ぎた。

「蓬は」宝泉は案内人に訊いた。「この辺の野に相当かたまって生えているのですか？」

「ふしぎなことに多いのです。人は伊吹《いぶき》山の薬草をここに移し変えた名残りではないかと申しておりますが」

庄屋の雇い人は答えた。

「では、ずっと前のことですね？」

「そうです。もしかすると、信長公のころに異国からやってきた吉利支丹《きりしたん》の坊主が、この辺まで入り込んで同じ薬草を栽培したのではないかといわれております」

「なるほど」

地理的にいって、それは考えられぬことではない。

信長が安土《あづち》城にオルガンティーノなどの宣教師を呼び寄せ、近くに南蛮《なんばん》寺を建てたのは有名な話だ。吉利支丹の坊主たちは宣教の手段として医療に尽したが、彼らは江州《ごうしゅう》伊吹山に薬草を植え、薬園を造った。当時、宣教師が近江《おうみ》から、さらに近国の奥地に入り、布教に従っていたことは伝説などからみて十分に考えられることである。

いま、この近くに特殊な蓬が群生しているのは、当時の栽培の名残りかもしれない。そのころの薬園は荒廃したが、蓬だけが野生となって残されているのではなかろうか。

「この辺の蓬は伊吹山産よりも質が良く、艾などもかえってこちらのほうがいいということです。ただ、諸国にはあまり知られていないので、土地の百姓どもが自分たちの使い料に作っているくらいです。ですから、商人が入ってくるほど余計には穫《と》れません」

つまり、商人の商売物になるほど原料としての蓬は潤沢にはないわけである。宣教師が撒《ま》いた薬草の名残りが普通の野生の蓬より少し多く群生しているという程度のようである。

路はまた山の間に入ってゆく。先ほどの村を過ぎて一里は歩いたが、家は無かった。

「もう少しです」

案内人は宝泉を勇気づけるように言った。

空に雲が出て陽がかげりはじめた。めったに人が通らぬとみえ、草が茂って路の見分けがつかないくらいだった。

野鳥が啼《な》く。鋭い声だ。どういう鳥だか、江戸育ちの宝泉には見当もつかなかった。

一つの峠に出た。両側は暑苦しい山林である。そこからも鳥がしきりと啼いた。

それにまじって、空気を裂くような鋭い声が耳に入った。

「あれは何んという鳥ですか？」

宝泉が訊くと、

「さあ、百舌《もず》ではないですか」

案内人はさらりと答えた。

「この辺は秋が早いのです」

百舌？

宝泉の耳には鋭い口笛に似た印象で残っていた。

峠を越して下りになったが、それも束の間で、すぐ上りにかかる。起伏の多い段丘への路がしばらくつづいた。

人家はなかった。むろん、人にも遇《あ》わない。

「細木村までは、あとどのくらいですか?」

宝泉は案内人に訊いた。

「左様、あと半里足らずですな」

先ほど、この男の言った言葉と道程《みちのり》が少し違うようだった。ほんの少し寄り道をするだけだと軽い口ぶりだったが、歩いてみて、もう三里近くは来たように思える。傾いた陽の具合で大体北に向っているとは分ったが、それなら、そろそろ海が見えてもいいころなのだ。

山林の中から鳥が啼いた。今度は口笛には似ていなかった。

「さあ、どうやら細木村に入ったようですよ」

急な峠を下りにかかったときである。松林の間から下にひらけた狭い盆地を案内人は指さした。そこは田も畑もなかった。ほんとうの荒蕪《こうぶ》だった。

しかし、そこが以前に耕作地だったことは、上から見て微《かす》かながら畔道《あぜみち》の区画の跡で分った。人家は一軒もない。

人家の跡はここだと案内人に知らされたのは、宝泉が坂を下って、その荒地のはしに立ったときだった。

前面には、相変らず単調で高低のない丘陵が暑苦しい壁になって連なっている。宝泉は、案内人の見せた場所を息を呑む思いで凝視した。

草は生えている。が、たしかに以前に家があったとは、その草むらの間に焼けた木が転がっていることで判別できた。地形も、低い石垣を築いた上で平らになっているので、もし、焼けた木がなかったら、石垣の上に伸びた夏草を見て古墳の跡とも勘違いしたかしれない。

「こういう場所はほかにもあります」

案内人は手をあげ、山陰に沿った一点一点を指摘した。遠くから見ても、草に蔽《おお》われた平らな土地や丘陵の斜面の棚にそれと察せられる。もとは二、三軒ずつの家がこうして散在していたのであろう。

「少し歩いてみますか」

案内人が言ったのは一ばん近い跡だった。草むらに踏み入ると、足もとから蛇が一匹、鱗《うろこ》を光らしてゆっくりと石垣の間に入った。

「気をつけて下さい。古い井戸があるはずですから」

案内人は、後からくる宝泉に注意した。

広さからいって相当大きな百姓家が建っていたと思われる。

「こういう家が何軒ぐらいあったのですか？」

宝泉は、翳《かげ》ってきた山裾《やますそ》を見回して訊《き》いた。

「そうですね、まあ、二十戸ぐらいはあったのじゃないでしょうか」

「二十戸……」

一戸四人家族平均として八十人もの人間がどうかなってしまったのである。もし、全部が殺されたとすると、年貢《ねんぐ》一揆《いっき》としてはこれほど過酷な処罰はなかった。

しかも、近隣にはその真相を知らさずに。——

宝泉は今、十五年前に焼打ちにされた廃村の跡に立っている。彼が江戸からここに辿《たど》りついたのも、この実景を眼で確かめたかったのが目的の一つであった。

「それにしても、ここの村の人間はどうなったのでございますか？」

宝泉は、頑丈な身体を持っている案内人に訊いた。これは平太郎からは答を得られなかった質問である。

「なにしろ、今から十五年前のことだし、それに、御陣屋のほうでもなるべくほかには知らせぬようにしていましたから、はっきりしたことは分りませんが、首謀者は御陣屋に呼ばれてお調べを受け、殺されたと聞いています」

「なるほど。その人数は？」

「ざっと、七、八人ぐらいです」

「すると、残った村びとはどうなったんでしょう？　家を焼かれて他領にでも逃れて行ったのでしょうか？」

「はっきりしたことは分りませんがね、よそに逃げた者は一人もなかったようです」

「一人もない？　では、この御領内の別の土地に移ったのですか？」

「それもありません」

「えっ。では、どういうことに？」

案内人は宝泉の顔を嘲《あざけ》るように見ていたが、

「それでは、ちょっとこちらに来てみて下さい」

案内人が次にしたのは、草の蔽い茂っている山の斜面を上ったことだった。これはかなり急な勾配《こうばい》だ。宝泉は、彼の背中を見ていたが、あたりに眼を配った末、決心したように彼のあとを追った。宝泉は、彼は伸びた草や、顔にはじく木の茂みを押し分けた。頭の上のほうで案内人の立てる音が方向の目標だった。

その案内人の姿が完全に見えたのは先方が停《と》まってくれてからである。

「くたびれませんか、先生？」

案内人は足もとから這《は》い上ってきた宝泉に言った。そこは斜面の途中だが、小さな棚になっていた。

「いや、大丈夫です」

宝泉は少し乱れた息で答えた。

「脚はお丈夫ですね」

案内人は片頰で笑っていた。あたりはしんと静まり返り、昏《く》れてはいないが、まるで夜の感じだった。こちらは陰だが、下の平地には夕陽が赤く当っている。

「これをご覧下さい」

案内人は顎《あご》をしゃくった。

石が五、六個、斜面の小さな洞窟《どうくつ》を利用して、その中に積み上げられてある。石は苔《こけ》で蔽われるほど古くはない。また最近のものでもない。自然石を卒塔婆《そとば》のかたちで積んである。

「これは供養塔です。ここで死んだ人間のために誰かが建てたんですな」

宝泉は積み石に眼を据えた。夏の終りだったが、冬のように背中に寒い風が吹き抜けた。

数十人もの人間がここで殺されたかもしれないのだ。宝泉の眼には、女や年寄や子供が

火の中に投げ込まれてゆくさまが地獄図のように映じた。

宝泉は、積み石の供養塔から眼を傍らの案内人に移した。頑丈な男は無表情に宝泉の視

線を受けた。

「ここにいた住民は、実際にどうなったか分りませんか?」

「それが先ほどお答えした通りです。てまえどももはっきりしないのですが、なかには火

事と一しょに死んだ者もいるでしょう」

案内人は乾いた声で答えた。

「それにしても、みんながみな命を落したとは考えられませぬ。たとえば、戦《いくさ》でも落ちの

びる者はありますからな。どこかに逃れた連中もいるのじゃないでしょうか?」

「さあ、それは聞いておりませぬ」

「ふしぎなことですな」宝泉がつぶやいた。

「年貢を納めないで一揆を起した例は諸国にもある。だが、一村ことごとく家屋を焼き払われ、一人残らず生命《いのち》を落したということは聞いたことがありませぬ」

自分の主人吉宗《よしむね》の領地で起ったとは余計に信じられないことだった。しかし、かりにそれが事実だとすると、命令者は吉宗ではなく、その意志を受けない陣屋の者である。

「御陣屋には大久保八郎五郎様というお方があられたはずですが、この焼打ちは、その大久保様が指揮されたのでしょうか？」

「さあ、何んともその辺の事情はてまえには分りませぬ。詳しくはてまえの主人にお訊《たず》ね下されば分るかもしれませぬ。庄屋《しょうや》をしていますでな」

案内人は何を訊いても知らぬの一点張りだった。

「だが、これほどの騒動が起っているのです。てまえだけの考えですが、どなたがその采《さい》配《はい》を取っておられたか、近隣に名前ぐらいは伝わっていると思いますが」

「それが伝わらないから妙なのです」

案内人はいい切った。答え方は強引で、意地悪げだった。宝泉と案内人との眼は、瞬間、そこで小さな火花を散らした。

このとき、人間の声とも獣の叫びとも知れぬものが上の山中から聞えた。

はっとなったのは、宝泉よりも案内人のほうだった。つづいて林の中を駆ける音が耳に落ちてきた。

宝泉の問に、案内人は瞬《まばた》きもしないで顔を仰向《あおむ》け、音の逃げてゆく方角を睨《にら》んでいた。

「あれは？」

返事はなかった。

宝泉も音に誘われて山林の一角を見つめた。ちらりと木の間に見えたのは、けものではなく、明らかに人間の姿だった。が、それもすぐに樹の茂みに消えた。

「あれは？」

宝泉は、まだその男が逃げた方角を睨んでいる案内人に訊いた。

「さあ」

案内人は曖昧《あいまい》にいったが、彼がその正体を知っていることはその暗い表情からも分った。回答を避けているのである。

しかし、宝泉は、山林中に逃げた男の幻影から、いつぞや坪平の裏山に現れた狂人の騒ぎを思い出した。今の男も、あのときの狂者と同一人でなかろうか。そうだという直感がくる。

「たしか男だったようですね？」

宝泉は案内人にいった。

「よく見えませんでしたが」

案内人はとぼけている。すでに、林を逃げる音は消えて、あたりは前通り深閑としたしじまに返っていた。

「あれは、狂人ではないでしょうか？」

「…………」

「てまえが平右衛門《へいえもん》さんの家にいるとき、あれに似た男が近くの山に現れましてな、平太郎さん初め多勢の連中がそれを取り押えようとして山狩をやっておりました。……なんだそうですね、この辺では狂人が現れると、立ちどころに殺してもいいことになってるそうですが？」

「知りませんな」案内人はじろりと見て、「平右衛門さんがそんなことを先生にいいましたか？」と反問した。

「いや、これはあそこの職人衆から聞いたのですが」

「いい加減な話です」案内人は急に否定した。「職人などはデタラメをいうものです。あんまり当てにはできませぬ」

案内人は、そこで気をかえたように、言った。

「では、大ぶんここで手間取ったようですから、ぼつぼつ降りましょうか。村に着くのが遅くなりますからな」

事実、陽の翳《かげ》りは先ほどよりずっと面積をひろげ、夕陽の残りが向いの頂上にだけ当っていた。山林の奥はすでに夕闇がはじまっている。

案内人は先に立って坂を下りた。宝泉も草や短い木を摑《つか》みながらつづいた。二人は平地の端に戻った。

「先生」そこで待っていた案内人は呼びかけた。「先生もずいぶんと、この辺のことには興味がおありのようですな？」

宝泉は案内人から距離をおいて答えた。

「変っていますからね。てまえだけでなく、別な人間が来ても、この話を聞けば、心をそそられると思います」

「それにしても、前以《もっ》てこの辺のことをご存じのようですが」

「織田《おだ》村で聞いてきた話です」

「それだけではありますまい」

「なに？」

「いや、織田村で仕込んだ知恵だけでもなさそうです。先生は江戸のお方と聞いたが、この話は江戸で聞いてこられたのではないですかな？」

「………………」

宝泉は、初めて案内人との露骨な対立を意識した。

「織田村で聞いた話だけです」

宝泉は案内人にくり返した。

二人は五歩くらいの距離をおいてむかい合っていた。急速にしぼんだ光線のために案内人の顔は暗く、表情の微細な観察はできなかった。しかし、片方の眼だけはむかれたように光っていた。

「先生」

案内人はそこから呼んだ。足の構えも百姓の仮面を脱ぎ棄てて一分のスキもないものになっていた。

「あなたは江戸でこの村のことを何か聞いて来ている」

案内人の暗い顔は、泣き出す前のようなゆがんだ表情をもっていた。

「もう、正体を出されたらどうです？」

「同じ言葉をこちらから返そう」

宝泉の構えも青木文十郎に戻っていた。

「おまえは誰だ？」

「この村にいる百姓と言っておこう」

案内人は返事に嗤《わら》いをみせた。

「土地の庄屋に使われているものか？」

「今まではそう言ったが、はっきりと断っておく。そんな庄屋はいないのだ」

「嘘をついた理由は？」

「江戸から来た奇態な探索人をここに呼びたかったからだ」

「だまして誘わなくとも、わたしはきっとここに来た。一人でも探して来た」

「われわれはあんたに会いたかったのだ」

「われわれ？」

った。

青木文十郎はあたりに速い視線を配った。そこには夕暮の山中に風が流れているだけだった。

「仲間はここに来ているのか？」

「いずれ」

武士に戻った案内人はほほえんだ。

「おぬしはどこの藩の者か、それともこの辺の郷士《ごうし》か？」

「名乗るのはあんたのほうから先にしてもらおう。旅絵師宝泉の正体を知りたいというのがわれわれの望みだ」

「わたしは旅絵師だ。そのほかの何者でもない」

「旅絵師がその構えとは？」

「旅をすれば、いろいろと危ないこともある。いささかの武芸をたしなんだのは、わが身を守るためだ」

文十郎は懐から小刀を引き出して左手に握った。案内人は、その動作をじっと見まもっていた。彼は足の位置を少し変えた。

「こうなった上は、あんたも無事に済むとは思うまい。何を探りにここに来たか、はっきりと口に出したらどうだ？」

「よろしい」文十郎は言った。

「そうすすめるからにはわたしの問に答えてもらえるだろうな？」

「たってのお望みなら」

「この細木が全滅した真の理由を聞かせてほしい。葛野の御陣屋が年貢一揆《いっき》で処罰したということだが、無法なことだ。理由はほかにある。それを聞こう」

昏《く》れ残った空には雲がうすい光線にふちどられて斑《まだら》にひろがり、その下を黒い鳥が群れをなしてよぎった。

「教えて取らそう」

案内人は歩き出した。

「どこに行く?」

文十郎はうしろから追った。小刀だが、武器を持っているのは文十郎のほうである。案内人は何一つ握っていなかった。

しかし、文十郎は油断をしなかった。ここに来る途中で聞いた口笛が彼の警戒を強めている。あれは何かの合図と考えていいのだ。すると、いつ、ここに彼の仲間が現れるか分らないのである。

絶えず周囲に眼を配って来たのもそのためだが、今も眼に入る限り草の動きがあるだけだった。ただ、昏れてきた山中は、その草原を墨絵のように塗りこめつつあった。

「こちらにおいで願おう」

と、案内人は先を歩いた。その背中は、うしろからの文十郎の襲撃を防備していた。

文十郎は、相手がそういう以上何かがあると思った。彼は警戒しながらも、そのあとにつづいた。

やがて草が盛り上っているところに来た。そこも明らかに人家の跡だと分った。台地が広いのは、相当大きな家の跡だと知れる。

「ここがあるお方の生れた家だった」

案内人は指した。

あるお方と敬語を使ったので、文十郎は息を呑《の》んだ。彼の予想したことが、いま、その男の口から出ようとしている。

「気の毒に、そのお方は若くして亡くなられたがな、出生は未来永劫《えいごう》に匿《かく》されている」

「どなたのことだ？」

文十郎は訊《き》いた。

「はて、こう申せば、おぬしの胸に分ることだ」

「…………」

「そう分っているとは、ほれ、おぬしの顔に出ている」

文十郎は、うかつにその名前がいえなかった。彼にとっては主君の子息の秘密に関わることだ。だが、相手もその名を言葉にせぬ。それだけで文十郎の心に真相が落ちた。

「やっぱりそうであったか」

彼は相手を見つめた。

「そのお方のために、一村を全滅させた張本人は？」

「知らぬ」

相手はうそぶいた。

「知らぬはずはあるまい。言え」

「言ってもよいが、おぬしが素性を先に明かすか？　も早、旅絵師では通るまい」

「旅絵師ではない。それははっきり申そう。だが、わたしがどこから来たかは死んでも言えぬ」

「死んでも言えぬとな？」

案内人は笑った。

「それでは、おぬしが死ぬ前に口を割らせる」

「なに？」

「これ、よう聞くがよい。先ほど、ここの村の者で他国に逃げた者はいないかと訊いたな。それがいるのだ」

「どこに？」

「名前も分っている。しかし、そのうち一人は殺されている。もう老婆だったがな」

この村から他国に出て行った人間で、老婆が殺されていると案内人はいうのだ。

「それは何処だ？」

文十郎は鋭く訊いた。

「おや、それも知らぬのか？」

案内人は、文十郎の顔をのぞき、

「うむ、どうやら嘘ではないようだな。すると、おぬしは、どの筋から来ている人間か？」

と、少々意外そうだった。

「そんな係《かか》り合いはない。わたしは、あくまでわたしだけの考えだ」

文十郎はいった。

「それは嘘だな。おぬしの顔は正直だ。嘘もまこともその都度に出る」

案内人は低く笑ったが、

「はてな。分らなくなったぞ。一体、おぬしの主人は誰だ？」

「誰も居ぬ」

「とは思えんが……まあ、よい、それもあとからおぬしの身体に聞こう」

「………」

「おぬしの知らぬことは、教えよう。こっちは公平だ。老婆は江戸で殺された。芝《しば》あたりで尼になっていた」

「芝？」

「ははは。聞いてもこれからの調べには役に立つまい。なぜというか。おぬしが江戸に戻れぬからよ」

文十郎の眼は、何度目かの警戒を左右に散らした。風に草が揺れていた。

「そのほか、この村で逃げた者は？」

「まず、五、六人といっておこう。当時、子供だった者がいるはずだ」

「さきほど見えた狂人もその一人か？」

「察しの通りだ。ただ、あの男、すばしこい奴で、他領に脱《のが》れては戻ってくる。どうしてもつかまらぬ。山の中で獣のように暮して平気だから、手におえぬ」

「とらえたら殺す気か？」

「根が絶えるまではな」

「何故にその根を絶やすのだ？」

文十郎の詰問に案内人は黙った。初めて重い表情だった。

「外からそれを調べる者がいたら？」

文十郎は相手を見つめて訊いた。

「外から入り込んで調べる奴は、たとえ、どの筋から遣《つか》わされようとも容赦はしない」

「旅絵師宝泉がそうだと気づいたのは、坪平の密告からか？」

「平右衛門父子《おやこ》だけではない。この地域に入ってくるまでの道筋には、われわれの味方がいろいろといるのだ。おぬしがそれに気がつかなかったまでよ」

文十郎が刀を抜くと同時に、飛びすさった相手から口笛が鳴った。

昏れた草むらの四方から、十人ばかりの黒い人影が浮いた。

（以下、「下」に）

本書は角川文庫版（一九八七年刊・三分冊）を底本とした新装版です。

本書中には、今日の人権擁護の見地に照らして不当・不適切と思われる語句や表現がありますが、作品発表時の時代的背景を考え合わせ、また著者が故人であるという事情に鑑み、底本どおりとしました。

編集部

乱灯《らんとう》 江戸影絵《えどかげえ》 上

松本清張《まつもとせいちよう》

角川文庫 15288

平成二十年八月二十五日 初版発行

発行者―井上伸一郎

発行所―株式会社角川書店

東京都千代田区富士見二―十三―三

電話・編集(〇三)三二三八―八五五五

〒一〇二―八〇七八

発売元―株式会社角川グループパブリッシング

東京都千代田区富士見二―十三―三

電話・営業(〇三)三二三八―八五二一

〒一〇二―八一七七

http://www.kadokawa.co.jp

印刷所―暁印刷 製本所―BBC

装幀者―杉浦康平



ま 1-37 ISBN978-4-04-122763-3 C0193

# 角川文庫発刊に際して

角川源義

第二次世界大戦の敗北は、軍事力の敗北であった以上に、私たちの若い文化力の敗退であった。私たちの文化が戦争に対して如何に無力であり、単なるあだ花に過ぎなかったかを、私たちは身を以て体験し痛感した。西洋近代文化の摂取にとって、明治以後八十年の歳月は決して短かすぎたとは言えない。にもかかわらず、近代文化の伝統を確立し、自由な批判と柔軟な良識に富む文化層として自らを形成することに私たちは失敗して来た。そしてこれは、各層への文化の普及滲透を任務とする出版人の責任でもあった。

一九四五年以来、私たちは再び振出しに戻り、第一歩から踏み出すことを余儀なくされた。これは大きな不幸ではあるが、反面、これまでの混沌・未熟・歪曲の中にあった我が国の文化に秩序と確たる基礎を齎らすためには絶好の機会でもある。角川書店は、このような祖国の文化的危機にあたり、微力をも顧みず再建の礎石たるべき抱負と決意とをもって出発したが、ここに創立以来の念願を果すべく角川文庫を発刊する。これまで刊行されたあらゆる全集叢書文庫類の長所と短所とを検討し、古今東西の不朽の典籍を、良心的編集のもとに、廉価に、そして書架にふさわしい美本として、多くのひとびとに提供しようとする。しかし私たちは徒らに百科全書的な知識のジレッタントを作ることを目的とせず、あくまで祖国の文化に秩序と再建への道を示し、この文庫を角川書店の栄ある事業として、今後永久に継続発展せしめ、学芸と教養との殿堂として大成せんことを期したい。多くの読書子の愛情ある忠言と支持とによって、この希望と抱負とを完遂せしめられんことを願う。

一九四九年五月三日

# 角川文庫ベストセラー

近藤勇白書　新装版　池波正太郎

「誠」の旗の下に結集した幕末新選組の活躍の跡を克明にたどりながら、局長近藤勇の熱血と豊かな人情味を浮き彫りにする傑作長編小説。

戦国幻想曲　新装版　池波正太郎

渡辺勘兵衛——槍をとっては一騎当千。二十歳の初陣に抜群の武功をたてるが…。変転の生涯を送る武将「槍の勘兵衛」の夢と挫折を描く力作長編。

夜の戦士（上 川中島の巻）（下 風雲の巻）　新装版　池波正太郎

塚原卜伝の指南を受けた丸子笹之助は、武田信玄に仕官。信玄暗殺の密命を受けていたがその器量と人格に心服し、信玄のために身命を賭そうと誓う。

仇討《あだう》ち　新装版　池波正太郎

父の仇を追って三十年。今は娼家に溺れる日々…。「うんぷてんぷ」はじめ、仇討ちの非人間性とそれに翻弄される人間の運命を描いた珠玉八編を収録。

江戸の暗黒街　新装版　池波正太郎

女に飛びかかった小平次は恐ろしい力で首をしめあげ、短刀で心の臓を一突きに。江戸の暗黒街でならす名うての殺し屋の今度の仕事は。

西郷隆盛　新装版　池波正太郎

近代日本の夜明けを告げる激動の時代、明治維新に偉大な役割を果たした西郷隆盛の足どりを克明に追い、人間像を浮き彫りにする。

炎の武士　新装版　池波正太郎

武田勢に包囲された三河国長篠城に落城の危機が迫る。悲劇の武士の生き様を描く表題作をはじめ「色」「北海の猟人」「ごろんぼ佐之助」の4編を収録。